FRAN KENSTEIN

TOMES 1 & 2

LA TOUR DE FRANKENSTEIN

LE PAS DE FRANKENSTEIN

Benoit Becker
(Jean-Claude Carrière)

Frankenstein

Tomes 1 - 2

La Tour de Frankenstein
Le Pas de Frankenstein

ANGOISSE
french pulp éditions

6 chemin d'Aillant
89110 La Ferté Loupière
Tél. : 01.77.15.31.79
Contact : contact@frenchpulpeditions.fr
www.frenchpulpeditions.fr

ISBN : 979-1-0251-0225-1
Dépôt légal : décembre 2016
Imprimé par Pulsio Paris - France

Composition graphique : © Louise Gatepaille

Tome 1

La Tour de Frankenstein

1

« Tous ces clabaudages me donneraient froid dans le dos, si je les écoutais. » songea Helen en sortant de la mercerie, son sac sous le bras.

Pour se protéger des souffles d'air frais qui tournoyaient au dehors, elle serra autour de sa gorge le col de son mantelet, et se dépêcha vers l'extrémité du village.

Kanderley, de part et d'autre de la grand-route, étirait une double haie de maisons basses et grises, aux toits de chaume, aux fenêtres étroites et pour la plupart fermées. Les plus riches de ces maisons se trouvaient flanquées de jardins minuscules et déserts où poussaient à l'abandon quelques fleurs rabougries.

Deux ou trois silhouettes se pressaient dans la rue principale, une rue mal pavée où la terre apparaissait par endroits, et la jeune fille avançait d'un pas vif, presque sautillant. D'une main, elle relevait hardiment le bas de sa robe claire pour franchir les flaques d'eau et de boue. Elle n'était pas très grande, mais se tenait fièrement cambrée pour ne pas perdre un pouce de sa taille.

« Quel pays sinistre, songea-t-elle avec une pointe d'amusement. A-t-on idée de venir passer des vacances dans un trou pareil ! »

Et puis elle pensa à sa grand-mère qui avait tant

insisté, dans ses dernières lettres, pour qu'Helen vînt se reposer une ou deux semaines à Kanderley, respirer l'air pur qui courait sur les falaises, venu de la mer. En fait d'air pur... Mais que lui avait dit la mercière ? Une douzaine de personnes assassinées depuis le début de l'été dans la région située au nord de Belfast ? Et sur ces douze personnes, quatre appartenaient au petit village de Kanderley ? Était-ce croyable ?

Décidément, ces Irlandais n'ont pas le sens de l'humour, se dit en riant la jeune fille. Comment concevoir que douze personnes trouvent la mort sans pourquoi ni comment ? D'autant plus que la commerçante a ajouté : « Ils ont tous été tués de la même manière... »

Bientôt Helen ne pensa plus aux racontars de la mercière, et se mit à fredonner une vieille chanson du Pays de Galles en attaquant, après la dernière maison du village, le raidillon qui conduisait à la demeure de sa grand-mère, à quatre cents mètres de là.

C'était une vieille demeure perchée à flanc de falaise au beau milieu de la propriété ancestrale, une maison à la toiture exagérément pointue, percée de lucarnes, qu'on apercevait du village, avec le ruban de fumée qui s'échappait sans cesse d'une des cheminées. Helen n'y était pas revenue depuis des années, et ne la trouvait pas changée : quelques lézardes de plus, peut-être, quelques festons ajoutés aux girandoles des plantes grimpantes, c'était bien tout.

Le sac à la main, la jeune fille escaladait vaillamment les derniers détours du chemin rocailleux. Sa vie de citadine l'avait déshabituée de pareils exercices. Elle soufflait.

« La charité, Dieu te le rendra. »

La voix sortait d'un coin d'ombre, dissimulé sous le lierre de la muraille gonflée par les eaux qui entourait la propriété de Mrs Coostle.

Helen respira pour reprendre son souffle et s'avança de quelques mètres en direction de la voix. Le crépuscule tombait déjà, et les objets s'estompaient l'un après l'autre dans la brume, ce tenace envahisseur de l'Irlande du Nord, qui chaque soir s'appesantit en lambeaux traînant sur la campagne, longs flocons blanchâtres qui, le matin, n'en finissent plus de s'éparpiller et de s'évanouir. Quelque mendiant, quelque infirme peut-être...

Helen eut un geste de surprise. Nonchalamment adossé aux pierres moussues, l'homme qui l'implorait n'était pas vieux. Ni vieux ni jeune, sans âge. Les contours indistincts de son visage disparaissaient sous une barbe de plusieurs jours. Des lèvres lippues, entrouvertes et presque goguenardes, un nez recourbé comme le bec d'un oiseau de proie, d'un vautour, songea tout à coup la jeune fille. Et deux yeux glauques et vides, à demi éteints sous de lourdes paupières tombantes qui laissaient passer dans l'ombre une lueur rougeâtre.

« La charité, Dieu te le rendra. »

Sourire aux lèvres – et quel sourire – il gardait les mains dans ses poches et mâchonnait un reste de cigare informe. Son costume clair, à petits carreaux, avait été riche, bien coupé, de bon goût. En d'autres circonstances, Helen l'eût trouvé sans doute un peu démodé. Mais une épaisse couche de crasse le ternissait maintenant, crasse qui se transformait en boue sur les bottines noires, et qui s'achevait en simple poussière sur les bords du chapeau melon que l'inconnu gardait insolemment sur la tête. Ses lèvres, qui souriaient de plus en plus, découvraient autour du cigare deux rangées de dents éclatantes, blanches comme celles d'un loup, unique reflet clair dans ce débris loqueteux et dépenaillé.

« La charité, Dieu te le rendra. »

En ce mois de septembre 1875, Helen venait d'avoir ses dix-huit ans. Ses terreurs enfantines s'étaient dissipées depuis des années déjà, et pourtant elle demeura pendant quelques minutes fascinée par cette étrange rencontre. Un long frisson la fit soudain tressaillir. Elle secoua la tête, comme pour chasser loin d'elle une mauvaise pensée, puis s'enfuit à toutes jambes vers la maison de sa grand-mère, dont elle apercevait, à quelque vingt mètres, les pâles lumières.

Mais comme elle s'éloignait, elle entendit derrière elle un rire étouffé, moqueur, et ce rire se mit à ramper le long du mur, à travers le lierre, rasant furtivement les pierres de la clôture. Ce rire la poursuivait. Elle pressa le pas et s'engouffra précipitamment dans le jardinet qui entourait la demeure isolée de Mrs Coostle. La présence de Percitt, le gros chien boxer, la rassura. Le rire de l'inconnu décrut lentement dans le lointain, puis s'éteignit.

Depuis sa rencontre avec le mendiant, Helen Coostle n'avait pas tourné la tête une seule fois.

***

« Il y a deux jours que tu es ici, ma chère Helen, dit Mrs Coostle en attaquant son porridge, et tu vois déjà des brigands dans tous les chemins !

— Mais je vous assure, s'écria Helen, cet homme m'a fait peur. Il ricanait, il était si bizarre, si...

— Tu apprendras à le connaître, ma chère enfant. Il rôde jour et nuit autour de Kanderley, et dans les environs. Les paysans rappellent Vrollo et le détestent, je ne sais pas pourquoi, peut-être parce qu'il rit au nez de tout le monde. On le jette dehors, on le maltraite. On ne sait pas où il vit, ni de quoi il vit. Toutes les campagnes ont des phénomènes de ce genre. »

Helen releva la tête et se hasarda à demander, sachant d'avance qu'elle serait rabrouée :

« Et s'il était mêlé à... »

Mrs Coostle était une vieille dame aux cheveux gris, très stricte dans ses vêtements ornés de dentelles noires, pleine de dignité. Mais son regard était perçant, ses gestes vifs malgré son âge.

« Je vois que tu as bavardé avec les gens du village, ma chère Helen, dit-elle avec sévérité. Ils sont incorrigibles. Mais dans cette maison, je ne veux pas que tu parles de ces prétendus meurtres. Tu es ici pour prendre des vacances, pour te reposer après ta première année de médecine, qui a été dure. Promène-toi, visite la région, fais la grasse matinée et mange beaucoup de porridge, c'est tout ce que je te demande. »

Helen ne se tint pas pour battue.

« Mais pourquoi ne m'avez-vous pas prévenue, avant de m'appeler ?

— Pourquoi ? Mais ma chérie, parce que je ne prête moi-même aucune importance à ces racontars d'Irlandais ! On t'a parlé, naturellement, d'une douzaine de meurtres sauvages et mystérieux, d'étranglements, de blessures à la gorge ? Sornettes ! Ce sont là des histoires du siècle passé ! Le docteur Edwardes, à qui j'ai demandé des renseignements, n'a trouvé que trois morts, disons bizarres, dans le canton de Kanderley. Mais l'imagination paysanne grossit tout ! Et en 1875, Dieu merci, nous avons une police assez bien faite pour dormir sur nos deux oreilles. »

Depuis que les deux femmes avaient entamé ce sujet, Anna, la bonne irlandaise de Mrs Coostle, délaissait son service et écoutait attentivement. Anna était une assez forte femme d'une quarantaine d'années, au visage un peu lourd, encadré par deux bandeaux de cheveux déjà gris, séparés sur le milieu de la tête par une raie.

« On te racontera probablement, reprit Mrs Coostle, qui en fait adorait s'étendre sur ce sujet, mais craignait d'inquiéter sa petite-fille, un certain nombre de ragots sur les mystères de la région, sur les fantômes, sur les feux follets qui scintillent la nuit sur la lande. Inventions que tout cela ! Cette série de meurtres, dont nous parlions à l'instant, a renforcé ces craintes, et les gens n'osent plus sortir de chez eux. On te parlera aussi de la tour hantée...

— Une tour hantée ? Quelle tour ? Celle qui domine la mer, derrière votre maison ? »

Le visage de Mrs Coostle, devant tant de curiosité, se rembrunit. La vieille dame plongea le nez dans son assiette.

« Ça suffit, Helen, dit-elle sèchement. Restons-en là, sur ce chapitre qui m'énerve. Anna ! Eh bien, Anna ? Qu'attendez-vous pour changer nos assiettes ? »

Anna, qui se tenait immobile à quelque distance, sursauta et s'approcha lentement de la table. Elle fixa son regard noir sur sa maîtresse, puis sur la jeune fille.

« Vous rêvez ? demanda Mrs Coostle. Toutes ces rumeurs stupides vous trottent dans la cervelle, à vous aussi ? »

La bonne baissa les yeux et saisit l'assiette de Mrs Coostle. Helen l'entendit murmurer, à voix basse :

« Vous n'avez pas eu raison, vous n'avez pas eu raison... »

Et Helen comprit tout à coup ce qu'elle voulait dire : vous n'avez pas eu raison de faire venir votre petite-fille.

Le lendemain, vers dix heures du matin, Helen Coostle quitta la demeure de sa grand-mère pour se rendre à Kanderley. Le souvenir de sa rencontre de la veille et des bruits qui couraient alentour l'avait tenue éveillée une grande partie de la nuit.

***

L'air était vif, le temps clair. Helen descendait rapidement le long du sentier labouré par les pluies qui serpentait à travers les champs et les prés, de la maison de Mrs Coostle au village, quand une voix l'interpella et lui cria :

« Bonjour !

— Bonjour ! répondit-elle machinalement en poursuivant son chemin.

— Seriez pas Miss Coostle, des fois ? »

Surprise, Helen s'arrêta et leva les yeux. Assis sur un banc de pierre, un peu au-dessus du chemin qu'elle suivait, un vieillard la regardait en souriant ; un vieillard à l'allure débonnaire, à la figure étonnamment ridée, comme un lac fouetté par le vent, et parée d'une superbe paire de moustaches blanches.

« Si, dit-elle. Pourquoi ?

— Eh, venez donc un peu me tenir compagnie. Suis toujours seul, en ai assez. Venez, je vous raconterai des histoires, j'suis l'plus vieux du pays, quatre-vingt-huit ans, Miss Coostle...

— Mais je suis pressée, et...

— Pas vrai ! cria le vieillard en agitant la canne sur laquelle il avait appuyé ses mains. Pas vrai ! Vous êtes en vacances, hein ? Vous avez tout votre temps. Venez donc un peu vous asseoir à côté de moi. Je vous fais peur ?

— Pas du tout, protesta Helen.

— Eh bien alors, montez ! Vous perdrez pas vot' temps. Vous savez, j'en ai vu, ah ! J'en ai vu...

— Qu'est-ce que vous avez vu ? » lui demanda Helen qui, vaincue par sa curiosité, grimpait à côté de lui.

Elle s'assit à son côté et remarqua tout à coup ses yeux : deux minuscules points noirs, extraordinairement noirs pour l'âge que prétendait avoir le vieillard. Ces deux lueurs aiguës couraient sans cesse au fond de leurs orbites, comme des mouches prisonnières sous un verre.

« C'que j'ai vu ? Depuis quatre-vingt-huit ans que j'habite Kanderley, j'ai vu bien des choses, Miss Coostle, bien des choses. Les gens d'ici m'ont surnommé Blessed, savez-vous pourquoi ?

— Pourquoi ? demanda Helen.

— Parce qu'ils se moquent de moi, ah ah, parce qu'ils prétendent que j'ai fait un pacte avec le diable, et que j'suis un peu sorcier. Mais ils se trompent. Ce que j'ai, Miss Coostle, je vais vous dire : je vois des choses que les autres ne voient pas. »

Pas étonnant, avec des yeux pareils, pensa immédiatement Helen. Puis elle sentit ses craintes la reprendre. Elle aurait dû quitter ce vieux radoteur à l'instant même. Mais la présence du vieillard, malgré ce regard mobile qui fouillait le paysage et s'arrêtait parfois dans les yeux d'Helen, n'avait en elle-même rien d'inquiétant. C'est un brave paysan qui aime bien raconter sa vie, se dit-elle.

« J'suis né en 1878, Miss Coostle, reprit tranquillement Blessed, et j'avais à peine une dizaine d'années, tout juste une dizaine d'années, quand le docteur Frankenstein est venu s'installer à Kanderley, à son retour d'Écosse.

— Le docteur Frankenstein ? s'écria Helen. Il est venu à Kanderley ?

— Bien sûr, les gens ne l'croient pas. Ils sont trop jeunes pour s'en souvenir. Mais moi j'l'ai vu, vu comme je vous vois, Miss Coostle. Quand il est venu à Kanderley, il était déjà fatigué, maigre comme une girouette, avec ses yeux noirs pleins de fièvre qui vous fixaient, ah ah... C'était quelqu'un d'extraordinaire, le docteur Frankenstein...

— Vous l'avez bien connu ? demanda Helen.

— Si je l'ai bien connu ? »

Les yeux du vieillard se fermèrent, et tout son visage fut agité par une houle d'un rire silencieux et saccadé qui faisait sursauter toutes les chairs mortes de Blessed. Helen remarqua soudain comme il était pâle, plus que pâle, littéralement blanc. De son chapeau de laine, troué par les mites, s'échappait en désordre le chanvre de ses cheveux.

« Il est resté quelque temps ici, poursuivit-il quand son rire se fut calmé, près d'un an, occupé par son travail, n'est-ce pas ? De temps en temps, il se disputait avec... l'autre.

— Avec qui ?

— Ah ah, fit le vieillard sans répondre. Ils habitaient tous les deux ensemble, dans la tour.

— Dans la tour ? Quelle tour ?

— Vous en avez entendu parler, hein ? Vous êtes bavarde comme une pie, je parie. Si vous écoutez ce qu'on raconte, pour m'faire du tort, pas pour autre chose... Les gens prétendent qu'elle est bourrée de fantômes jusqu'aux mâchicoulis, mais c'est pas vrai, Miss Coostle. J'la connais bien, moi, cette tour. Personne n'veut y venir avec moi, et pourtant... »

Il laissa tomber sa canne qui rebondit sur les cailloux et saisit à deux mains, presque férocement, le bras d'Helen, en la fixant de ses yeux affolés brusquement immobiles.

« Pourquoi les gens ne veulent-ils pas y venir, hein, Miss Coostle ?

— Mais je ne sais pas, balbutia Helen.

— Ils n'aiment pas les belles choses, voilà pourquoi ils ne veulent pas venir, reprit Blessed. Là-bas, j'ai entassé un tas de vieux souvenirs, un tas de merveilles, comme on n'en voit nulle part, mais personne, pas un visiteur... À quoi bon avoir un musée, alors, Miss Coostle, si c'est pour n'pas le visiter ?

— Un musée ? s'écria Helen stupéfaite. Vous avez un musée ? »

Le vieillard lâcha le bras de la jeune fille et hocha sa tête chenue.

« Écoutez-moi, Miss Coostle, dit-il. Vous venez de la ville, et vous faites des études. Je suis sûr que vous n'auriez pas la frousse, comme ces damnés paysans d'Irlandais, si je vous emmenais visiter le musée... »

Sa voix se fit suppliante.

« La tour n'est pas bien loin de la maison de Mrs Coostle, à peine à un kilomètre, en direction de la mer. Cet après-midi, si vous le voulez, j'vous attendrai, à mi-chemin. Venez, je vous ferai visiter mon musée, le magnifique musée de Kanderley. Il en vaut la peine, vous verrez, il vous plaira. »

Helen était trop abasourdie pour répondre. Blessed, qui s'était levé d'un bond, sautait légèrement sur le chemin. Ses mouvements étaient d'une incroyable agilité.

« Et mon musée, continua-t-il en levant vers la jeune fille ses prunelles étincelantes, c'est aussi le musée du docteur Frankenstein, oui oui, c'est un peu son musée... »

Il fit une pirouette et s'éloigna vers le village en sautant d'une pierre à l'autre. Quand il eut parcouru ainsi une dizaine de mètres, il se retourna une dernière fois vers Helen et lui cria de sa voix de fausset :

« Souple comme un jeune, hé ? »

Puis il disparut en gambadant au détour du sentier. Des cailloux roulaient sous ses pas.

2

Pour parvenir à la poterne, ils durent se frayer un chemin entre les ronces. Le vieillard marchait allègrement devant elle et ne cessait de marmonner, d'énumérer entre les dents les richesses de son musée, fou de joie d'avoir enfin un visiteur.

La poterne franchie, Helen chercha vainement des yeux les merveilles promises. La tour, envahie par les herbes folles et les gravats, n'avait plus de toiture et s'ouvrait directement sur le ciel gris de ce jour de septembre.

Quelques fragments de constructions dont il ne restait que des décombres, un escalier démantelé et la trace d'une cheminée monumentale garnissaient encore l'intérieur des murs, percés de meurtrières élargies par le temps. Les murailles épaisses conservaient une fraîcheur de cave à cette tour abandonnée. De pierre en pierre, avec un bruit de battement sec qui troublait soudain le silence un peu lourd où les ruines s'endorment parfois, une corneille, l'œil stupide et rond, s'envolait de temps à autre.

Blessed se frotta joyeusement les mains et releva le col de sa houppelande de berger.

« Mais... lui demanda Helen, et le musée ?

— Chut ! répondit le vieillard. »

En même temps d'un petit signe du doigt, il lui

ordonna de le suivre. Avançant avec difficulté sur les amas de pierres branlantes et de poutres pourries, ils se dirigèrent vers une porte en bois toute déchiquetée, mais garnie de ferrures encore solides. Blessed la poussa, non sans un bruit de raclement qui fit grincer les dents d'Helen, et s'engagea dans un escalier en colimaçon, fort obscur, qui s'enfonçait sous terre.

En haut des marches, Helen hésita.

« Allons, Miss Coostle, cria Blessed, suivez-moi ! Suivez le guide du musée de Kanderley, ah ! Ah ! »

Après une descente de quelques mètres, les ténèbres se firent plus épaisses.

« Monsieur Blessed ! Je n'y vois rien, Monsieur Blessed !

— Hein ? répondit la voix du vieillard. Ah oui, j'oubliais. Attendez-moi, je vous apporte une torche. »

Quelques instants plus tard, une lumière vacilla sur les parois de l'escalier et Blessed parut, tout souriant, une torche allumée à la main.

« Faut m'excuser, dit-il. J'n'ai pas l'habitude de me servir d'une torche. Comprenez ? Mais j'vois dans le noir, comme les chats. »

Au bas de l'escalier, un vacarme, un bruissement de centaines d'ailes les accueillit. Brusquement arrachée à son sommeil, une troupe de chauves-souris fonçait à leur rencontre. Helen enfouit son visage dans ses bras.

« Bougez pas ! cria Blessed. Les chauves-souris les enveloppèrent, les frôlèrent, mais sans les toucher, et s'engouffrèrent dans l'escalier comme un tourbillon de feuilles mortes emportées par le vent.

– Elles sont inoffensives, dit Blessed, qui paraissait amusé par l'effroi d'Helen. Quand je suis seul, elles ne s'enfuient pas, et quelques-unes viennent se poser sur mon dos. Je les apprivoise. Elles mangent dans ma main, ah ah... »

Peu à peu, aux côtés de cet étrange personnage qui ne cessait de ricaner et de glousser, la jeune fille sentait un curieux malaise l'envahir. Ce n'était pas une peur bien précise, pas encore, mais une sorte de pressentiment venu d'une menace incertaine qu'on sentait planer çà et là.

L'une suivant l'autre, ils parvinrent dans une salle aux voûtes basses et déformées, où les ombres projetées par la torche d'Helen titubaient comme des ivrognes. En désordre, enfouis sous la poussière et les toiles d'araignées, on devinait d'étranges objets vermoulus, des meubles rongés et bancals, une armure rouillée, complètement disloquée, gisant à la renverse sur la masse noire de ce qui pouvait être un coffre, et plus loin, disséminées, des formes indéfinissables. La résine crépitait dans la main de la jeune fille et la lueur enfumée n'arrivait pas à donner à cet amas de vieilleries confuses assez de clarté pour les réveiller. Toutes ces chaises aux barreaux disjoints, tous ces vases – était-ce bien des vases ? – tous ces mannequins de cire, parfois sans tête, ou sans bras, vêtus comme dans l'ancien temps, et d'autres engins lourds de mystère semblaient dominer, dangereusement immobiles, dans l'attente d'un imprévu qui les tirerait de leur poussière oisive, de cette humidité glaciale où chaque pierre cachait une plainte ou un cri d'autrefois.

Blessed parlait, parlait toujours...

« Voici les premiers pantalons portés par Brummel.

— Ce chiffon troué ?

— Voici l'épée en vermeil du prince de Galles.

— Ce sabre ?

— Voici la table où Marie Stuart, dans sa prison, écrivit ses derniers mots, voici l'armure brisée de Will de Kanderley, qui préféra se jeter du haut de sa tour plutôt que de tomber aux mains de Cromwell... »

Tous ces résidus informes, tous ces déchets... Et soudain... Quel était ce bruit ? Un rat ? Helen avait sursauté et sa torche tremblait de plus en plus fort.

« Des rats ! cria Blessed avec une joie désordonnée, incompréhensible. »

Et l'écho, qui bondissait de voûte en voûte, répétait : des rats... des rats... rats. Qu'était-elle venue chercher dans cette tour ? Ah oui, Blessed avait parlé de Frankenstein, et ce nom l'avait entraînée malgré elle... La tour avait appartenu, plus de soixante-dix ans auparavant, au docteur Frankenstein. Il avait touché ces objets sans valeur, ces détritus, il avait vécu ici. Mais on avait raconté tant de choses sur le célèbre docteur...

« Suivez-moi ! cria Blessed en agitant la main.

— Il y a d'autres salles ? demanda timidement la jeune fille.

— Y a trois, quatre, cinq salles, Miss Coostle ! Le musée de Kanderley est interminable, interminable ! Et n'est-ce pas qu'il est beau ?

— Très beau, Monsieur Blessed, et passionnant. »

Ils franchirent une porte très basse et le vieillard s'arrêta soudain, un doigt sur les lèvres.

« Chut ! fit-il. »

Dans l'ombre difficilement trouée par la torche, qui commençait à faiblir, Helen entrevit une espèce d'énorme sarcophage en pierre mal taillée, seul au milieu d'une crypte.

Le cœur de la jeune fille se mit à battre à une allure folle. Blessed, lui, jubilait. Il se cramponna au bras de la jeune fille et, désignant le sarcophage du menton, il murmura :

« IL est là...

— Qui ? » s'écria la jeune fille terrifiée.

Et les voûtes répétèrent de plus en plus faiblement dans le lointain : qui... qui...

« Qui ? reprit le vieillard à voix basse. Mais LUI, bien sûr. N'est-ce pas pour LUI que vous êtes venue ?

— Ce n'est pas possible ! hurla Helen, pas possible... »

Le vieillard la fit taire d'un geste impérieux et l'entraîna vers le centre de la crypte. Des tronçons de cierges éteints jonchaient le sol. Blessed riait doucement, sans bruit. On sentait qu'il tenait là le clou de sa collection, un joyau, sans prix, inestimable. Les yeux brillants, les lèvres humides sous la moustache où des toiles d'araignées s'étaient accrochées pendant leur visite, il demanda à la jeune fille : « Vous voulez le voir ? »

Elle ne répondit pas, elle ne pouvait pas répondre. S'il était là, il fallait qu'elle le vît.

Ils s'approchèrent encore. Helen marchait comme un automate et se laissait guider par le vieillard. Elle se répétait : « Ce n'est pas vrai, je rêve, je rêve... »

Le sarcophage avait un couvercle de verre dissimulé sous une épaisse couche de poussière et de débris. Blessed s'avança lentement et se plaça d'un côté de ce qui ressemblait à un cercueil immense. Puis il fit mettre Helen de l'autre côté. Alors, avec les gestes d'un avare comptant son or, le vieillard se mit à essuyer lentement la poussière, de ses doigts maigres et blancs. Un cercle de verre apparut, s'élargit. Attirée par une force invincible, la jeune fille se pencha en avant, tendit sa torche, poussa un cri, un cri suraigu... Sous le verre, elle avait vu briller l'étrange lueur jaunâtre d'un œil. L'espace d'un éclair. L'œil s'était refermé. Mais non. Elle devait se tromper. C'était sans doute un reflet de la torche dans le couvercle.

***

Blessed parlait, parlait...

« Quand l'docteur Frankenstein est mort, par là-haut, dans les glaces du Pôle, on a cru que sa créature reviendrait pas dans le monde civilisé, qu'elle préférerait s'engloutir dans quelque coin, folle de remords, qu'elle se tuerait, ah ah. Elle s'est bien tuée, vous le voyez, Miss Coostle, penchez-vous un peu, il est bien mort, allez. Mais il a voulu revenir mourir à Kanderley, à l'endroit même où il avait tué le meilleur ami de son maître, l'jeune Henry Clerval, vous savez ? Oh, j'étais petit alors, et pourtant, j'm'en souviens comme d'hier. Un soir où j'étais resté plus longtemps que d'habitude à garder les moutons sur la falaise, j'ai vu approcher un bateau, puis j'l'ai vu sortir du bateau, lui, et entrer dans la tour. J'n'ai pas pu me tromper, Miss Coostle. Il était immense, tout voûté, fatigué à la mort. J'ai eu peur, j'm'suis enfui. Puis des mois plus tard, j'suis revenu, et j'l'ai trouvé là où vous l'voyez. Il s'était couché dans le sarcophage, et il avait tiré sur lui le couvercle, et puis il s'était laissé mourir à petit feu, d'étouffement. Les gens ne s'approchaient plus de la tour depuis longtemps, vous comprenez, à cause des... Comment dire ? Des choses du temps passé. Et j'suis l'seul à savoir ça, avec vous maintenant, Miss Coostle... »

Lentement, en écoutant discourir le vieillard, Helen revenait à la vie. Blessed avait fini de nettoyer amoureusement le couvercle avec ses doigts et avec un pan de sa houppelande grise.

« Chaque fois que j'viens ici, disait-il, j'lui nettoie sa vitre, il faut bien que quelqu'un le fasse, et c'est moi le conservateur du musée, pas vrai ? Mais les chauves-souris et les araignées la salissent en un rien d'temps. »

Il fallait qu'Helen se penche à nouveau et qu'elle le vît, car il était là, elle le sentait, elle avait besoin d'en être sûre. Son œil, mon Dieu, elle avait entrevu son œil, son œil ouvert. Du moins... Elle ferma les yeux, se pencha sur le dessus du sarcophage, baissa la torche... Puis lentement, le souffle court, elle entrouvrit ses paupières. Entre ses cils qui tremblotaient, une image trouble, déformée, vint à elle, et cette image grossit et se précisa petit à petit, à mesure que la jeune fille ouvrait ses yeux... LUI, c'était LUI.

Le voir était insupportable, et pourtant, pourtant...

Elle appuya sa main sur son cœur pour en contenir les battements, puis elle vit.

Elle LE vit. Une seconde à peine, peut-être pas, cette face blême, cette hideur… Non ! Les épaules secouées de soubresauts, Helen enfouit son visage dans ses mains jointes, et fit un saut en arrière. Elle n'en pouvait plus.

« C'n'est pas joli joli, ricanait le vieillard, mais bien conservé, pas vrai ? »

Depuis combien de temps parlait-il, depuis combien de temps demeurait-elle ainsi, la tête cachée dans ses mains ? Elle fit un effort sur elle-même, elle essaya de trouver un nouveau courage. Derrière l'écran de ses mains, il lui semblait voir encore la lueur jaunâtre, celle d'un œil peut-être. Elle écarta les paumes, à peine. Sous le verre, au seul endroit qu'elle avait la force de fixer, deux mains difformes, gigantesques, étaient croisées sur l'autre, au-dessus d'une jaquette ancienne. Cette dépouille, jadis, avait bougé, marché, parlé, l'œil avait vu, ces mains avaient étranglé, sans effort.

« Vous voulez le toucher ? demanda Blessed. Dites, je peux vous l'faire toucher, si vous voulez. Il suffit de faire glisser l'couvercle dans les rainures. On dirait un vieux parchemin, vous savez, un vieux parchemin glacé…

— Non, non, articula Helen en s'écartant. »

Mais c'était un réflexe qui la faisait répondre ainsi, car elle ne sentait plus la peur qui la taraudait. La peur. Ce n'était même pas de la peur. La gorge serrée comme par ces mains verdâtres, immobiles sur la jaquette desséchée, Helen s'arrachait avec peine au voisinage du bloc de pierre.

« Deux mètres quarante de long, disait le vieillard, un mètre trente-cinq de large. J'l'ai mesuré plus d'une fois, j'l'connais par cœur, il est à moi, vous comprenez ? »

Pendant de longues minutes, Helen demeura immobile. C'est à peine si elle frémit quand la main de Blessed se posa sur son bras, c'est à peine si elle entendit la voix de crécelle du vieux lui dire :

« Restons pas là, Miss Coostle. Nous avons des choses à voir, des tas de choses encore ! Si nous nous attardons, nous ne serons pas rentrés avant la nuit, et que dira Mrs Coostle ? »

Helen recula lentement, sans détacher ses yeux du sarcophage qui, peu à peu, abandonné par la lueur de la torche, retournait aux ténèbres comme un navire disparaît parfois dans la brume de l'océan.

Ils franchirent une deuxième porte, aussi basse que la première, et à la vue du spectacle qui s'offrait à elle, la jeune fille pensa aussitôt : « un laboratoire » !

C'était en effet un laboratoire, celui du docteur Frankenstein. Il aimait venir travailler ici, expliqua Blessed, il était tranquille. Tout est resté comme il l'avait laissé en partant. Partout, sur des étagères, sur des tables, on apercevait des rangées de cornues et d'éprouvettes où croupissaient encore des liquides troubles. Sur les murs, de larges planches décrochées, aux couleurs déteintes, pareilles à celles dont se servait Helen, dans ses études de médecine. Plus loin des squelettes bringuebalant sur leurs pivots, le tout noyé, étouffé dans la poussière et l'air rare qui soulevait la poitrine d'Helen à un rythme rapide.

« Qu'est-ce que vous dites de ça, hein ? demanda Blessed. »

Mais la pensée de la jeune fille ne s'était pas encore habituée au décor de cette nouvelle pièce. Elle était restée fascinée par le sarcophage, et son contenu. La voix étranglée, elle demanda au vieillard :

« Blessed, vous ne croyez pas que c'est lui, là-bas, qui ?...

– Qui saigne les paysans ? enchaîna Blessed. Pourquoi vous m'demandez ça ? Elle vous intéresse, cette histoire ? J'pourrais vous en raconter long là-dessus, bigrement long. Mais lui, c'n'est pas possible : vous avez bien vu que c'est une carcasse morte.

– Vous êtes sûr, absolument sûr qu'il est mort ?

– Mort, mort, répéta Blessed en hochant la tête. Qu'est-ce qu'est la mort, pour lui, hein ? Alors ? Qu'est-ce qu'on peut savoir ? Rien, on n'peut rien savoir, Miss Coostle. »

Puis il redevint joyeux et, désignant le laboratoire d'un geste large de la main, il répéta sa question :

« Alors, qu'est-ce que vous dites de ça ? »

Helen n'eut pas le temps de répondre. Elle avait brusquement l'impression qu'un regard les épiait, ne perdait aucun de leurs gestes, un regard tapi quelque part sous un meuble, ou caché dans le mur. Elle tourna la tête, elle s'efforça de garder son sang-froid.

« Vous n'vous sentez pas bien, Miss Coostle ? demanda le vieil homme. Vous voulez que nous rentrions ? C'est peut-être un peu long pour une première visite.

— Ce n'est pas ça, Blessed, ce n'est pas ça... »

Et subitement la torche qu'elle tenait à la main s'éteignit, comme sur un coup de vent. En même temps, ou presque, la porte qu'ils venaient de franchir se refermait brutalement sur eux, à l'instant précis où éclatait l'horrible cri de détresse d'Helen. Affolée, elle tâtonna dans l'obscurité totale où ils se trouvaient plongés, puis un nouveau cri mourut sur ses lèvres : deux points brillants dansaient devant elle dans le noir, comme deux étoiles filantes.

« Vous tourmentez pas, Miss Coostle, murmura la voix du vieillard, un peu altérée, sembla-t-il. Vous tourmentez pas. C'que vous voyez, ce sont mes yeux. J'n'peux pas les cacher. J'vous vois, moi, Miss Coostle, j'vois dans le noir, comme les chats. Bougez pas d'là. C'est un courant d'air, bougez pas.

— Écoutez ! s'écria Helen en saisissant le bras de Blessed. »

Une voix, une voix douce et persuasive, leur arriva de très loin. Il leur sembla que cette voix appelait : Gouroull... Gouroull... Alors un bruit leur parvint de la pièce voisine, à travers les murs de la crypte et la porte fermée. Un bruit qui ne ressemblait à rien, à un grattement peut-être... Et tout à coup un fracas de verre brisé, brisé violemment, et retombant en miettes sur le sol, troua le silence.

« Oh oh, glapit Blessed, oh oh ! »

Helen aurait juré que le vieillard tremblait, maintenant. Ces claquements, à côté d'elle, n'étaient-ce pas les dernières dents de Blessed qui s'entrechoquaient ? Encore quelques éclats de verre, suivis par des gémissements sourds, inhumains, les ébrouements d'un fauve qui se réveille. Puis des frottements de bois, de pierre. Helen se mordit les doigts pour ne pas crier. Près d'elle, il lui sembla que le vieillard sanglotait, silencieusement, agenouillé sur la terre battue. Elle ne distinguait pas Blessed. Elle n'apercevait même plus les points étincelants de ses yeux de chat. Le vieil homme sanglotait-il, ou... Ce gloussement, n'était-ce pas un rire, semblable à ce rire muet qui l'avait secoué dans la matinée, sur le chemin de Kanderley ? Elle tendit l'oreille, épouvantée. Un pas, soudain... Puis un autre pas... Des pas hésitants, sonores, comme ceux d'un homme plié sous une lourde charge et avançant à grand-peine. Encore un pas... un autre...

« Gouroull, répéta la voix, qui s'était rapprochée. »

Cette voix... Helen connaissait cette voix. N'était-ce pas celle qui la veille lui avait demandé la charité ? La jeune fille eut une pensée absurde. Elle aurait dû donner de l'argent à ce vagabond, quand il lui demandait la charité, au lieu de prendre peur et de s'enfuir comme une sotte. Elle regretta de ne pas l'avoir secouru. Que faisait Blessed ? Complètement allongé par terre, il avançait lentement en rampant, vers la porte qui s'ouvrait sur l'autre pièce. Du moins, c'est ce qu'Helen crut comprendre en écoutant le glissement de son corps sur la terre battue du laboratoire. Il grognait, même, il répétait :

« Un voleur, c'est un voleur... »

Helen voulut lui crier de ne pas avancer, de ne pas

donner l'alarme, d'abandonner son misérable musée à tous les brigands de l'Irlande... Mais les mots ne pouvaient sortir de sa gorge paralysée par l'émotion. Et si elle avait pu crier, n'aurait-elle pas donné l'alarme elle-même ?

Mais le vieillard, qui était arrivé contre la porte, ne manifestait pas l'intention d'aller plus loin. Dans le noir, ses yeux réapparurent soudain, et Helen crut lire de la terreur dans ce regard sans visage, dans ces yeux qui roulaient dans l'ombre. Blessed avait collé son oreille à la porte, mais ce qu'il entendait lui ôtait toute envie d'aller plus loin. Helen entendait, elle aussi. Les pas, dans la pièce voisine, plus réguliers, mais toujours aussi lourds, s'éloignaient lentement, disparaissaient dans les autres pièces du musée.

Alors un éclat de rire, fou, strident, retentit autour d'eux, venu de partout et de nulle part, les enveloppant de tous côtés, se répercutant sur les voûtes irrégulières du laboratoire, cascadant dans le noir. Un rire d'une démence insolente. Helen ne pouvait pas se tromper maintenant : le même rire qui la veille l'avait poursuivie à travers le lierre, rasant la vieille muraille branlante de la propriété de Mrs Coostle.

3

« Je vous l'avais dit, Blessed, je vous l'avais dit.

— Qu'est-ce que vous m'aviez dit ? »

Le vieillard l'entraînait à toute allure dans un étroit couloir dallé où résonnaient leurs pas précipités. Ce couloir s'ouvrait dans un mur du laboratoire, derrière une planche d'écorché qui en dissimulait l'entrée. Blessed, à force de fureter dans ces ruines, avait déniché un passage secret.

« Je me doutais bien de quelque chose, Miss Coostle, dit-il en haletant, mais ça alors... »

Après le couloir, ils empruntèrent un boyau qui montait en pente raide, et ils furent obligés d'avancer à quatre pattes, sur un sol glissant, argileux, qui se collait aux chaussures légères d'Helen. Dans le noir, elle se laissait guider par le vieil homme qui se dirigeait sans aucune hésitation dans le labyrinthe.

« C'est un voleur, Miss Coostle, un voleur...

— Mais vous le connaissez ? Et qu'est-ce qu'il vous a pris ? Et ce rire ? »

Mille questions se pressaient sur ses lèvres.

« Il m'a pris... Il m'a pris... Du diable si je sais ce qu'il m'a pris ! »

Blessed paraissait égaré, fou de douleur ou d'effroi, Helen n'aurait pas pu le dire. Si on lui avait dérobé une pièce de son hallucinant musée, pourquoi n'était-il pas intervenu, pourquoi maintenant n'allait-il pas se rendre compte, au lieu de fuir comme un chien devant le fouet ?

Et la même obsession tenaillait le cœur de la jeune fille, le même motif lancinant lui revenait à la mémoire : ce n'était pas un voleur qu'ils avaient entendu. Ce verre brisé, ces pas de somnambule dans le musée désert, ces soupirs, ce rire démoniaque...

Quand ils parvinrent à l'air libre, ils s'aperçurent que le crépuscule envahissait déjà la campagne, accompagné de sa traîne de brume filandreuse et froide qui s'entortillait autour des arbres et glissait dans l'herbe courte. En bas, ils avaient complètement perdu la notion du temps. Combien d'heures de cauchemar avaient-ils passé dans la crypte ?

Avant de se faufiler hors du souterrain, qui trouait la terre à une vingtaine de mètres de la tour, Blessed regarda anxieusement de tous les côtés. Mais la brume, qui montait en tourbillons impétueux de la mer, à l'assaut de la falaise, s'épaississait de minute en minute, effaçant le paysage autour d'eux. Le sommet de la tour disparaissait déjà. Une ligne plus blanche indiquait à quelque distance le rebord de la falaise, l'endroit où les vagues de brume, comme fatiguées par leur escalade, commençaient à s'étendre nonchalamment sur les prairies.

« J'vois bien dans le noir, dit le vieillard, mais la brume me picote et m'fait pleurer tout comme un gosse. »

Quelques larmes d'irritation ruisselaient en effet le long des rides qui ravageaient ses joues. Était-ce vraiment la brume qui le faisait pleurer ?

L'oreille aux aguets, ils quittèrent leur refuge et, serrés l'un contre l'autre, transis de froid, tournant à chaque instant la tête à droite et à gauche, ils se hâtèrent vers Kanderley, sans dire un mot. Blessed continuait à pleurer silencieusement. Il abandonna Helen devant la maison de Mrs Coostle et se précipita en courant comme un forcené dans le sentier qui conduisait au village, gesticulant, criant des paroles sans suite.

Helen poussa la porte du jardin. Percitt, le gros chien boxer, l'accueillit avec défiance, la flaira en grognant sourdement, puis aboya à deux ou trois reprises.

« Percitt... Eh bien, Percitt, murmura Helen, en s'efforçant vainement de calmer le chien qui s'écartait d'elle, les griffes de ses pattes antérieures profondément enfoncées dans le sol.

– Percitt ! Que se passe-t-il ? cria la voix de Mrs Coostle, qui apparut soudain dans l'encadrement de la porte, une chandelle allumée à la main. Ah ! C'est toi, Helen ? En voilà une heure pour rentrer ! Anna et moi, nous commencions à nous faire du souci !

– Grand-mère ! »

Helen se précipita vers la porte, mais ne put l'atteindre. Au moment où, après des heures d'épouvante, elle retrouvait le bien-être et la tiédeur de la demeure familiale, ses nerfs l'abandonnèrent tout à coup. Elle glissa sur la pelouse et vint s'abattre, évanouie, devant les marches du perron.

Mrs Coostle n'avait pas voulu écouter ses

explications. Avec l'aide d'Anna, elle avait soigné, dorloté sa petite-fille, attribuant cette faiblesse aux fatigues d'une trop longue promenade. De plus, Helen avait un peu de fièvre. Ses bronches n'avaient sans doute pas l'habitude de ce climat chargé d'humidité, où il ne fait pas bon sortir le soir la gorge découverte. Bref, on avait fait avaler à la jeune fille un bol de bouillon brûlant, et on l'avait envoyée au lit sans plus de discours, sans prêter l'oreille aux phrases entrecoupées qu'elle essayait parfois de prononcer.

« Une bonne nuit de sommeil, avait dit Mrs Coostle, et demain tu seras fraîche comme la rose. »

Quand elle se réveilla, elle ignorait tout de l'heure qu'il pouvait être. On n'entendait aucun bruit dans la maison, mais en bas, dans le jardin, Percitt grognait.

« Qu'est-ce qu'il a encore ? » se dit Helen.

Elle enfila rapidement une robe de chambre et se dirigea vers la fenêtre, écarta les rideaux. Le clair de lune ne parvenait pas à percer la nappe de brume qui blanchissait la nuit. Elle écouta. Percitt grognait, de plus en plus fort, puis il poussa soudain un hurlement sauvage, très bref, aussi brutalement cassé qu'il avait jailli du gosier contracté de la bête. À ce cri, qui avait déchiré la nuit aussi violemment qu'un coup de feu, succéda le silence le plus profond.

« Mon Dieu, qu'arrive-t-il ? » se demanda Helen.

Résolue à en avoir le cœur net, elle entrouvrit légèrement la fenêtre de sa chambre qui donnait sur le devant de la maison et écouta. Aucun bruit ne lui parvint. Percitt s'était calmé et avait sans doute regagné sa niche. Elle se pencha davantage. Ses cheveux blonds, longuement épandus sur ses frêles épaules, lui faisaient comme une auréole floue et brillante, où vinrent bientôt se suspendre des gouttes d'eau.

« Percitt ! » cria-t-elle.

Toujours le silence. Et tout à coup... Non, ce n'était pas possible, pas ici, pas dans le jardin de Mrs Costle. Elle écarquilla les yeux, essaya de voir à travers ce rideau qui voilait le jardin, rideau d'où surgissaient, çà et là, quelques branches tordues et noirâtres, et plus loin les pointes des barreaux de la grille. Elle tendit l'oreille, espérant que le bruit se reproduirait. Le léger vent de la mer qui secouait sa chevelure et baignait sa gorge nue la laissait indifférente. Elle ne s'était pas trompée. Elle avait entendu des pas, des pas lourds et lents martelant le boulingrin, s'éloignant sans se presser le long de l'allée de gravier qui conduisait du perron à la porte du jardin. Ces pas, ces pas qu'elle reconnaissait, que jamais elle ne pourrait oublier...

Un bruit de serrure, de porte qui s'ouvre – la porte en fer du jardin, pensa Helen – et à ce moment, loin dans la nuit, une voix criant :

« Gouroull... Gouroull... »

Cette tache noire, cette épaisse tache noire aux contours indistincts qu'entre deux lambeaux de brouillard Helen apercevait droit devant elle, à vingt mètres au plus, cette tache bougeait, s'éloignait, se rétrécissait, se fondait peu à peu dans la brume revenue, charriée par le vent de la mer qui sifflait maintenant dans les arbres. Helen ne vit plus rien.

Mrs Coostle, qui toutes les nuits se bourrait les

oreilles de coton, n'avait probablement rien entendu. Quant à Anna, elle couchait de l'autre côté de la maison, et à l'étage au-dessus.

La jeune fille, qui sentait le froid sur sa gorge et sur ses épaules, referma la fenêtre et se recoucha frileusement, enroulée dans ses couvertures. Mais toute la nuit, tandis qu'elle se tournait et se retournait fiévreusement dans son lit, son esprit ne cessa de battre la campagne, sans parvenir à retrouver le repos.

Dès que les premières lueurs du jour vinrent se glisser dans la brume, elle se leva et descendit la première au rez-de-chaussée. Il n'y avait pas de trace d'effraction dans les appartements. Mais dans le jardin elle découvrit Percitt étendu sur le flanc, au beau milieu du gazon humide. Percitt, les yeux grand ouverts, illuminés par une expression d'épouvante que la nuit n'avait pas chassée. Percitt étranglé, les vertèbres cervicales broyées comme de la mie de pain, Percitt la langue pendante, noire, dans une flaque de sang que la terre n'avait pas absorbée tout entière. Percitt enfin, l'énorme boxer, sauvagement blessé au cou, comme par un coup de dent.

Pour le coup, Mrs Coostle fut obligée de se rendre à l'évidence. Le meurtre du chien de garde, tel que la jeune fille l'avait entendu de sa chambre, au cours de la nuit, était inexplicable. Aucune tentative de cambriolage ne l'avait précédé ou suivi. Et d'ailleurs aucun rôdeur, aucun voleur de grand chemin, aussi téméraire fût-il, n'aurait eu assez de puissance, d'abord pour forcer l'antique serrure de la porte du jardin, et ensuite, et surtout, pour étrangler Percitt comme un moineau, sans que le chien ait pu se défendre.

Mrs Coostle, subitement intriguée, mais ne voulant rien en laisser paraître, se fit raconter par le menu la visite à la tour en compagnie de Blessed, le plus vieil habitant de Kanderley, qui passait pour être fou et aussi un peu sorcier, un peu guérisseur.

« Il ne faut pas t'affoler, ma chère Helen. Tous ces événements te paraissent mystérieux, et ils le sont, sans aucun doute. Mais dans cette région de l'Irlande, les vieilles légendes prennent la force d'un article de foi dans l'âme des paysans. Le moindre fait un peu suspect, la moindre coïncidence bizarre fait naître aussitôt les terreurs les plus injustifiées.

– Grand-mère, répondit la jeune fille, nous ne pouvons pas rester ici entre femmes. Il peut nous arriver malheur à chaque instant. Regardez Anna : elle est encore sous le coup de l'émotion. »

Assise sur un tabouret, dans la cuisine, la bonne, les yeux vides d'expression, moulait machinalement le café.

« Ne t'inquiète pas pour Anna, ma chérie, et surtout ne prête aucune attention à ce qu'elle pourra te raconter. Elle est extrêmement superstitieuse, et je crois, sans en être sûre, qu'un de ses cousins a été étranglé, il y a une quinzaine de jours, de la même manière que notre brave Percitt.

– Tous ces attentats se ressemblent, c'est affreux.

– Peut-être s'agit-il d'une bande organisée, hasarda Mrs Coostle.

– Certainement pas. Des voleurs s'empareraient d'argent ou de bijoux, ils ne tueraient pas comme ça, pour le plaisir de tuer !

— Ou par vengeance, ajouta Mrs Coostle. On tue souvent par vengeance. Quoi qu'il en soit, nous remplacerons Percitt... Nous demanderons aujourd'hui même qu'on nous expédie de Belfast un couple de chiens-loups particulièrement aguerris, que nous lâcherons la nuit dans le jardin.

— Mais ça ne suffira pas ! s'écria Helen. Songez à la manière dont on l'a tué, le cou broyé comme sous une meule. Grand-mère, je voudrais que vous m'écoutiez... Vous ne voyez pas les choses en face. Ces crimes n'ont pas été commis par un homme, ni par un animal...

— Par quoi, alors ? Tu ne vas tout de même pas prétendre que...

— Non, grand-mère, non, bien sûr. »

Helen réfléchit pendant quelques minutes. Elles étaient assises de part et d'autre de la table de la salle à manger confortable mais un peu désuète de Mrs Coostle, mais elles ne songeaient ni à leur toilette ni à leur déjeuner.

« Voulez-vous m'accorder une faveur ? demanda Helen.

— De quoi s'agit-il ?

— Ça va vous paraître insensé.

— Dis toujours, ordonna Mrs Coostle, en arrangeant de la main ses cheveux gris maintenus par un filet noir sur le sommet de sa tête.

— Voici, reprit Helen. Mon professeur d'anatomie, le célèbre Archibald Barrows, dont vous avez certainement entendu parler...

— En effet.

— Eh bien, le professeur Barrows, qui m'a

utilement conseillée tout au long de ma première année de médecine, se trouve actuellement en vacances au sud de Belfast, non loin d'ici. Je suis sûre que si je lui écrivais, il se ferait un plaisir de venir nous tenir compagnie pendant un certain temps.

— Quel âge a ce monsieur ? demanda Mrs Coostle.

— Une cinquantaine d'années. Il est passionné par son métier, et tout ce qui touche à la médecine l'intéresse. Il pourrait s'occuper très activement du... problème dont je vous ai parlé.

— Comment cela ?

— Eh bien, avec son aide, et au besoin en recrutant quelques assistants dans la région, nous pourrions par exemple transporter jusqu'ici ce... Cet objet, et...

— Deviens-tu folle ?

— Pas du tout, grand-mère. Notre maison est la plus proche de la tour, et ainsi nous ne risquerions pas de donner l'alarme aux paysans, qui ne demandent qu'à s'épouvanter, comme vous le dites. Ici, nous prendrions évidemment toutes les précautions. Des hommes armés monteraient la garde nuit et jour. Et le professeur Barrows pourrait se livrer à un examen approfondi de cette... dépouille funèbre. On pourrait lui installer un laboratoire dans votre grenier.

— Dans mon grenier ?

— Mais oui ! Comprenez-moi, grand-mère, c'est le seul moyen de tirer cette affaire au clair. Je sais bien que ce dont je parle est absurde, inconcevable, je ne suis plus une petite fille, mais les événements d'hier et de cette nuit m'ont troublée, à un point que je ne saurais exprimer. Je sens que seul l'avis catégorique du professeur Barrows pourra me rassurer. S'il m'affirme que la créature de Frankenstein ne peut, en aucun cas, revenir à la vie, alors, grand-mère, je vous promets de renoncer à toutes mes idées noires.

— Et si le professeur refuse de venir ? »

Helen secoua la tête. Elle n'avait pas encore attaché ses cheveux, qui flottaient librement sur ses épaules.

« Il acceptera, dit-elle, j'en réponds.

— Tout cela est bien étrange, murmura Mrs Coostle, et il faut que j'aie les nerfs bien accrochés pour accepter une pareille proposition. Tout cela va faire du bruit, dans le pays.

— Pas du tout ! Personne ne le saura, si nous nous y prenons habilement.

— Et quand bien même cela se saurait ! Un petit scandale ne me déplairait pas. Écris immédiatement au professeur Barrows et, en descendant faire les courses à Kanderley, Anna mettra la lettre à la poste. Anna ! Eh bien, Anna ! Où êtes-vous ? Où est passée Anna ? »

Mrs Goostle se leva et se dirigea vers la cuisine. Le moulin à café reposait sur la table, près du tablier de la bonne, hâtivement jeté là. Anna s'était enfuie.

4

Le professeur Archibald Barrows, répondant à l'appel de son élève, comme celle-ci l'avait prévu, arriva à Kanderley quatre jours après la disparition de la bonne. Malgré sa cinquantaine avouée, le professeur n'avait rien d'un universitaire blanchi sous le harnais. Assez court de taille, large de torse, corpulent et vigoureux, il jouissait auprès de ses amis de la réputation d'un joyeux vivant. Assez peu recherché dans sa mise, rond dans ses manières, vif et précis dans ses gestes les plus insignifiants, comme la révérence qu'il offrit à Mrs Coostle, le célèbre anatomiste eut tôt fait de balayer d'un sourire les craintes d'Helen.

« Votre imagination, ma chère Helen, ne résistera pas aux taillades de mon scalpel. »

Pourtant, une certaine inquiétude perçait visiblement sous cette apparente confiance. Le professeur n'avait que souri, et non pas ri aux éclats, comme il le faisait d'habitude. Et dans ses yeux bleus, brillants de perspicacité, Helen crut lire une expression insolite, un certain malaise.

De plus, le professeur n'était pas venu seul. Le jeune homme qui l'accompagnait, et que le professeur présenta comme un de ses meilleurs amis, reporter à la *Gazette* de Belfast, le premier journal de l'Ulster, se nommait Gordon Mallorey. Sensiblement plus grand que le professeur, mais plus mince, il était, lui, assez recherché dans sa mise, et non sans une certaine fantaisie.

Au demeurant, très affable dans ses manières. Il apprit à Mrs Coostle et à Helen que, venu à Kanderley, sur l'ordre de son directeur, pour enquêter sur la série de crimes qui depuis quelques mois endeuillaient la contrée, il avait été heureux de faire le voyage en compagnie de son vieil ami, qui l'avait mis au courant des projets dont Helen lui avait parlé dans sa lettre. Il se déclarait très intéressé par ce qu'il appelait cette expérience, et ajouta qu'il avait retenu une chambre à l'auberge de Kanderley.

Mais Mrs Coostle se récria. Elle pria le jeune homme d'accepter sa modeste hospitalité.

« Ma maison est bien assez grande, dit-elle. Et je dois vous avouer que, malgré ma forte tête, je me sentirais plus rassurée par la présence constante de deux hommes autour de moi, aussi longtemps que durera votre curieuse... étude anatomique, Professeur Barrows.

— Acceptez, mon ami, dit le professeur. Vous mourez d'envie de partager le secret de mes travaux. »

Gordon se laissa convaincre, avec d'autant plus de facilité qu'il croyait lire une supplication muette dans les yeux clairs de Miss Coostle.

Celle-ci, en attendant son professeur, avait aménagé à son attention, dans le vaste grenier charpenté de la maison de Mrs Coostle, une sorte de laboratoire provisoire. Le professeur Barrows, qui avait amené quantité d'instruments de chirurgie dans une grande valise en cuir, apporta les derniers aménagements à son installation, puis se déclara tout à fait satisfait.

Dans un coin du grenier, on apercevait un très grand cuvier en bois qui servait à Anna pour les grosses lessives.

« Gordon nous donnera un coup de main pour le transport, déclara Barrows, et j'ai demandé au docteur Edwardes, que je connais depuis la faculté, et avec qui je suis resté en relations, de venir aussi, dans la mesure où son travail le lui permettra.

— Le docteur Edwardes vous a-t-il parlé des meurtres ? demanda Gordon.

— Un peu, oui, très peu, répondit le professeur. »

Puis il continua rapidement, comme si le sujet ne l'intéressait pas.

« Naturellement, tout ceci doit rester secret, parfaitement secret. Si mes collègues avaient vent de ce que nous tramons, ils nous prendraient à coup sûr pour des fous.

— Rien ne sera divulgué, Professeur Barrows, répondit Mrs Coostle. Anna, ma seule domestique, m'a quittée la semaine dernière. Nous serons ici entre nous.

— Parfait. Si les gens vous interrogent, vous leur expliquerez que nous sommes des amis de passage, venus étudier quelques spécimens de la flore de la lande de Kanderley. Quant à nos déplacements, nous devrons être très prudents.

— De notre maison à la tour, dit Helen, qui avait compris les inquiétudes du professeur, la lande est parfaitement déserte, et nul berger ne s'y aventure, en raison des légendes qui rôdent autour des vieilles pierres. Soyez tranquille, Professeur, personne ne nous remarquera.

— Fort bien, voici comment nous procéderons... »

Le lendemain, Archibald Barrows, Gordon et le docteur Edwardes – un petit homme malingre à pince-nez, aussi chétif que le professeur était rond – se dirigèrent vers la tour en compagnie d'Helen qui devait les éclairer avec une lampe de charretier. Ils pénétrèrent dans la tour silencieuse où voletaient toujours des corneilles, affrontèrent les chauves-souris de l'escalier, les rats, les araignées qui se balançaient dans la pénombre au bout de leurs fils...

« Rien n'a donc changé depuis ma première visite, songeait Helen. »

Guidés par la jeune fille, qui tenait à bout de bras sa lanterne, les trois hommes traversèrent l'un derrière l'autre la première salle du musée, puis se dirigèrent, non sans quelque hésitation, vers le cercueil au couvercle de verre.

Gordon saisit la lanterne. La présence concrète de ces trois hommes décidés n'arrivait pas à chasser l'atmosphère pesante, envoûtante qui régnait dans l'étrange caveau.

« Là ! s'écria le journaliste en tendant sa lanterne sourde.

— Allons-y, dit Barrows. »

Le couvercle du sarcophage était intact, et on n'apercevait aucune trace de verre sur le sol. Malgré ce que cette constatation pouvait lui apporter de rassurant, Helen demeurait oppressée. Elle ne s'approcha pas du sarcophage et tourna le dos aux trois hommes pendant qu'ils accomplissaient leur travail. Elle n'entendit que leurs souffles rapides, les jurons poussés par le docteur Edwardes, puis la chute d'un poids sur le sol. Elle vit passer à côté d'elle, sur une civière, une masse confuse dissimulée sous une bâche verte, et que les trois hommes charriaient à grand-peine. Ils avancèrent ainsi, lentement, ahanant, dans l'escalier tortueux puis dans les décombres de la tour, où leur fardeau faillit leur glisser des mains à plusieurs reprises.

En haut, ils chargèrent leur butin sur une charrette qu'ils avaient apportée, et partirent comme des voleurs, une mule entraînant le mystérieux catafalque. Des bouffées de brumes s'élevaient sur la lande et chaque touffe de genêts, comme des feux s'éteignant, et se dispersaient mollement au-dessus des bruyères et des ajoncs doucement agités par le vent bas, qui n'ébranlait même pas les nuages gris tassés dans le ciel.

Le docteur Edwardes, maigre silhouette noire, tirait la mule par la bride, et de temps en temps lampait une gorgée d'alcool, pour se réchauffer.

Pour se réchauffer, ou pour se donner du courage, peut-être. Les trois autres marchaient derrière, courbés contre le vent, contre la bruine qui pénétrait sous chaque pli de leurs vêtements. Le grondement proche de la mer, au pied de la falaise, donnait à cette scène une apparence d'éternité, l'allure d'un décor inchangeable et redoutable, où se hâtait, furtive, une charrette aux essieux grinçants qui portait un objet recouvert d'une bâche verte.

Personne ne vit, derrière un bouquet de genêts plus haut que les autres, une main blanche, striée de veines épaisses, qui écartait les genêts pour permettre à quelqu'un d'épier le cortège sinistre et pressé de fuir. Une main blanche, presque diaphane...

Quand ils eurent parcouru une centaine de mètres, Helen se retourna. Là-bas, la tour dévalisée se dressait, menaçante, efflanquée, ricanant dans la mâchoire édentée de ses créneaux, épiant par les fentes de ses meurtrières.

Et tout à coup la jeune fille eut l'impression qu'ils venaient de commettre quelque chose qui ressemblait à un sacrilège.

Une semaine s'écoula, laborieuse et presque muette. Une présence nouvelle s'était installée dans la vieille demeure autrefois paisible de Mrs Coostle, et la dominait, une présence incertaine, indéfinissable, mais qui transformait les objets, les meubles les plus anodins en une série d'instruments diaboliques. Et chacun des habitants de la maison ressentait cette présence à sa manière.

On savait que là-haut, dans le grenier où le vent gémissait toutes les nuits, gisait, sur une table de bois noir, la dépouille mortelle de la créature de Frankenstein. Elle était entièrement dissimulée sous un drap blanc qui ne laissait dépasser que les énormes pieds carrés, enveloppés de linges, et, de chaque côté, les deux mains, ces mains desquelles, dans les souterrains de la tour, Helen avait eu tant de peine à détacher ses yeux.

Du matin au soir, le jour et parfois la nuit, le professeur Barrows travaillait d'arrache-pied, aidé par Gordon, qui avait complètement abandonné son enquête, et par le docteur Edwardes. Celui-ci montait à la maison de Mrs Coostle aussi souvent qu'il le pouvait, et buvait des rasades de plus en plus nombreuses d'alcool de grain.

De nouvelles odeurs, de nouveaux bruits, de nouvelles habitudes avaient envahi la grande maison. Mrs Coostle ne s'intéressait pas aux travaux de Barrows – elle le prétendait tout au moins – et ne se montrait jamais au grenier. Helen y pénétrait quelquefois, lorsque les hommes s'y trouvaient, mais jamais sans une secrète appréhension qui la faisait chaque fois frissonner des pieds à la tête, à la vue de ces mains difformes qui dépassaient au-dessous de la toile blanche, ces mains qui, autrefois, disait-on...

Autour des poignets et des chevilles du monstre, le professeur avait verrouillé d'épaisses attaches de fer, et une ceinture en cuir plaquait contre la table le torse démesuré de ce qu'on ne savait comment appeler. En faisant cela, en vissant les écrous de ces attaches, le professeur Barrows, qui depuis son arrivée à Kanderley avait complètement perdu le goût de la plaisanterie, avait déclaré d'un air gêné à ses assistants :

« Toutes ces précautions sont probablement inutiles... Mais... »

Subitement tourné vers le docteur Edwardes, il ajouta :

« Ne trouvez-vous pas, Docteur Edwardes, que

l'air que nous respirons sous cette charpente paraît capable de nous conduire aux suppositions les plus déréglées ? Ainsi, Docteur, êtes-vous complètement sûr ?

— Sûr de rien, répondit Edwardes, sa mine chafouine enluminée par les libations. La médecine nous cache sans doute encore de terribles possibilités, des mystères que seuls les docteurs peuvent, je ne dis pas percer, mais entrevoir. Passe qu'un jeune journaliste aux idées claires comme vous, Gordon, joue les esprits forts, mais moi... Mais nous... Pas en notre pouvoir, conclut Edwardes, qui, depuis vingt-cinq ans de pratique à Kanderley, était peu à peu pénétré par les craintes et les terreurs paysannes.

— Nous verrons, Edwardes, nous verrons. »

Alors, brusquement déchaîné comme un bûcheron devant son plus gros chêne, Barrows commença ses opérations et tenta de ranimer la dépouille par tous les moyens, excitations des centres nerveux, respirations artificielles, massages, et même, employant une méthode alors toute nouvelle, chocs électriques et électromagnétiques. Mais rien n'y fit.

Ce fut à ce moment-là que les bruits mystérieux et les odeurs se répandirent, tenaces, dans toute la maison, descendus par l'escalier de bois qui menait au grenier. À peu près convaincu, après huit jours de travail, de l'état momifié de son sujet d'expérience, le professeur Barrows passa aux analyses. Le gigantesque cadavre fut plongé dans un bain de vapeur brûlante, aménagé dans l'immense cuvier de bois qu'on avait recouvert d'une toile imperméable. Mais à la sortie de ce bain le professeur put constater que l'état des tissus était resté rigoureusement identique et n'avait subi ni gonflement, ni assouplissement, ni début de décomposition.

Le professeur trancha alors, d'un coup de bistouri, la première phalange du petit doigt de la main droite de la dépouille, qui n'avait pas encore livré son secret. Puis, grâce à diverses réactions chimiques, et par des examens approfondis au microscope, Barrows essaya de déterminer dans quelle substance avait été modelée cette phalange. Il réunit un jour Mrs et Miss Coostle, Mallorey et le docteur Edwardes dans la maison de son hôtesse, et leur apporta la conclusion de ses travaux.

« À ma grande honte, leur dit-il, je dois vous avouer mon échec total. Aucun symptôme de vie possible ne s'est manifesté et, en mon âme et conscience, je crois pouvoir affirmer que nous avons affaire à quelque chose qui ressemble de très près à un cadavre. Mais quel cadavre ? Ici, le mystère demeure entier. Je n'ai relevé aucune trace d'embaumement. De plus, en me livrant à l'analyse de la phalange amputée, je me suis trouvé devant des cellules s'apparentant à s'y méprendre à des cellules humaines. »

Devant l'émotion qu'il lut sur les visages de ses auditeurs, sauf peut-être sur celui du taciturne docteur Edwardes, le professeur s'empressa d'ajouter :

« Mais je ne peux pas dire que ces cellules sont vivantes. La matière organique qu'elles composent se trouve plongée dans un état de catalepsie dont je ne connais aucun exemple, et que je crois humainement impossible de briser. Les centres nerveux sont paralysés, le sang entièrement coagulé, mais sans l'aide d'aucun sérum. C'est tout ce que je puis vous apprendre. Mes travaux sont maintenant terminés et je regagnerai Belfast dans deux ou trois jours. La créature de Frankenstein, si toutefois c'est bien d'elle qu'il s'agit ici, sera l'objet d'une communication à l'Académie de médecine de Londres.

— Et que ferons-nous de votre singulier cobaye ? demanda Mrs Coostle.

— Madame, répondit Barrows, il appartient au musée de Kanderley, et je vous conseille de le faire rapporter là où nous l'avons pris. »

Le soir même, Gordon Mallorey, qui avait assemblé tant bien que mal quelques renseignements concernant son enquête, reprit le chemin de Belfast, non sans avoir remercié, pour leur aimable hospitalité, Mrs Coostle et la charmante Miss Coostle, qui regrettait un peu de voir partir le journaliste. De son côté, le docteur Edwardes reprit le cours de ses occupations régulières.

Le lendemain matin, Helen aidait le professeur Barrows à ranger ses instruments médicaux, et à remettre un peu d'ordre dans le grenier. Ils travaillaient en silence, impressionnés malgré eux, et malgré les déclarations du professeur, par la présence qu'ils sentaient toujours rôder sous les combles de la vieille maison. D'en bas leur parvenaient les bruits familiers de Mrs Coostle, vaquant elle-même, depuis la fuite de sa bonne, aux soins du ménage.

Par les deux lucarnes étroites du grenier pénétrait

une lumière grise et voilée qui baignait le vaste grenier d'une lueur indécise où flottaient les objets.

Pendant quelques minutes le professeur s'absenta. Le dos tourné à la table noire, Helen, devant une antique commode du siècle passé, rangeait côte à côte, dans la valise de Barrows, les bistouris et les scalpels, quand soudain... Elle dressa la tête et demeura brusquement figée, les lèvres blanches... Voilà que ça la reprenait.

Dans son dos, elle sentait, précise, indiscutable, la force d'un regard qui la fixait. Cette abominable impression, elle l'avait déjà ressentie, mais avec moins de dureté, pendant sa visite à la tour. Maintenant c'était féroce, insoutenable. Quelqu'un la regardait, l'observait, elle en était sûre. Mais il n'y avait personne dans le grenier, personne si ce n'était LUI... couché, ligoté sur sa table, enfoui sous un drap blanc qui ressemblait à un linceul. Impuissant.

Pourtant, un regard trouait ce drap blanc, un regard venait se planter dans les épaules de la jeune fille. Devant elle, le couvercle de la valise qu'elle était en train remplir était relevé, et à l'intérieur de ce couvercle était fixée une petite glace, la glace tout embuée d'une trousse à toilette du professeur Barrows. Rassemblant toute sa volonté pour un effort qui lui paraissait irréalisable, lentement, imperceptiblement, Helen avança sa main vers cette glace et l'essuya, du bout des doigts. Et ce qu'elle vit, ce qu'elle crut voir...

« Professeur ! » appela-t-elle d'une voix étranglée.

Puis, une seconde fois, mais dans un véritable hurlement de terreur :

« Professeur ! »

Un pas précipité dans l'escalier en bois...

« Helen ! Que se passe-t-il ? »

Les yeux hagards, les joues blanches comme le drap qui recouvrait la table noire, Helen se retourna, la gorge crispée, douloureuse. Elle crut qu'elle n'aurait plus jamais la force de parler, plus jamais le courage de marcher, d'agir. Elle aurait voulu s'enfuir, se ruer comme une folle dans les escaliers, mais ses pieds demeuraient collés au plancher du grenier.

Semblable à un automate, sous le regard inquiet de Barrows, elle tendit son doigt tremblant vers la table.

« Là ! »

Barrows s'approcha. Helen, adossée à la commode, ne pouvait avancer d'un pas. Elle continuait à tendre son doigt, comme pour interdire à quelque chose de s'approcher d'elle...

La main droite du monstre, celle où il manquait une phalange au petit doigt, apparaissait toujours sous le linceul. Mais elle s'était fermée. Les doigts étaient recroquevillés, tordus...

« Je l'ai vu, balbutia la jeune fille. J'ai vu ses doigts... revenir en arrière, et je sentais que... que...

– Est-ce possible ? » s'écria Barrows qui, lui aussi, avait fait un pas en arrière et contemplait la main à distance, avec de la peur dans les yeux, dans ces yeux bleus et métalliques que rien ne paraissait devoir troubler.

Il contemplait la main, il ne pourrait jamais s'arracher à cette main...

Autour du doigt mutilé, une petite flaque de

sang s'étendait lentement sur le bois noir de la table d'opération.

Une petite flaque de sang rouge, de sang vivant.

5

Devant cette extraordinaire manifestation d'un réflexe animal vivant, le professeur, tout à fait surexcité, décida sur-le-champ de prolonger son séjour à Kanderley, et se remit au travail avec empressement.

Il enjoignit à Mrs Coostle de prendre soin de sa petite-fille et de lui interdire désormais l'accès du grenier. Il ne donna pas d'autres explications et s'enferma sous les combles, aux prises avec le mystère même de la source de la vie.

Mais, à sa grande surprise, il s'aperçut au bout de quelque temps que, contrairement à son attente, le cadavre était revenu à son état primitif, cette immobilité sans rigidité que Barrows n'arrivait pas à comprendre. Impossible de l'en faire sortir. Impossible de provoquer à nouveau l'effusion de sang.

Une inquiétude grandissante alourdissait l'atmosphère de la maison de Mrs Coostle. Le soir venu, celle-ci cadenassait avec soin portes et fenêtres et, avec l'aide de Barrows, abaissait la lourde barre de fer qui maintenait fermée la porte menant au grenier, par l'escalier de bois.

Au village même, les gens commençaient à jaser. La présence du professeur Barrows, dont le docteur Edwardes avait révélé l'identité un soir où le whisky lui avait tourné la tête, suscitait les commentaires des paysans, et les anciennes légendes reprenaient corps et force. Certains racontaient avoir aperçu des processions de spectres avançant la nuit sur la lande, à travers la brume, d'autres parlaient de morts vivants et de fantômes, rappelaient la série de crimes étranges devant lesquels la police s'était montrée totalement impuissante. Enfin, Blessed, le vieillard, courait çà et là, l'air égaré, en criant à la ronde qu'on lui avait dérobé un trésor, dans la tour. Et dans ses propos désordonnés passait parfois le nom de Frankenstein.

Une grande peur muette s'abattait lentement sur le village de Kanderley. On disait qu'une ombre gigantesque, à laquelle nul ne se hasardait à donner un nom, planait sur les toits et sur la campagne. Personne ne sortait la nuit.

Chaque jour, Helen empruntait, parfois seule, parfois en compagnie de sa grand-mère, le chemin rocailleux et envahi par les ronces qui conduisait au village. Quand elle était seule, la jeune fille était à peu près sûre de rencontrer Vrollo sur son passage, Vrollo l'effrayant vagabond. Ses yeux injectés de sang l'attendaient à distance, puis la fixaient avec une indicible expression. Quand elle passait auprès de lui, celui-ci marmonnait d'étranges syllabes inintelligibles, et parfois, à pas lents, il suivait pendant quelques mètres, en ricanant tout bas, la jeune fille affolée qui s'enfuyait à toutes jambes.

Un jour, un gros paysan de Kanderley, un des propriétaires les plus importants du village, fut le témoin de cet étrange manège et se porta au secours de la jeune fille, pourchassée par le vagabond. Ce dernier, à la vue du paysan, qui s'appelait Charlie

Falscombs, émit une sorte de gémissement inarticulé et parut en proie à la plus violente fureur. Néanmoins, au prix d'un violent effort sur lui-même, il contint sa rage et se tourna vers le paysan pour lui demander, non sans insolence, la charité.

Mais Charlie Falscombs, une espèce d'hercule en pantalon de velours, la chemise ouverte sur une puissante poitrine où la sueur collait les poils, prit très mal l'arrogance de Vrollo. Il brandit sa fourche à quatre dents comme pour en pourfendre le vagabond.

Vrollo n'en demanda pas davantage. Il recula, lentement d'abord, dardant ses yeux rouges sur la face rubiconde de Falscombs, Puis, de plus en plus vite, il s'enfuit. Mais le paysan et la jeune fille avaient eu le temps de l'entendre proférer des paroles de menace.

Ce fut le lendemain de cet incident que le drame se produisit. Ce jour-là, tard dans l'après-midi, Helen était descendue comme tous les jours à Kanderley, pour y faire des courses. Pour éviter les mauvaises rencontres, elle s'était fait accompagner par sa grand-mère. Mais elles ne virent pas l'ombre de Vrollo sur le chemin.

Resté seul dans la maison, le professeur Barrows, toujours plongé dans son travail acharné, commençait à douter de lui-même et de sa science. Il manifestait les signes certains d'un profond découragement, lui l'intrépide chercheur qu'aucun échec n'avait rebuté tout au long de son admirable carrière.

Barrows était méconnaissable. En quinze jours, il avait vieilli de plusieurs années. Ses joues, mal rasées, s'étaient creusées, et ses vêtements paraissaient maintenant beaucoup trop amples pour son corps et ses membres amaigris. Ses yeux bleus, largement cernés de noir, avaient pris une fixité bizarre, due sans doute au surmenage inutile de ces derniers jours.

Quinze jours de voisinage avec ce cadavre anormal, lourd de terrifiants souvenirs, quinze jours d'espérances et de désillusions, quinze jours de labeur acharné soudain récompensé par la crispation d'une main et l'apparition d'une mince traînée de sang vite absorbée par le bois vermoulu de la table, et puis une dernière déception, mille fois plus cruelle que les précédentes, avaient miné l'optimisme et le courage du professeur Barrows.

Il n'était plus que l'ombre de lui-même. D'heure en heure, de minute en minute, Barrows se sentait changer. Des tremblements irrépressibles agitaient ses doigts naguère si sûrs et précis. Il évitait de regarder trop longuement la table et même de s'approcher d'elle. Il sentait croître en lui une haine violente, déraisonnable. Et cette haine allait au cadavre.

La petite cloche, suspendue à l'extérieur de la porte du jardin, tinta faiblement. Barrows tressaillit.

« Qui peut venir ? » se demanda-t-il. Mrs Coostle et la jeune Helen étaient parties depuis peu de temps. De plus, elles avaient une clé de la porte.

Le professeur descendit l'escalier, sans même ôter la blouse blanche qu'il revêtait pour ses expériences, traversa le jardin, ouvrit la porte en fer et se trouva face à face avec un chemineau, son baluchon sur l'épaule.

« Que voulez-vous ?

— Je ne vous demande pas la charité, répondit l'homme. Mais, si vous vouliez me laisser faire, je pourrais secouer les tapis, balayer l'escalier, bêcher un peu le jardin, qui en a bien besoin. Vous comprenez ? Après, si vous voulez, vous pourrez me donner quelque chose, ou à manger, si vous préférez. »

Pour lutter contre les bourrasques qui balayaient le versant de la falaise, le vagabond avait relevé le col râpé de son costume, un costume à carreaux qu'avait dû lui abandonner, jadis, quelque gentleman fortuné. Mais les poches et les revers de ce costume tombaient maintenant en loques. L'homme avait relevé son col et abaissé son chapeau, en sorte que Barrows ne voyait de son visage qu'un nez en bec d'aigle et une lèvre gonflée, au milieu d'une barbe épaisse et hirsute.

« Je ne suis pas ici chez moi, répondit le professeur. Je n'ai pas le droit de vous faire pénétrer dans cette maison.

— Oh, je la connais bien ! fit l'homme. C'est la belle maison de Mistress Coostle. Je viens souvent donner un coup de main à Mrs Coostle, et elle me reçoit toujours aimablement. C'est une brave dame. Vous n'avez qu'à demander à Mrs Coostle de me laisser entrer.

— Elle n'est pas là, dit Barrows. »

À ces mots, le vagabond eut un geste de détresse et haussa les épaules avec lassitude.

« Pas de chance, murmura-t-il.

— Allons, entrez quand même, grogna, d'un ton bourru, le professeur, dont la générosité ne put se contenir devant la misère du mendiant. Entrez et mettez-vous au travail. Quand Mrs Coostle rentrera, elle vous donnera ce qu'elle voudra. »

Le vagabond remercia humblement et pénétra dans le jardin, précédant Barrows sur l'allée de gravier qui crissait sous leurs pas. Depuis son arrivée à Kanderley, Barrows, qui ne sortait jamais de son laboratoire, n'avait jamais rencontré Vrollo. Pourtant, à la vue de la silhouette maigrichonne du vagabond qui se dandinait devant lui dans le jardin, le professeur eut la mémoire traversée par une lointaine réminiscence. De qui cet homme avait-il la démarche, sinon peut-être la carrure ? Et ce nez, cette lèvre... Où Barrows les avait-il déjà aperçus ?

Il aurait voulu voir les yeux de son visiteur inattendu, mais celui-ci gardait obstinément son chapeau melon enfoncé sur le front, jusqu'aux sourcils. Avant de franchir la porte d'entrée, il abandonna son baluchon sur les marches du perron. Puis il se mit à parcourir le couloir comme s'il connaissait parfaitement les lieux.

Barrows était de plus en plus intrigué. La forme caractéristique de cette nuque, ces gestes souples, ces mains crasseuses mais fines ne lui étaient pas entièrement inconnues.

Barrows, en descendant, n'avait pas fermé la porte qui menait au grenier, et qui s'ouvrait au fond du corridor, face à la porte d'entrée. Arrivé là, le vagabond, qui tournait toujours le dos au professeur, leva la tête vers l'escalier du grenier et appela doucement, comme une étrange plainte lentement modulée :

« Gouroull... Gouroull... Gouroull... »

N'était-ce pas là ce nom que la jeune fille prétendait avoir entendu dans les caves de la tour, dans le musée de Kanderley, et puis, une seconde fois, pendant la nuit de la mort brutale de Percitt ?

« S'il en est ainsi... » se dit le professeur.

Mais il n'eut pas le temps d'agir. Le vagabond, son appel lancé, se retournait lentement vers lui et, tandis que son visage noir se fendait d'un sourire sardonique, enlevait posément son chapeau, rabattait le col de sa veste.

Barrows le vit, le reconnut soudain. Barrows tremblait de tous ses membres, comme un enfant. Barrows avait peur. Barrows sentait ses entrailles se tordre. Mais de quoi avait-il peur ? De cette face lugubre qui riait à deux pas de lui, ou d'autre chose, ou de ce bruit, de ces claquements de ferraille, de ce fracas, de ce déchaînement qui venait tout à coup d'éclater dans le laboratoire désert ?

En revenant de Kanderley, Helen et sa grand-mère remarquèrent, à une centaine de mètres du sentier, en plein champ, un attroupement d'une dizaine de personnes. Des paysans gesticulaient en désordre et les cris perçants d'un enfant parvenaient jusqu'à elles.

« Mon Dieu, allons voir ce qui se passe, s'écria la jeune fille.

– Sans doute un accident, dit la grand-mère. Ils ont peut-être besoin de secours. »

En s'approchant du groupe de paysans et de paysannes qui semblaient complètement affolés et s'agitaient en tous sens, les deux femmes aperçurent un cheval couché sur la glèbe, inanimé, et, non loin de cette bête, le corps immobile d'un homme autour duquel plusieurs personnes s'empressaient. Ce corps, Helen le reconnut.

« Charlie Falscombs ! s'écria-t-elle. Que lui est-il arrivé ? Il est mort ? »

La mort de Charlie Falscombs ne faisait aucun doute, et la vue du cadavre était horrible. Au-dessous de sa face violacée, sa gorge apparaissait avec des teintes noirâtres, et des doigts énormes y avaient laissé l'empreinte de sillons profonds. Au-dessous de l'oreille gauche, dans le cou, on apercevait une large déchirure irrégulière, par où s'écoulaient encore des bouillons de sang qui imbibaient la terre. Dans ses deux mains, Charlie Falscombs serrait encore, avec une énergie d'un autre monde, un tronçon de manche de fourche. La fourche elle-même se trouvait dans le champ à vingt mètres de là.

Helen, ne pouvant supporter ce spectacle, détourna la tête et se réfugia contre la poitrine de sa grand-mère, qui essayait d'interroger les gens pour savoir ce qui s'était passé.

Autour d'elles des femmes hurlaient, des hommes, incapables de réagir, roulaient des yeux blancs de terreur. Un autre crime venait s'ajouter aux précédents, le meurtre d'un homme que tous respectaient dans le village, qui était considéré comme un brave homme, et dont la force physique et le courage étaient tous deux légendaires à des lieues alentour.

Assis par terre, agité par des tressaillements nerveux, un enfant pleurait à chaudes larmes et essayait de raconter la scène dont il avait été le témoin. Mais les mots se brisaient dans sa gorge. Une femme cria :

« Nous sommes maudits !

– Oui, fit un homme, nous y passerons tous, à moins que nous partions...

– Et encore, dit un troisième. Les esprits du mal sont déchaînés contre nous. Il n'y a plus rien à faire. Nous ne pouvons plus nous défendre. Même les bêtes sont écrasées par celui qui a juré notre perte. »

Le cheval, une superbe bête de trait au poil luisant, portait entre les oreilles la trace d'un coup violent qui lui avait broyé les os et défoncé complètement le crâne. Sa langue épaisse pendait entre ses dents, sous ses naseaux relevés. La bête était morte, elle aussi, tuée comme par un coup de masse donné par un géant. Dérisoire, encore attelée, la charrue renversée gisait dans les sillons.

Helen et sa grand-mère essayaient en vain de savoir ce qui était arrivé à Charlie Falscombs et à son cheval. Mais personne ne savait au juste comment l'homme et la bête étaient morts. Ils étaient morts, c'était plus que suffisant pour leur inspirer une épouvante irréfléchie, que les minutes qui passaient n'apaisaient pas. Chacun se lamentait de son côté, les femmes gémissaient, les hommes se signaient et grommelaient des incantations entre leurs dents serrées.

Ces paysans, au moment du drame, travaillaient dans les champs voisins, quand ils avaient été alertés par les cris de l'enfant. Aussitôt, ils étaient accourus, mais ils n'avaient aperçu aucun criminel, aucune ombre s'enfuyant. Simplement l'homme et son cheval couchés dans la terre labourée.

Le jeune garçon, âgé d'une dizaine d'années, était le propre fils de Charlie Falscombs. Ce jour-là, il avait accompagné son père aux champs, pour briser les mottes de terre, derrière la charrue, avec un petit outil qu'il tenait encore à la main, machinalement. Et l'enfant tentait de raconter ce qu'il avait vu.

« Je l'ai vu, disait-il entre deux sanglots, entre deux hoquets, d'une voix entrecoupée, je l'ai vu... Longtemps... Il était grand comme... une maison. Il est arrivé, comme s'il venait... de la mer. Je l'ai vu venir... de loin, je l'ai montré à papa... Papa m'a dit : sauve-toi... Je suis parti jusqu'aux arbres, là-bas... Papa était comme un fou... Il a lâché son cheval et... attrapé sa fourche. Puis, il s'est lancé contre... contre... l'autre et puis, il a essayé de lui planter sa fourche... Mais... Je ne sais plus... Papa est tombé, et le cheval aussi... Frappé. Alors... Alors... J'ai crié... Et l'autre, l'autre est parti... vite. »

Helen, après avoir entendu ce récit, se cramponna au bras de sa grand-mère, qui désirait d'autres précisions.

« Vite, à la maison, dit la jeune fille. Il est arrivé quelque chose. »

Elle ne disait pas : peut-être, ou sans doute. Elle savait que quelque chose de grave, un événement terrible s'était produit pendant leur absence. Elle ne désirait pas y penser davantage, elle ne voulait pas savoir exactement ce qui s'était passé. Dans le doute, il lui restait encore une chance infiniment mince...

Les deux femmes se hâtèrent de remonter jusqu'à

leur maison, qui n'était pas située très loin du champ tragique de Charlie Falscombs. Elles arrivèrent hors d'haleine, Mrs Coostle surtout, peu habituée à de telles courses à son âge.

Elles trouvèrent la porte du jardin ouverte et aperçurent, après avoir franchi l'allée, un baluchon de chemineau sur les marches du perron. Helen le reconnut immédiatement. Elle l'avait trop souvent rencontré, pendant ces derniers jours.

« Grand-mère ! s'écria-t-elle. Ce ballot appartient à Vrollo, j'en suis sûre. Il est venu ici pendant que nous étions au village. Le professeur, qui ne le connaissait pas, lui aura ouvert sans méfiance. Et alors... »

Dans le couloir, où elles ne trouvèrent personne, un silence pesant les accueillit. L'ombre envahissait déjà la maison. Le soir tombait. La porte du grenier, derrière laquelle commençait l'escalier, était restée grande ouverte.

« Professeur Barrows ! » cria Helen.

Mais rien ne lui répondit.

« Il ne serait pas sorti en laissant tout ouvert, dit Helen. Ce n'est pas du tout dans ses habitudes. Et puis ce sac, devant la porte...

— Montons, dit Mrs Coostle. Malgré les interdictions du professeur, il est de notre devoir de monter. »

L'une derrière l'autre, le cœur battant, elles s'engagèrent dans l'escalier en bois dont les marches grinçaient à chacun de leurs pas. Cette ascension leur parut interminable. Épuisées par leur course, elles soufflaient toutes les deux. Puis, se tenant par la main, elles pénétrèrent dans le grenier, où le crépuscule s'installait déjà en maître, dissimulant les coins dans l'ombre.

En apparence, rien n'avait bougé. Au centre, sur la table de bois noir, sous le linceul, gisait toujours une forme, une forme humaine. Mais était-ce réellement la même forme ? Elle semblait moins longue et plus étroite que celle qui d'ordinaire se tenait à cette même place.

Les pieds de ce qui ne pouvait être qu'un cadavre étaient entièrement recouverts par le drap qui formait une tache blanche dans le clair-obscur qui s'emparait de la pièce. Et les mains... Ce n'étaient plus les mêmes mains. Celles-ci étaient des mains d'homme, et une bague brillait faiblement à l'un des doigts. En regardant mieux, les deux femmes se rendirent compte que les épaisses attaches de fer ne maintenaient plus rien. Elles avaient été brisées comme un morceau de carton, brisées net.

Les deux femmes, immobiles sur le pas de la porte, échangèrent un regard angoissé. Puis, toujours la main dans la main, elles firent quelques pas vers le milieu de la pièce, vers la table.

Rien ne bougeait.

Helen et sa grand-mère, qui avaient de plus en plus de mal à respirer, étaient maintenant tout près de la toile blanche, à la toucher. Aucun bruit ne troublait le silence, aucun tressaillement n'agitait le linceul. Par-dessus la forme qui maintenant les séparait, les deux femmes échangèrent encore un regard, et Mrs Coostle, luttant contre l'étrange frayeur qui l'oppressait, fit un effort sur elle-même, pour sortir de cette torpeur. N'importe quelle découverte vaudrait mieux pour elles que cette attente qui s'éternisait. D'un geste décidé, Mrs Coostle tendit sa main vers l'une des extrémités du drap, celle où, d'habitude, se cachait la tête de la créature.

Helen s'accrocha au rebord de la table.

Elle savait déjà.

Quand Mrs Coostle eut brusquement relevé un pan du linceul, ce fut une tête aux yeux révulsés qui leur apparut, une tête figée à jamais dans l'expression de l'épouvante la plus atroce, la tête du professeur Barrows.

6

Quand la mort de Charlie Falscombs et celle, aussi horrible, du professeur Barrows furent connues, la panique s'empara de Kanderley. Terrorisés, les paysans refusèrent de sortir de chez eux, où ils se barricadèrent et s'armèrent en prévision de l'arrivée du mystérieux étrangleur, en qui on voyait une sorte de génie malfaisant et invincible.

Toute activité cessa. Les champs furent livrés aux herbes sauvages, les cultures et les récoltes interrompues. La lande devint un désert, laissé tout entier aux brouillards et au vent d'automne.

Quelques bergers essayèrent malgré tout de mener paître leurs moutons. Mais, en dépit de tous les efforts des hommes, les moutons refusèrent d'aller brouter sur la lande et surtout de s'approcher de la tour. Moutons et chiens grattaient la terre, inquiets, agités, et refluaient en désordre vers le village. Un pâtre prétendit avoir entrevu une silhouette démesurée parcourant lentement la falaise, au-dessus de la mer, une silhouette immense et noire qui, de loin, à demi voilée par la brume, paraissait toucher de la tête le ciel bas et lourd. Les troupeaux furent enfermés dans leurs étables et nourris au foin d'hiver. Kanderley devint un village mort, où régnait une odeur funèbre. Les obsèques de Falscombs n'entraînèrent qu'une poignée de familiers au cimetière, et le fossoyeur se dépêcha d'expédier sa besogne, pressé de rentrer chez lui.

Au début, on avait laissé le vieux Blessed libre d'agir à sa guise et d'aller où bon lui semblait. Mais, bientôt, on fut obligé d'arrêter le vieillard. Ses étranges propos où il était toujours question d'un trésor enlevé et du docteur Frankenstein, jetaient un trouble funeste dans les âmes faibles. Comme Blessed prétendait vouloir à toute force habiter dans la tour redoutée, il fut enfermé dans une pièce de la mairie de Kanderley, où il continua, du matin au soir, à crier tout seul et à frapper du poing contre le mur.

Sa folie risquait de gagner le village entier. On ne sortait plus. Le soir, derrière les portes et les fenêtres closes, on camouflait les plus faibles lueurs. Chaque maison, de la plus confortable à la plus misérable masure, avait décrété une sorte d'état de siège. Certaines familles instituèrent pendant la nuit des tours de garde, et les paysans ne dormirent plus. Ils s'épiaient les uns les autres, et les rumeurs les plus étranges, les plus malveillantes pour certains, prenaient cours. Dans les rues silencieuses, où derrière chaque volet fermé un œil terrifié guettait les moindres ombres, où une oreille épiait chaque frôlement d'un chat perdu, chaque battement d'ailes d'oiseau, seuls faisaient les cent pas quelques agents de police morfondus, l'arme à la main, guère plus rassurés que ceux qu'ils étaient censés protéger.

Deux phénomènes insolites vinrent accroître cette méfiance maladive. En vol serré, les corneilles quittèrent la tour dès le lendemain de la mort du professeur Barrows. Elles décrivirent un cercle, en croassant, au-dessus du village de Kanderley, et disparurent vers le sud, comme chassées par une présence néfaste, insupportable.

Plus terrible encore fut l'exode des rats de la tour, qui se groupèrent en un long troupeau grouillant et apeuré qui tenta de chercher refuge dans le village et finalement disparut lui aussi, agité de frémissements de crainte.

Le seul qui eût envie de s'approcher de la tour était Blessed, qui continuait à tempêter dans le réduit où on l'avait relégué. Un des agents, des forces de l'ordre, envoyés par la police de Belfast, avait été requis par la municipalité à l'attention de Mrs Coostle, et avait élu domicile dans la demeure isolée sur le versant de la falaise. Il ne la quittait qu'une demi-heure par jour, au moment le plus clair de l'après-midi, pour descendre au village faire les courses indispensables. De plus, Mrs Coostle, que la découverte du cadavre du professeur Barrows avait profondément affectée, écrivit à Gordon Mallorey pour lui demander de revenir à Kanderley, prétendant que de nouveaux éléments viendraient s'ajouter à son enquête.

Helen avait été saisie d'une violente poussée de fièvre. Toutes ses nuits étaient troublées de cauchemars qui la dressaient hurlante sur son lit et ne manquaient jamais d'affoler Mrs Coostle, qui accourait en peignoir de nuit et s'efforçait vainement de calmer sa petite-fille. Gordon Mallorey envoya une dépêche pour annoncer son arrivée, fixée au 27 septembre. Ce jour-là, l'agent de police qui protégeait Helen et sa grand-mère descendit au village pour attendre la malle-poste qui, tant bien que mal, parcourait en cahotant la contrée – seules les grandes villes jouissaient du chemin de fer – et profita de l'occasion pour faire les courses habituelles.

Restées seules, Helen et sa grand-mère préparèrent la chambre du journaliste et s'occupèrent ensuite du dîner. Mrs Coostle se plaignait de l'incurie des pouvoirs publics.

« Pourquoi, demandait-elle, ne déclenchent-ils pas une attaque en règle contre la tour ? Avec un canon au besoin ? Au moins nous en aurions le cœur net, nous saurions à quoi nous en tenir. C'est l'incertitude dans laquelle on nous tient qui nous énerve et nous épouvante.

— Les agents ont peur, eux aussi, dit Helen. Vous n'avez pas remarqué comme notre gardien verrouille soigneusement toutes les portes, chaque soir ?

— Si, je l'ai remarqué, répondit Mrs Coostle. Et je l'ai même vu complètement désorienté, prêt à prendre la fuite, une nuit où tu délirais plus fort qu'à l'ordinaire, à tel point qu'on aurait juré qu'il y avait quelqu'un dans ta chambre.

— Je ne sais plus ce que je dois faire, reprit Helen, pour échapper à cette emprise. Je me refuse encore à croire à l'évidence. J'essaie de trouver des causes normales aux catastrophes dont nous avons été les témoins, mais c'est de plus en plus difficile. Difficile et malsain. Aussi monstrueuse qu'elle soit, je crois, grand-mère, que nous devons regarder la réalité en face.

— Que veux-tu dire ? demanda Mrs Coostle en interrompant son travail.

— Vrollo, répondit la jeune fille, Vrollo et le... la

créature ont à coup sûr partie liée. Leur union est des plus mystérieuses, mais elle existe. La voix et le rire que j'entendis dans les oubliettes de la tour appartenaient à Vrollo, de même que le baluchon que nous avons ramassé sur les marches du perron, et qui ne renfermait que des débris de chiffons sans utilité. Vrollo… toujours Vrollo. Chaque jour je le rencontrais sur mon chemin, vous vous en souvenez ? Chaque jour il me pourchassait, animé d'intentions que je n'avais aucune peine à comprendre, grand-mère.

— Que dis-tu, ma chérie ? demanda Mrs Coostle, subitement très inquiète.

— La vérité, grand-mère. Depuis quelques jours, je m'étais aperçue de l'horrible attrait que j'exerçais sur cet infâme et repoussant vagabond. Et je me demande, grand-mère, si…

— Helen, tais-toi, je te prie. Je comprends ce que tu veux dire. Mais ce que tu penses n'est pas possible. »

La vieille dame reprit ses occupations sans ajouter une parole. Plusieurs minutes passèrent.

« Je suis heureuse, dit enfin Mrs Coostle, que ce journaliste ait accepté notre invitation. Il est fort bien élevé et, je crois, ne manque pas de courage. »

Helen, toute entière plongée dans ses pensées, ne répondit pas.

« Helen, va donc me chercher une cruche d'eau au jardin. Ils ne vont sans doute pas tarder, et nous sommes en retard pour notre repas.

— Bien, grand-mère. »

Dans le jardin de Mrs Coostle, à quelques pas du perron, vers la droite, se dressait la margelle d'un vieux puits, couvert de lierre et de mousse, vers lequel Helen se dirigea, machinalement. Elle réfléchissait encore à ce qu'elle avait dit à sa grand-mère. Elle accrocha sa crache à une corde, qui glissait sur une poulie, et la laissa tomber dans le puits. L'eau fraîche alourdit le récipient. L'après-midi était exceptionnellement clair et chaud. Les nuages étaient hauts, inconsistants, et par endroits apparaissait une déchirure de ciel bleu. Pourtant, malgré l'aspect rassurant de ce paysage libéré pour quelques heures de sa couverture de brume, Helen n'entendait aucun des bruits familiers de la campagne, bruit de la charme brisant la terre, gémissements des charrettes, bêlements et mugissements des troupeaux. Tout cela avait disparu. Partout, dans la campagne terrifiée, régnait le silence.

« Combien de temps encore cela va-t-il durer ? » se demanda la jeune fille. La cruche était pleine, et Helen se mit en devoir de tirer sur la corde.

La rapidité de ce qui survint alors fut indescriptible. La première impression d'Helen, ce fut, une troisième fois, et aussi brusquement qu'auparavant, la force d'un regard invisible qui lui dévorait les épaules et la paralysait, la clouait sur place, la gorge contractée jusqu'à l'étouffement.

Puis la jeune fille sentit confusément qu'elle lâchait la corde, et entendit la chute de la crache au fond du puits, accompagnée du grincement de la vieille poulie. Elle sentait, elle entendait encore... Elle essaya, croyant avoir encore le temps de réagir, de gonfler ses poumons, de crier. Mais c'était peine perdue. En une fraction de seconde, elle dut abandonner la vision familière des choses qui l'entouraient, des arbres, de la grille, du petit toit d'ardoises qui recouvrait le puits. Un engourdissement survint. En un instant, d'une stupéfiante brièveté, Helen passa d'un état de choses à un autre, totalement différent, totalement étranger.

Autour d'elle, tout se transforma, tout prit une allure surnaturelle. À commencer par cette main, qui ne ressemblait à aucune main, et qui venait de se poser sur la bouche de la jeune fille, l'empêchant, avec une force inconnue, de crier ou de mordre. Main qui n'avait aucun rapport avec le monde des choses habituelles. Ni la taille, ni la couleur, ni l'odeur, surtout... Une odeur entêtante, un peu écœurante et douceâtre, fade.

De ses yeux grands ouverts, Helen qui n'avait même pas l'intention de se débattre, d'agripper cette main avec les siennes – jamais, jamais elle ne pourrait la toucher –, de ses yeux hagards Helen fixait les arbres du jardin, qui soudain s'étaient mis à ressembler à cette main. Arbres grotesques et déformés qui ne lui étaient d'aucun secours ; qui n'appartenaient plus à la terre, qui paraissaient trembler comme la jeune fille, et se tordre de douleur au-dessus d'elle. Et ces plaintes, quelles étaient ces plaintes qui montaient du puits ?

Dans sa nuque, dans ses cheveux, la jeune fille à demi-morte sentit alors un souffle rauque, un souffle rauque et court, venu, semblait-il, de très loin... Puis une autre main la saisit au milieu du corps, et Helen fut lentement arrachée à la terre. Alors, elle tourna sur elle-même, sans hâte. Devant ses yeux apparurent les barreaux écartelés et brisés de la grille. Mais l'étaient-ils réellement ?

Et là, entre la grille et le puits, se tenait, droite et blanche, Mrs Coostle. Les regards des deux femmes ne se rencontrèrent pas. Helen essayait d'implorer celui de sa grand-mère, mais vainement. La bouche de la vieille dame était entrouverte et sa lèvre inférieure pendait. Tout le sang s'était enfui de son visage qui avait pris la teinte d'un linceul. Et son menton était agité de légers soubresauts.

Portée par des bras dont le contact la faisait se raidir, Helen passa lentement près de sa grand-mère. Elle essaya, une dernière fois, de crier, de tendre vers elle ses mains... Mais sa grand-mère ne la regardait pas, ne semblait pas l'avoir remarquée. Mrs Coostle ne prêtait aucune attention à l'enlèvement de sa petite-fille !

Elle ne fit pas un geste. Elle ne dit pas un mot. Ses yeux exorbités fixaient un point au-dessus de la tête d'Helen, et ne parvenaient pas à s'en détacher. Et dans ces yeux se lisait l'épouvante la plus folle.

Gordon Mallorey, qui remontait vers la demeure de Mrs Coostle en compagnie d'un agent de police, ne remarqua pas, là-bas, sur la lande, le couple étrange qui s'en allait. On ne voyait qu'une énorme stature, et des cheveux raides et noirs agités par le vent.

La jeune fille, évanouie, s'était abandonnée entre les bras qui la portaient. Elle ne reprit connaissance qu'après la tombée de la nuit, et crut que c'était cela, la mort. Les ténèbres l'enveloppaient tout entière, mais des ténèbres immobiles et pesantes, traversées par intervalles de taches plus claires qui semblaient flotter au hasard dans l'air. Mais là-haut, vers ce qui devait être le ciel, les ténèbres n'étaient-elles pas moins épaisses ?

Peu à peu, ses yeux s'habituèrent au noir, et elle parvint à distinguer des ombres fantastiques et déchiquetées qu'elle ne reconnut pas de prime abord.

Elle était allongée sur une pierre dure et glacée. Encore tout étourdie, à demi-inconsciente, elle se souleva sur les coudes et essaya de voir autour d'elle. Aucun lien ne l'entravait. Était-elle tombée ? S'était-elle endormie au cours d'une promenade à travers champs ?

« Où suis-je ? » pensa-t-elle.

Et tout à coup la mémoire lui revint, en même temps qu'un cri de détresse jaillissait de ses lèvres et éclatait dans le noir, dansant à l'infini sur les murailles démantibulées de la tour.

« Bien dormi ? fit la voix de Vrollo derrière elle. Il y a plusieurs heures que je vous regarde dormir. »

Elle sursauta et essaya de se retourner. Assis sur un tas de pierre, plus sale et plus effrayant que jamais, semblait-il, le vagabond attendait son réveil et découvrait, dans un hideux sourire, ses dents étonnamment blanches.

« Vous ! s'écria-t-elle.

— Ne vous attendiez-vous pas à me rencontrer ? demanda Vrollo en ricanant. Mais si, réfléchissez, rappelez-vous : il y a longtemps que vous avez compris.

— Compris quoi ? Où suis-je ? Où m'avez-vous entraînée ? »

Pour toute réponse, l'homme se leva, sans se presser, enfouit ses deux mains dans ses poches en un geste qui lui était familier, et s'approcha d'Helen.

Celle-ci se leva précipitamment pour le fuir, mais trébucha dans l'ombre et retomba couchée sur la pierre.

« Vous êtes chez moi, Miss Coostle, vous êtes en mon pouvoir, et vous ne pourrez vous échapper de la forteresse que j'ai choisi. Les hommes auront trop peur pour s'approcher d'ici. Nul n'osera venir vous rechercher, et d'ailleurs, s'il l'osait... »

Vrollo n'acheva pas sa phrase, mais eut un geste significatif de la main. Dans le noir, où ses dents continuaient à briller, il paraissait d'assez petite taille, et tenait sans cesse sa tête penchée sur son épaule gauche, quand il parlait. Les pierres irrégulières qui encombraient le sol n'avaient plus de secret pour lui, et il se promenait dans ce chaos avec aisance, bondissant de rocher en rocher avec la souplesse d'un chat.

Peu à peu, derrière lui, la jeune fille distinguait, noyés dans les flots de brume qui pénétraient par les meurtrières et par le toit défoncé, les remparts encore solides de la vieille tour de Kanderley, hautes et infranchissables barrières dont le sommet échappait aux regards. Aucun bruit, entre ces pierres mortes. Pas d'autres murmures que la voix de Vrollo. Corneilles et rats s'étaient enfuis depuis quelques jours, frappés d'une peur innommable qui les avait chassés de la tour. Seules, quelques chauves-souris, oiseaux d'un autre monde, petits triangles noirs fugitifs et muets, voltigeaient çà et là dans le brouillard et dans la nuit.

Vrollo... Vrollo était le seul élément de ce décor qui eût quelque chose d'humain.

« Vous, répéta la jeune fille, qui s'agrippait des

deux mains à la muraille. C'est vous qui ?...

— Oh non, répliqua Vrollo. Je ne peux pas me permettre d'user d'une telle audace, et je n'en aurais pas les moyens, les moyens physiques, entendons-nous. Je suis prudent, extrêmement prudent. La seule fois où je pris quelques risques, ce fut le jour de la mort de ce cher professeur Barrows, qui croyait pouvoir tout réduire aux analyses de son scalpel maladroit. Que Satan digère son âme...

— La mort du professeur Barrows, répéta Helen, qui ne voulait pas comprendre, qui ne voulait pas croire qu'elle se trouvait tout à coup en face d'un criminel.

— Oui, Miss Coostle. Vous avez bien compris que j'étais à l'origine de ce drame, vous l'avez compris dès votre retour de Kanderley, n'est-ce pas ? Vous n'êtes pas sotte, et j'ai tout fait pour que vous sentiez ma présence dans la maison de votre grand-mère, tout, jusqu'à ce baluchon que j'abandonnai à dessein sur votre perron. Je vous dis que j'ai pris quelques risques : ils étaient bien minimes, en fait. Depuis quelques jours, je m'appliquais à vous faire peur, sur le sentier, quand vous descendiez au village, afin que vous vous fassiez accompagner par votre grand-mère. »

Helen avait du mal à le suivre.

« Tout était parfaitement calculé, reprit Vrollo, car je suis un admirable calculateur, Miss Coostle, qui ne laisse rien au hasard. J'ai passé des années de ma vie, laborieusement, à faire de moi ce que je suis, et j'estime ne pas avoir échoué. »

Il se tut pendant quelques secondes. Puis il

continua en ces termes, sur un ton encore plus bas :

« Un jour, votre grand-mère vous a suivie et Barrows est resté seul.

— Alors ? ne put s'empêcher de demander Helen.

— Tout se déroula comme je l'avais prévu, acheva Vrollo d'un air sinistre, en penchant encore davantage sa tête et en faisant sortir ses mains de ses poches pour les frotter l'une contre l'autre. Exactement comme je l'avais prévu. Je craignais que Barrows l'eût abîmé, dans ses manipulations, mais il n'en était rien, à peu de chose près. Je suis rentré sans peine. Barrows m'a reconnu, naturellement, mais il n'a pas eu le temps de me frapper. L'illustre savant aux analyses célèbres n'était plus qu'une loque sans réactions, paralysée par la peur.

— Mais qui l'a tué ? cria Helen, haletante. Est-ce vous ?

— Non. Je n'ai tué ni Barrows ni Falscombs ni les autres. Je ne vous ai pas enlevée, Miss Coostle. Mais tous ces actes, qui, je l'espère, vous paraissent profondément révoltants, c'est moi, dit Vrollo, qui les ai décidés, qui les ai commandés.

—Et ? L'exécuteur ? demanda Helen.

— Mais vous le connaissez, Miss Coostle. Tout le monde le connaît, mais tout le monde, sur la foi de cet imbécile de Barrows, refuse de croire à son existence. »

Il se tourna légèrement vers la droite et ajouta, en tendant la main :

« Regardez-le, Miss Coostle. Il est là. »

7

Elle ne tourne pas la tête tout de suite.

Lentement, en retenant sa respiration, elle se soulève sur un côté et, centimètre par centimètre, dirige son regard vers le coin d'ombre indiqué par la main tendue de Vrollo.

Lentement, très lentement, comme si elle voulait retarder la seconde inévitable où elle se trouvera enfin face à face avec LUI vivant.

C'est une masse plus sombre encore que la nuit. On le devine assis sur les pierres à une dizaine de mètres, sans mouvement, mais extrêmement attentif. Ses contours, aux dimensions inhumaines, demeurent imprécis dans l'ombre. Mais aucun doute n'est possible sur sa présence. Helen l'a assez souvent sentie, cette présence, pour maintenant la reconnaître. Et puis, il y a les yeux... Mais peut-on donner ce nom à ces deux taches rapprochées l'une de l'autre, minuscules en rapport de l'énorme stature qu'on entrevoit, ces deux lueurs jaunes, d'un jaune vif, phosphorescentes ? On dirait les prunelles féroces d'un fauve, d'un lynx par exemple, aux aguets, prêt à bondir sur sa proie.

Impossible de nier l'évidence maintenant. Ces lueurs diaboliques ne sont pas des lumières artificielles, mais des flammes mobiles appartenant à un être vivant. Vivant : Helen tourne et retourne ce mot entre ses lèvres blêmes, incapable en ce moment de lui donner une signification précise. À côté d'elle, Vrollo s'approche sans bruit, en rampant sur la pierre, et parle tout bas à l'oreille de la jeune fille.

« C'est mon chien fidèle, dit-il, mieux que cela, c'est ma chose, un outil dont je me sers à mon gré et dont seul je connais les étranges rouages. Un autre l'a créé, mais il mourut en se mesurant avec sa créature dans un combat insensé, perdu d'avance. Et moi, je l'ai découvert ici, dans le tombeau qu'il s'était choisi, poussé par un remords absurde. Après de longues et pénibles recherches, je suis arrivé à mes fins, depuis peu de temps. Admirez ma puissance, Miss Coostle, ma puissance illimitée, puisque j'ai redonné la vie à un cadavre. »

L'haleine corrompue du vagabond enveloppe le visage de la jeune fille. Il est tout près, il se grise de mots, sans retenue, savourant ces minutes d'un triomphe total.

« Je n'ai pas toujours été tel que vous me voyez aujourd'hui, dépenaillé, malingre. Autrefois, il y a de cela plusieurs dizaines d'années, je fus un médecin promis au plus brillant avenir. Mais j'eus alors le malheur de commettre ce que ceux qui se prétendent mes semblables appellent une faute. Une faute grave, Miss Coostle. Je me trouvai mêlé à une affaire de sorcellerie qu'on rendait responsable de quelques morts inexpliquées. Mais la science n'avance pas sans marcher sur des cadavres. Cette mésaventure me coûta mes titres et mon honneur, ce dont je me souciais peu, et fit de moi Vrollo, le paria, cet individu inquiétant qui vous parle, et que vous écoutez malgré vous. Sachez-le bien : dès la première minute de ma vie errante et misérable, je jurai de me venger. Aujourd'hui, je tiens entre mes mains l'instrument parfait de ma vengeance. Cet instrument, vous le voyez, Miss Coostle. »

Un rayon de lune perce fortuitement la brume et va se poser, là-bas, sur la forme immobile, qui ne tressaille pas. Dans ce rayon de lune, Helen reconnaît une main difforme, carrée, crispée sur un bloc de pierre.

« Il nous écoute, reprend Vrollo, il essaye d'entendre ce que je vous raconte, il se doute peut-être que je vous parle de lui, mais je le fais assez bas pour qu'il ne nous comprenne pas. Par hasard, je l'ai trouvé un soir, ici même, dans la cave où je m'étais réfugié pour échapper à un orage. Je ne l'ai plus quitté, et me suis mis immédiatement au travail, dans le laboratoire par lequel vous vous êtes enfuie en compagnie de ce vieux fou de Blessed. Je me suis aperçu, continue Vrollo, que les tissus, que le sang, que les nerfs de cette créature que je ne puis m'empêcher de trouver d'une beauté sans égale, que tous ces organes étaient dans un excellent état de conservation. J'ai vite compris, plus vite que le professeur Barrows, qu'aucune technique scientifique ne pourrait accomplir la résurrection de ce monstre, puisque vous l'appelez un monstre. J'ai fait appel à autre chose, à des expériences purement psychiques, d'une espèce très mal connue, à la lévitation, à l'hypnotisme et même, un peu, à la sorcellerie proprement dite. Jugez du résultat, Miss Coostle. »

Les deux lueurs jaunes les épient avec une

troublante expression de curiosité.

« Regardez-le, mais regardez-le donc, Miss Coostle ! Il possède l'étrange et fascinante beauté du diable, que vous appelez la laideur. Beauté dont je suis le maître, le maître absolu. D'un mot je puis le tirer de son état léthargique, d'un autre mot, mais qui doit être prononcé par moi, je puis le rendre à son sommeil éternel. Tous ses gestes m'appartiennent. Pour mes premiers essais, j'ai choisi d'immoler ceux qui me refuseraient la charité, ou me tourmenteraient d'une autre manière, comme ce fut le cas pour ce pauvre idiot de Charlie Falscombs. Regardez-le, poursuit Vrollo, il m'obéit aveuglément. Je suis son instinct et sa raison, sa volonté et sa conscience. Je lui communique mes décisions et il les exécute, sans que j'aie besoin de lui dire un mot. Surtout, Miss Coostle, moi seul, rigoureusement seul, possède ce pouvoir. Nul ne dispose d'assez d'énergie et d'habileté pour le rendre à son immobilité. Aucune maladie ne peut l'ébranler. Quant à le tuer, il ne faut pas y songer, comprenez-vous ? La matière dans laquelle il a été façonné, par un homme aussi fort que moi, est incorruptible. Si je le désire, je peux le lâcher dans le monde, et en faire un fléau de l'humanité qui m'a blessé. Rien ne dit que je ne le ferai pas... Et ce jour-là, aucune force ne pourra le contenir. »

Helen écoute sans très bien entendre, sans très bien comprendre. Il lui semble qu'elle n'est plus la même, qu'elle n'est plus la sage petite-fille de Mrs Coostle. La voix basse et grasseyante de Vrollo la berce et l'endort peu à peu, elle aussi. Là-bas, les yeux jaunes la fixent sans cesse, sans ciller.

« Vous connaissez son nom, murmure Vrollo. Appelez-le.

– Non, répond faiblement Helen, non, je ne peux pas, je ne veux pas.

– Appelez-le ! ordonne Vrollo. Il ne fera que ce que je lui dirai de faire. »

Alors, cédant à cette emprise étrange qui la réduit à l'impuissance, la jeune fille prononce, au milieu d'un silence menaçant dans lequel se figent les pierres :

« Gouroull... »

Les taches jaunes s'éteignent et se rallument, plus vives qu'auparavant, semble-t-il. Et une voix venue d'entre les morts, du plus profond des cavernes infernales, répond, comme dans un sanglot brisé :

« Helen... »

Vrollo sursaute. Helen se retourne vers lui et croit lire dans ses yeux glauques, qui brillent tout près d'elle, une sorte d'inquiétude.

« Je ne lui ai pas commandé cela... murmure le vagabond. »

Là-bas, les lueurs jaunes ont repris leur aveuglante fixité. Une chauve-souris passe auprès d'eux comme une flèche, plane un instant entre les murailles abruptes, et se réfugie, silencieuse et noire, dans une encoignure secrète. Une bruine glaciale, tamisée par la brume, s'écoule du ciel en fines aiguilles qui transpercent les vêtements d'Helen. Depuis quelques minutes, elle grelotte. De longs frissons parcourent ses épaules fragiles.

« Venez, dit brusquement Vrollo. Je vais vous conduire à votre logement. Il n'a rien de commun, bien évidemment, avec la chambre douillette que vous occupez chez votre grand-mère, mais vous devrez vous en contenter, et vous y serez à l'abri de la pluie et du vent.

— Où m'emmenez-vous ? demande en gémissant la jeune fille. Laissez-moi partir maintenant, laissez-moi...

— Taisez-vous ! s'écrie Vrollo, soudain furieux. Si vous tenez à rester en vie, ne parlez plus jamais de vous enfuir, de me quitter. Vous êtes à moi, dorénavant, et j'ai l'intention de vous garder à mes côtés. Vous représentez une faible part de ce que la société m'a pris, et que je dois récupérer. Vous faites partie de ma vengeance.

— Je vous en supplie, je vous en supplie...

— Silence. Quand je vous ai demandé la charité, le soir où vous rentriez chez votre grand-mère, avez-vous seulement prêté la moindre attention au loqueteux qui vous implorait ? Tant pis pour vous. Taisez-vous. Aucune supplication ne peut m'attendrir, vous devriez vous en douter. »

Vrollo se lève et fait quelques pas parmi les pierres humides et glissantes. Helen le suit du mieux qu'elle peut, les épaules voûtées, tremblant de froid plus encore que de peur. Ils se dirigent l'une derrière l'autre vers la porte du musée, qui est ouverte. Les yeux jaunes, toujours attentifs, ne perdent pas un seul de leurs mouvements, mais la masse confuse qu'ils animent demeure immobile à son poste. Dans son dos, Helen ressent une fois encore la force pénétrante de ce regard d'outre-tombe.

Le vagabond a allumé une torche qui fume au contact de la bruine, et s'engage à pas feutrés dans l'escalier tortueux, suivi d'Helen qui avance comme une somnambule, les mains tendues en avant. Sur leur passage, trois ou quatre chauves-souris se dispersent avec de faibles battements d'ailes. Ils parviennent dans la première salle du musée, où les objets prennent des allures sépulcrales. Voici l'armure disloquée, les mannequins en cire dans leurs costumes des siècles enfuis...

Helen et Vrollo avancent à pas lents, passant au milieu des pauvres trésors que le vieux Blessed croyait être le seul à connaître. Des gouttes d'eau se faufilent entre les pierres de la voûte et s'écrasent sur le sol, transformant en boue la terre battue. Vrollo s'arrête devant une énorme porte bardée de serrures, dissimulée dans un coin, et que la jeune fille n'avait pas remarquée à sa première visite, pas plus que lors de l'expédition du professeur Barrows. Le vagabond s'est arrêté.

« Vous avez voulu me dérober ma chose, dit-il, fous que vous êtes. Vous vous êtes introduits ici comme des voleurs, j'ai assisté à tous vos gestes, caché dans cette pièce que je vais vous montrer. Ce jour-là, le professeur Barrows a signé son arrêt de mort, et vous, Miss Coostle, en les aidant, vous vous êtes exposée aux pires représailles. »

Il fait jouer quelques serrures, et la porte pivote sur elle-même. Ils se trouvent dans une cellule basse, sans ouverture, véritable cachot du moyen âge garni d'une méchante paillasse à moitié dévorée par les rats et les insectes. Pas d'autres meubles. Des murs nus et froids.

Une assiette ébréchée posée sur un billot de bois.

Vrollo plante sa torche dans un trou aménagé à cet usage dans la paroi, et referme la porte. Puis il se tourne vers la jeune fille, et ses yeux rougeâtres brillent tout à coup d'une joie sadique.

Helen, qui reprend difficilement conscience, recule pas à pas vers le coin le plus éloigné de la porte, près de la couchette.

« Partez ! dit-elle. Ne restez pas ici.

— Pourquoi ne resterais-je pas ici ? demande Vrollo d'une voix qui tremble de colère et de désir. Pourquoi voulez-vous que je m'en aille, puisque vous êtes ici chez moi, dans ma chambre ? Voici tout le confort que les hommes m'ont accordé.

— Laissez-moi sortir, laissez-moi... gémit Helen.

— Que je vous laisse sortir ? Vous préférez peut-être une autre compagnie ?

— Non ! hurle-t-elle.

— Alors vous resterez ici, Miss Coostle, que vous le vouliez ou non. »

Sans se presser, les mains dans les poches de son costume à petits carreaux, Vrollo se détache de la porte et s'avance vers la jeune fille. Les narines de l'homme palpitent. Une sorte de tic nerveux ravage ses traits déformés par la folie. Helen se plaque contre le mur, la tête renversée en arrière, et le voit s'approcher d'elle.

« Non ! crie-t-elle. Laissez-moi.

— Tous tes hurlements, tous tes appels seront inutiles, murmure le vagabond. Toi aussi, tu vas devenir une de mes choses, mon instrument le plus perfide, parce que le plus séduisant. Tu exécuteras tous mes ordres sans discuter. Tu seras la sœur de celui que tu connais si bien, vous irez tous deux la main dans la main porter ma vengeance aux quatre coins du monde... Mais auparavant... Auparavant tu seras à moi telle que tu es en ce moment, avec toute ta jeunesse, avec toute ta conscience, car je veux t'avilir avant de te soumettre.

— Non ! crie Helen, la gorge serrée par la peur. »

Il est tout près maintenant. Ses mains crasseuses jaillissent de ses poches et enserrent avec force la taille de la jeune fille. Celle-ci essaye de se débattre, mais une fureur démoniaque semble animer le vagabond. Il se colle brutalement contre elle, il la presse contre lui, il approche d'elle son horrible visage labouré par les tics qui font tressaillir sa barbe, ses lèvres gonflées et visqueuses, ses yeux troubles. Vrollo a complètement perdu le contrôle de lui-même. Les mots qu'il prononce n'ont plus de sens.

Helen n'en peut plus. Elle étouffe. Elle crie :

« Au secours ! À moi !

— Crie toujours ! ricane Vrollo. Égosille-toi à crier ! Appelle au secours ! Seul l'écho des morts peut te répondre ici. »

L'écho des morts... Un coup sourd est frappé à la porte et celle-ci, arrachée de ses gonds comme une brindille est emportée par le vent, s'écroule tout d'une pièce au milieu de la cellule, soulevant dans sa chute un nuage de poussière.

D'un même élan, Helen et Vrollo, qui a relâché son étreinte, se tournent vers la porte. IL est là, sur le seuil. Immobile, les bras ballants, image d'une force supraterrestre, irrésistible. Sa face cadavérique reluit comme un bloc de cuivre à la lueur de la torche, mais ses yeux, jaunâtres, ont perdu de leur éclat.

La jeune fille, brutalement plongée dans la contemplation de ce visage mort, ne peut en détacher ses yeux. Les traits abominables du monstre, surgis tout à coup devant elle, se gravent à jamais dans sa mémoire, les arcades sourcilières proéminentes, la bouche sans lèvres, le parchemin craquelé de cette peau que n'agite aucun tremblement. Ce visage n'est qu'une façade morte. Seules, très enfoncées dans les orbites, les deux lueurs changeantes des yeux semblent indiquer qu'une vie se dissimule derrière ce masque atrocement mortuaire. La bouche ne s'ouvre pas, les peaux du visage ne frémissent pas quand il prononce, une seconde fois, d'une voix qui monte à grand-peine du coffre énorme de sa poitrine :

« Helen... »

Et ce qui suit dépasse l'horreur des mots. Pas après pas, les bras légèrement écartés du corps, les yeux ne regardant nulle part, il s'est mis en marche. Ses pieds carrés font résonner le sol de la cellule. Pas après pas, inflexible, terrible mécanisme vivant que rien maintenant ne pourrait arrêter, il se dirige vers le vagabond. Celui-ci se réfugie en toute hâte contre le mur, à l'endroit le plus bas de la voûte, et se tapit à même le sol.

« Gouroull ! hurle-t-il. Arrière, Gouroull ! »

Mais Vrollo sait qu'il est déjà trop tard, qu'il est perdu, qu'aucun ordre, aucune prière ne saurait fléchir l'effrayant justicier issu du royaume des morts.

Une puissance plus dominatrice que celle du médecin déchu vient brusquement de délivrer de ses entraves la créature de Frankenstein. Celle-ci est maintenant son propre maître. Elle agit à sa guise, dans une indépendance terrifiante.

Dans une dernière tentative, Vrollo se concentre et, par le seul effort de sa volonté, essaye de briser la lente et tragique progression du monstre. Mais rien, nulle trace d'hésitation ne lui répond...

Sur le front crispé du vagabond, Helen voit apparaître, malgré l'humidité glacée qui baigne la cellule, des gouttes de sueur qui roulent sur les joues couvertes d'une barbe noire, même plus noire, grise, grise de peur. Les yeux de Vrollo sont grands ouverts, ouverts sur son destin en marche vers lui. Une sorte d'écume jaillit de la bouche du vagabond. Il ne dit plus rien.

À quoi bon ordonner encore ? Vrollo se blottit par terre, sous la voûte qui vient mourir dans un coin de la cellule. Il se roule en boule comme un chien roué de coups se réfugie au fond de sa niche. Sa barbe, ses cheveux, sont maintenant entièrement blancs. Vrollo n'est plus qu'un vieillard affolé. Et rien ne peut arrêter l'autre. Devant la voûte qui s'abaisse, il se courbe, il écarte les bras. Pour parvenir jusqu'à Vrollo, il va jusqu'à s'agenouiller sur la terre.

Helen ne peut détacher son regard de cette scène oppressante, inimaginable. Vrollo, la bouche ouverte comme pour crier, mais impuissant à faire jaillir le moindre son de détresse, voit avancer vers lui la main qu'il a tirée du sommeil de la mort. Cette main aux doigts épais, sans poils, rampe sur la terre humide, au milieu de l'humus et de la pourriture, et s'approche de la cheville de Vrollo, qui s'agite fébrilement, mais sans pouvoir reculer davantage. Il ne peut arracher son regard de cette main difforme, qui semble animée d'une vie propre, et chercher sa proie comme un furet poursuit le lapin dans les recoins de son terrier.

Vrollo hurle. Le mur lui meurtrit les reins et la nuque. C'est la fin. Inexorable châtiment... La main se referme avec la force d'une pince gigantesque sur la cheville du vagabond, et tire vers le centre de la cellule ce corps pantelant et désarticulé, hurlant de rage et de désespoir.

L'autre main du monstre, la main droite, celle où il manque une phalange du petit doigt, se noue autour de la gorge du vagabond, et le corps malingre est soulevé en l'air comme celui d'un pantin sans défense. Une jambe de Vrollo s'agite d'une manière désordonnée et frappe, mais sans même l'ébranler, la poitrine de l'exécuteur. Les yeux de Vrollo deviennent entièrement rouges, et le sang jaillit à flots de sa bouche et de son nez.

Helen se détourne, incapable d'en supporter davantage. Elle entend le bruit sec, semblable à celui d'une noix qu'on écrase d'un coup de pied, que fait la tête de Vrollo en éclatant contre le mur. Vrollo est mort. Désormais, aucune force au monde ne peut rendre au monstrueux mort-vivant son immobilité cadavérique.

Aucune force au monde... Helen lève la tête, car le silence est revenu, troublé par une respiration régulière. Gouroull a jeté le corps de son ancien maître sur ses épaules et se dirige vers la porte, qu'il soulève d'une seule main, sans effort, et replace dans les gonds, tant bien que mal.

Avant de sortir, il jette à Helen, plus morte que vive, un de ses regards incompréhensibles, qui peuvent tout signifier. Mais, cette fois, Helen croit avoir compris. Le monstre est libre, prodigieusement libre. Rien ne peut l'abattre, rien ne peut s'opposer à lui, rien ne peut se mesurer avec sa puissance inhumaine. De l'autre côté de la porte, Helen entend le bruit d'une lourde traverse de bois que l'on coince dans le mur.

Alors, n'en pouvant plus, et retrouvant tout à coup une lucidité parfaite, la jeune fille comprend qu'elle est prisonnière et s'écroule en sanglots sur son grabat. Dehors, des pas s'éloignent, toujours à la même cadence étonnamment régulière.

8

La nuit qu'elle passa, pelotonnée sur sa couchette misérable sous laquelle elle croyait entendre grouiller une infecte vermine, lui parut pesante et interminable. Monotones, des gouttes d'eau ne cessaient de s'écouler entre les interstices des pierres, pour détremper encore le sol de la cellule. Dehors, un violent orage s'était levé, et le grand souffle du vent gémissait entre les ruines, apportant à la jeune fille l'écho de ce qu'elle croyait être des paroles humaines.

Malgré sa fatigue et son désarroi, elle ne put fermer l'œil. La torche, après quelques heures de lente combustion, s'éteignit, et plongea le cachot dans les ténèbres où passaient, inlassablement, des frôlements rapides et très vite évanouis, dus peut-être à l'activité nocturne des araignées.

Helen ne vit pas le lever du jour, car aucune fenêtre, aucun soupirail ne s'ouvrait dans les parois épaisses de la cellule. Elle était seule, en proie au monstre déchaîné, que rien ne pouvait rendre désormais à son état de cadavre.

Où était-il ? Que faisait-il ? Longtemps avant qu'il réapparût dans la cellule – minute insoutenable à laquelle elle se préparait de toutes ses forces – Helen reconnut sa présence au battement régulier de ses pas au-dessus de sa tête, dans les décombres de la tour, puis descendant lentement l'escalier du musée.

Il approcha. Le souffle court, la jeune fille comprit qu'il détachait la barre de bois qui bloquait la porte et s'apprêta, de tout son courage, à affronter une nouvelle fois sa compagnie terrifiante et les lumières de son regard. Il parut, après avoir rabattu contre le mur la porte descellée qui ne tenait que par miracle, dérisoire protection. Il apportait une nouvelle torche et avançait le dos courbé, le visage penché en avant, impénétrable.

Mais un détail, entrevu par Helen, lui arracha un cri perçant : au coin de la bouche du monstre apparaissait un mince filet de sang. Libérés maintenant de toute contrainte, les instincts malfaisants de l'immonde créature s'étaient sans doute manifestés une fois de plus pendant la nuit. Livré à lui-même, force aveugle de destruction, il avait donné la mort comme on le lui avait appris.

Dans la pénombre, où seul un côté de sa face sanglante était illuminé par la lueur de la torche, le monstre garda pendant quelques minutes une immobilité de statue de cire. Sans doute, à son retour, avait-il voulu s'assurer de la présence de la prisonnière. Quel sort lui réservait-il ? Le monstre paraissait décidé à attendre encore.

Sans qu'un trait de son visage ait bougé, ait tressailli, il tourna pesamment les talons et disparut, sans refermer la porte. Helen, au comble du désarroi, de la panique, se demanda soudain quelle était, dans le village, la nouvelle victime de l'assassin. Elle songea à sa grand-mère qui, hypnotisée, n'avait pu faire un geste de secours quand on avait, sous ses propres yeux, enlevé sa petite-fille. Elle pensa au journaliste, qui avait dû, à son arrivée, trouver Mrs Coostle plongée dans l'épouvante et le désespoir. Qu'avaient-ils décidé ?

Helen savait qu'ils feraient tout ce qui serait en leur pouvoir pour l'arracher aux griffes du monstre. Mais que pouvaient-ils ? L'un d'eux n'avait-il pas, peut-être, succombé cette nuit ? Le sang qui maculait le visage du monstre n'était-il pas celui de Gordon Mallorey, ou de la bonne Mrs Coostle ?

Une longue journée de terreur commença. Helen, malgré son épuisement, incapable de rester en place, tournait en rond dans sa cellule, n'osant pas franchir le seuil et se risquer dans le musée de crainte de se trouver soudain face à face avec son macabre geôlier, dont, par intervalles, elle entendait les pas dans la tour. Était-elle condamnée à cet éternel voisinage ?

La mort de Vrollo, possesseur et directeur de l'âme de Gouroull, n'avait pas délivré celui-ci de ses penchants au mal, bien au contraire. L'influence maléfique du vagabond avait été trop profondément ressentie par le monstre pour qu'il pût s'en débarrasser par un simple geste de révolte. Il restait le jouet de ces aspirations néfastes que le génie du mal qui l'avait rendu à l'existence avait si bien développé en lui. La preuve en était dans cette traînée de sang que la jeune fille avait aperçue sur la face de Gouroull, sang fraîchement versé, trace d'un assassinat. Helen finirait ainsi, la gorge déchirée.

Mais quand ? Malgré la fièvre qui la tenaillait et le sang qui battait à ses tempes, elle était encore vivante. Une lueur d'espoir la possédait encore. Elle avait la certitude que Gordon et sa grand-mère ne l'abandonneraient pas. Mais quelle était la force des bonnes volontés humaines contre une puissance brutale qui n'était pas de ce monde, qui n'obéissait pas aux mêmes lois ? Elle en avait assez de se poser des questions. La tête lui faisait mal. Pourquoi l'épargnait-on ? Pourquoi ne pas l'achever sur le champ et lui éviter cette interminable agonie, plus accablante encore que la mort, si lente à venir ?

Les heures s'écoulaient. Helen s'était assise sur le grabat, à bout de forces. Mais elle ne put rester en place. Ne pouvait-elle rien essayer pour sortir de cette cellule qui se transformerait bientôt en un caveau ? Pourquoi le monstre avait-il laissé la porte ouverte en se retirant ? Était-il certain que la jeune fille ne chercherait pas à s'enfuir ?

Depuis plus d'une heure, Helen n'avait entendu aucun pas au-dessus de sa tête. La torche s'était presque entièrement consumée et l'ombre reprenait lentement possession de la cellule. Helen prêta l'oreille pendant un moment. Toujours rien. Peut-être le monstre avait-il quitté la tour…

Petit à petit, la prisonnière, lasse d'être enfermée entre les quatre murs froids de sa cave humide et nauséabonde, s'enhardit, sortit de sa cellule et gagna le rez-de-chaussée de la tour par le musée et le petit escalier où nichaient toujours les chauves-souris.

En haut, au grand jour qui surprit les yeux d'Helen, rien ne semblait avoir changé. Les remparts s'élevaient toujours à une hauteur impressionnante. Des pierres en désordre et des débris de charpente jonchaient le sol envahi par les mauvaises herbes. Aucun bruit ne venait de la campagne, et la jeune fille imaginait les paysans, de plus en plus terrorisés par les meurtres, terrés dans leurs demeures. Peut-être même certains commençaient-ils à quitter le pays, pour fuir l'impitoyable fléau qui les éliminait l'un après l'autre.

Helen frissonna à la pensée de rester seule, toute sa vie, dans ces ruines, en compagnie de son épouvantable gardien. Elle songea à fuir, à regagner à toutes jambes, par la lande, la maison de sa grand-mère où le drame avait commencé par les expériences du professeur Barrows. Mais la porte qui, à l'intérieur de la tour, s'ouvrait sur la campagne, était obstruée par un énorme bloc de rocher, lourd de plusieurs tonnes sans aucun doute, qu'une dizaine d'hommes vigoureux auraient eu de la peine à ébranler. Elle redescendit alors au sous-sol, traversa d'une traite le musée, la pièce où gisait le sarcophage vide, mais se heurta à une autre barrière : la porte qui menait au laboratoire, une porte épaisse et lourde comme toutes celles du sous-sol, était fermée à clé : impossible de chercher à s'enfuir par le passage secret que lui avait indiqué le vieux Blessed.

Elle songea au vieux Blessed. Les paysans le gardaient-ils toujours à vue, dans une salle de la mairie de Kanderley ? Blessed était le seul qui n'eût pas peur de s'approcher de la tour. Si on le laissait faire, il accourrait sans doute au secours de la jeune fille. Mais comment ce vieillard malingre et fou aurait-il pu mater le monstre ?

Découragée, Helen revint dans sa cellule. Elle se

souvint que Vrollo, le soir de la capture, lui avait avoué que de sa chambre il avait suivi toutes les péripéties de l'expédition du professeur Barrows venant enlever le corps avec ses aides. Il y avait donc, dissimulé sans doute dans la pierre et jouant grâce à un mécanisme secret, un orifice quelconque permettant de voir à l'extérieur. Helen passa de longues et patientes heures à tâter avec ses mains fiévreuses, pierre après pierre, les parois de son cachot, mais aucun déclic ne se déclencha.

Il n'y avait dans le mur aucune ouverture. Peut-être Vrollo avait-il menti, ou bien, doué d'une sorte de seconde vue, perçait-il les parois de ses regards ? À la fin, désespérant de s'évader de cette sinistre prison, Helen retomba sur la paille à moitié pourrie de sa cellule et ferma les yeux. Elle n'avait rien mangé depuis la veille, et de légers vertiges s'emparaient d'elle, aggravés par le froid, qui s'installait en maître. Les forces de la jeune fille la quittaient peu à peu, mais elle rouvrit les yeux, incapable de renoncer ainsi tout à fait.

La cellule était tout entière plongée dans le noir, maintenant. Incapable de deviner si dehors il faisait jour ou nuit, abandonnée dans l'ombre à une panique muette qui lui secouait les épaules, Helen avait perdu jusqu'au courage de lutter, mais elle voulait encore voir, et entendre. Il ne lui restait plus qu'à attendre la mort, en souhaitant qu'elle vînt le plus vite possible.

Cette mort s'approcha de la couche d'Helen avec le bruit d'un pas mécanique et pesant qui martelait les vieilles pierres, dans la nuit. Puis la lumière d'une torche dansa sur les parois, grossit. Helen n'avait plus de doute à conserver : le monstre revenait à elle. Déjà, elle entrevoyait son ombre déformée sur les murs du couloir.

Lentement, il avançait vers la cellule, dont quelques mètres à peine le séparaient. La jeune fille s'étendit sur sa couche, ferma les yeux, et retint sa respiration. À quoi bon crier, se débattre ? Autant mourir sans trop souffrir.

Les pas, qui maintenant écrasaient la terre du cachot, s'approchèrent et s'arrêtèrent tout près d'Helen qui ne bougeait pas, qui ne pouvait plus ouvrir les yeux, malgré ses efforts. Mais à travers ses paupières baissées elle sentait la présence surnaturelle d'un autre regard, chargé de soufre, qui la perçait de part en part. Il était là... tout près. Que faisait-il ? Qu'attendait-il pour achever son infâme besogne ?

Elle se sentit soudain incapable de supporter plus longtemps cette incertitude. Peut-être, à cette seconde même, se penchait-il vers elle, tendant son visage vers la gorge d'Helen ? Elle eut l'impression que quelque chose frôlait son corps, une main peut-être, et ne put réprimer un tressaillement qui la parcourut des pieds à la tête.

Une idée folle, soudain, la traversa. Comment n'y avait-elle pas songé plus tôt ? C'était l'évidence même : Gouroull ne voulait pas la tuer, mais la garder auprès de lui. La raison, plus forte que les lois de l'hypnotisme et de la lévitation, qui avait poussé, contraint le monstre à se débarrasser sauvagement de Vrollo puis à séquestrer la jeune fille, était maintenant facile à deviner. C'était un horrible désir bestial qui attirait Gouroull vers Helen. Il voulait faire d'elle sa compagne de toujours.

D'une seconde à l'autre le monstre allait la toucher. Les yeux toujours clos, les paupières douloureuses à force d'être crispées, le cœur battant, Helen immobile épiait les moindres bruits, les moindres crissements de la paille à côté d'elle. Elle crut deviner que le monstre s'agenouillait au bord du grabat, puis elle sentit brusquement un souffle lui baigner le visage, un souffle glacé à l'odeur aigre, comme celle d'une poignée de fleurs fanées.

Le souffle se rapprocha. Gouroull tendait son visage vers celui de la jeune fille. Il avançait sa bouche sans lèvres, simple fente rigide dans une peau de parchemin, vers la bouche d'Helen et penchait lentement, silencieusement, son masque abominable de cadavre éveillé. Sa proie ne pouvait plus lui échapper. Les mains de la jeune fille, allongées de part et d'autre de son corps, se raidirent, se plongèrent avec une sorte de fureur dans les brins de paille de la couchette. Non, elle ne pouvait pas en supporter davantage. À quoi bon feindre encore le sommeil ? L'autre n'en continuait pas moins son approche lente et sûre.

Brutalement, elle se releva, ramena ses jambes sous elle et d'une brusque détente se retrouva debout, tremblante, les yeux grands ouverts devant l'hallucinante vision du monstre, accroupi près de la couchette qu'elle venait de quitter.

Il avait fait un mouvement pour la saisir au passage et un morceau de la robe d'Helen demeurait accroché dans sa main. Une épaule de la jeune fille était maintenant découverte. Gouroull se releva et en quelques pas fut devant la porte, qu'il barrait entièrement. À reculons, la jeune fille se réfugia contre le mur de son cachot, ses yeux collés dans ceux du monstre, qui ne la quittaient plus, et dans lesquels il était impossible de lire l'ombre d'un sentiment ou d'une émotion.

Elle eût préféré une laideur mobile, un visage grotesquement déformé comme l'était celui de Vrollo, une face infirme mais remuante, humaine malgré tout, des membres affreux mais gesticulants, à cette immobilité de statue noire à la face jaunâtre où seuls paraissaient vivre les yeux de fauve et les mèches longues et drues des cheveux soulevés comme une touffe d'herbes par un courant d'air qui venait du couloir. Le comportement de Gouroull n'était même pas celui d'un animal. Une bête sauvage aurait bondi en avant sans attendre.

Lui, les bras écartés du corps, avançait maintenant sans se presser vers la jeune fille, la bouche fermée, les yeux fixes. Un rauque grognement s'échappa de sa poitrine, comme un cri de triomphe. Helen était à sa merci. Il allait pouvoir, loin des hommes, assouvir ses instincts.

Deux mètres seulement le séparaient de sa prisonnière qui l'attendait, à demi-morte, essayant de trouver un moyen de se donner la mort avant que le monstre la touchât. Mais ses membres refusaient de lui obéir, sa bouche refusait de crier. Il fit encore un pas, et tendit ses mains en avant. Helen les vit s'approcher de son visage et de son épaule nue. Mains gigantesques, à l'étreinte mortelle.

La première de ces mains se posa sur l'épaule d'Helen, et les doigts de Gouroull s'enfoncèrent brutalement dans la chair fragile de la jeune fille, qui défaillit, qui chancela. L'image du monstre se brouilla devant ses yeux. Elle n'aperçut plus que les trous jaunes des yeux, brillant d'une joie féroce. Elle entendit un second grognement, plus profond que le premier et sentit l'autre main se poser sur son autre épaule, et achever de déchirer sa robe.

Instinctivement, elle ramena ses coudes sur sa gorge. Ses dents claquaient de fièvre et d'épouvante. Elle avait faim, elle avait soif, elle allait mourir d'une minute à l'autre. Jamais elle ne pourrait supporter de vivre après ce qui allait se passer. Comment pourrait-elle en finir, avant d'être souillée par Gouroull ? Elle se sentit tout à coup tirée en avant, collée à la poitrine immense du monstre et, lasse de lutter, s'évanouit.

Sa faiblesse ne dura pas. Quand elle revint à elle, elle était allongée par terre, à l'endroit même où Gouroull l'avait saisie et menacée. Mais le monstre l'avait abandonnée, avait disparu. Pour quelle raison avait-il renoncé, au dernier moment ?

Helen se redressa lentement, saisit la torche et s'aventura dans les salles du musée. D'un mannequin de cire elle décrocha une longue robe blanche de capucin d'autrefois et l'enfila par-dessus sa toilette déchirée. Peut-être se passait-il quelque chose ? Peut-être les policiers et les paysans, alertés par la lumière vacillant à l'intérieur de la tour, avaient-ils enfin décidé une attaque...

Un peu gênée par la bure, trop grande pour elle, elle gravit lentement l'escalier qui menait au rez-de-chaussée de la tour. Sur la dernière marche, elle s'arrêta. Il se passait quelque chose.

Ce fut d'abord comme une sourde rumeur, venue de très loin. Puis, de toute part, une lueur surgit tout à coup et grossit rapidement : un feu venait d'être allumé au dehors, et on entendait crépiter le bois dans les flammes. À ce moment, Helen aperçut son bourreau qui, vaincu par le danger, l'avait épargnée. Avec une souplesse incroyable, il avait escaladé la muraille abrupte, jusqu'à une meurtrière. D'en bas, Helen apercevait sa silhouette fantastique aux aguets derrière l'ouverture, et des reflets rougeâtres dansaient sur le visage impassible de Gouroull.

Alors, elle perçut plusieurs bruits étranges, qui ne ressemblaient à rien de ce qu'elle avait déjà entendu. Son cœur se mit à battre de plus en plus vite. Un de ces bruits rappelait le chant monotone et doux d'un pipeau de berger. Près de la tour, quelqu'un soufflait dans une espèce de flûte. Quant aux autres bruits... Helen essaya de deviner, de comprendre qu'elle était cette présence nouvelle dans la tour. Mais les ténèbres n'étaient percées que par les lueurs de l'immense brasier qui dévorait la lande. La torche que la jeune fille tenait à la main avait fini par s'éteindre.

Les bruits se rapprochaient, se faisaient plus distincts. Là-haut, Gouroull dressait l'oreille, inquiet. On aurait dit un enfant frottant les uns contre les autres plusieurs cailloux, ou même des morceaux de bois, raclements patients et nombreux, au hasard, parmi les pierres de la tour.

9

Gordon Mallorey, le dynamique reporter de la *Gazette* de Belfast, avait été désespéré d'apprendre à son arrivée le rapt dont venait d'être victime la jeune Miss Coostle. Immédiatement, il avait juré de l'arracher aux griffes de son ravisseur. Avec l'aide du docteur Edwardes, qui semblait lui aussi désireux d'en finir et que la mort du professeur Barrows avait surexcité, Gordon était parvenu à réconforter tant bien que mal la vieille Mrs Coostle, que la scène d'enlèvement, à laquelle elle avait assisté, pétrifiée, fascinée par la face du monstre, plongeait dans une désolation sans bornes.

« Votre petite-fille n'est pas morte, lui répétait sans se lasser le journaliste. Si son monstrueux ravisseur avait désiré sa mort, il l'aurait égorgée tout de suite, sous vos yeux, dans le jardin. Mais il a préféré l'enlever, à des fins que nous ignorons. En ce moment, elle est sans doute enfermée dans la tour, et nous mettrons tout en œuvre pour la délivrer.

— Je vous en supplie, sauvez-la, sauvez-la, implorait la vieille dame.

— Je vous jure, Mistress Coostle, que nous ferons tout ce qui sera humainement possible pour la délivrer. Mais il ne faudrait pas que le remède soit pire que le mal, et nous devons songer à protéger son existence.

— Que comptez-vous faire ? demanda le docteur Edwardes, qui soignait les nerfs de la grand-mère d'Helen.

— Je ne le sais pas encore. La preuve est faite, Docteur, que la créature de Frankenstein, par on ne sait quel miracle, a retrouvé sa puissance vitale. La description que Mrs Coostle nous en a donnée correspond point pour point à celle du jeune Falscombs, qui assista, terrifié, à la mort de son père. La série de crimes sanglants, sur lesquels je suis venu enquêter pour le compte de mon journal, paraît n'avoir qu'un seul coupable, le monstre lui-même, celui qui a enlevé Helen. Coûte que coûte, nous en viendrons à bout. »

À la demande du journaliste et de la municipalité de Kanderley, les forces de l'ordre avaient été immédiatement doublées, mais la population du village continuait à vivre dans la terreur. Le soir de la disparition d'Helen, au début de la nuit, un agent fut trouvé mort, dans les mêmes circonstances dramatiques que le professeur Barrows ou Charlie Falscombs. Cet agent, nouveau venu et étranger à la contrée, s'était imprudemment éloigné de ses collègues, le soir venu, en se moquant des craintes paysannes.

Cet accident tragique n'était pas fait pour redonner confiance aux villageois qui commentaient la disparition de Vrollo – il était bien rare qu'il passât un jour sans se montrer – et n'hésitaient pas à voir dans le monstre une sorte de réincarnation du vagabond maudit.

Sans perdre une minute, le journaliste décida de prendre toutes les mesures nécessaires pour venir à bout, définitivement, de l'odieuse créature de Frankenstein. Allant de maison en maison, Gordon entreprit de lutter contre la panique des paysans, leur expliquant qu'ils pourraient aisément venir à bout de leur féroce ennemi en s'unissant dans une lutte commune au lieu de se barricader derrière leurs volets ou de déserter la région, comme certains l'avaient déjà fait, depuis les premières manifestations du monstre. Il fallait, disait le reporter, employer la ruse à défaut de la force, et porter au tueur une attaque latérale.

Pour rassurer la population de Kanderley sur les suites immédiates de l'enlèvement d'Helen Coostle, on institua des patrouilles de guet qui, armées de pied en cap, parcoururent les rues du village, et même s'aventurèrent au milieu de la brume, dans la campagne et sur la lande, au cours de la première nuit. Mais elles ne relevèrent aucune trace de leur terrifiant gibier.

Dans la pièce de la mairie où il était toujours enfermé, le vieux Blessed, infatigable, criait à tous les échos qu'on le laissât sortir, et qu'il conduirait les assaillants à la tour, dont il connaissait toutes les entrées. Mais personne ne prêtait attention à ses propos. Il n'était pas question d'attaquer en force la tour, la jeune fille risquant d'être ensevelie sous les décombres. D'autre part, le monstre se servirait probablement d'elle comme d'un bouclier pour se protéger contre les coups de feu.

Au cours de la nuit, alors qu'il réfléchissait aux meilleurs moyens de délivrer la prisonnière, Gordon eut tout à coup une idée audacieuse, dont il fit part sur-le-champ à l'officier qui commandait les forces de police chargées de la protection du village de Kanderley, le capitaine Matthew Grissley.

« Mon capitaine, lui expliqua Gordon, nous ne viendrons jamais à bout du monstre en employant des méthodes humaines. Sa force est considérable : il assomme les chevaux d'un coup de poing, il brise les barreaux des grilles comme de simples fils de coton. Et de plus, maintenant, la présence probable de Miss Coostle dans la tour nous interdit de mener contre lui une attaque de front. Toutes vos armes perfectionnées ne vous servent donc à rien.

— Je vous comprends, répondit Grissley. Si nous voulons le maîtriser, nous devons nous jeter sur lui et le saisir à bras-le-corps, tous ensemble, au risque d'y laisser quelques hommes.

— C'est aussi ce que je pense, capitaine.

— Mais, demanda Grissley, avez-vous une idée pour parvenir jusqu'à lui ?

— Peut-être, répondit le journaliste. Elle demande à être étudiée de très près, mais elle n'est sans doute pas irréalisable.

— Expliquez-vous, Mallorey.

— Voici, capitaine : à un monstre, nous ne pouvons opposer avec des chances de succès qu'un adversaire aussi redoutable que lui.

— Comment cela ? Voulez-vous que nous recherchions un nouveau Frankenstein, qui fabriquerait une seconde créature encore plus puissante et diabolique que la première ? Mais comment nous déferions-nous de celle-là ?

– Non, capitaine, ce n'est pas ce que je veux dire. Laissez-moi le temps de vous développer mon idée.

– Allez-y, et si votre idée me paraît applicable, je vous promets tout mon concours.

– En ce moment, poursuivit le journaliste, se produit à Belfast, dans une espèce de serre, sous les regards des curieux, un charmeur de serpents, un Indien d'Amérique du Sud qui fait évoluer comme en se jouant un groupe de crotales d'assez petite taille, mais terriblement venimeux.

– Diable ! s'écria le capitaine Grissley qui écoutait attentivement le journaliste.

– Écoutez-moi, capitaine. Nous pourrions demander à cet Indien de venir ici, et au besoin nous le ferions venir par force. Je vous ai dit que cet Indien peut diriger, à quelque distance, son assortiment de reptiles, grâce à une petite flûte. Supposez que nous l'amenions ici, à la tour. Il fera pénétrer ses crotales à l'intérieur des ruines et, une fois parvenus là, les dirigera vers le monstre. Naturellement, nous marcherons sur les talons de l'Indien, prêts à intervenir. Mais ne se peut-il pas que les serpents, s'ils sont bien dirigés, parachèvent eux-mêmes notre besogne ?

– C'est très possible, répondit le capitaine, qui pesait le pour et le contre. Mais nous ne savons pas si la substance du monstre est sensible ou non au venin animal !

– De toute façon, nous pénétrerons dans la tour derrière l'Indien et ses serpents, l'arme à la main. Et nous serons sans doute assez nombreux pour maîtriser l'assassin de nos propres mains, si nos armes même n'ont aucun effet.

— Tout cela est très ingénieux, mon cher Mallorey, dit le capitaine, mais ne pensez-vous pas que Miss Coostle serait la première à succomber sous les crocs des serpents ? »

Le journaliste réfléchit pendant quelques secondes et répondit gravement :

« C'est un risque terrible à courir, capitaine. Je ne vous cache pas que j'éprouve une certaine répugnance à préconiser cette méthode, car j'éprouve à l'égard de Miss Coostle un sentiment de réelle affection... Je serais torturé jusqu'à la fin de mes jours s'il lui arrivait malheur par ma faute. Mais réfléchissons ensemble, capitaine, et regardons en face la réalité : ou Miss Coostle est morte, et dans ce cas-là, malgré tout notre désespoir, nous ne pouvons plus rien pour elle...

— Ou bien la jeune fille est encore vivante, dit Grissley, comme vous l'avez vous-même affirmé.

— En effet. C'est là ce que je crois, ce que j'espère. Mais alors une question se pose : pourquoi le monstre, qui n'épargne personne, n'a-t-il pas tué Miss Coostle ? »

En posant cette question, le journaliste regardait attentivement le visage du capitaine.

— Je crois vous comprendre, dit celui-ci. Vous voulez dire que le monstre éprouve... un certain attachement pour elle, n'est-ce pas ? Un attachement, un sentiment qui ressemblerait peut-être à...

— Non pas à de l'amour, mais à un désir

particulièrement répugnant et déréglé, qui ne pourrait entraîner que la mort d'Helen. Voici donc pourquoi nous devons agir très vite et mettre toutes les chances de notre côté. Les crotales, guidés par la musique de l'Indien – j'ai assisté moi-même à ce numéro, il est surprenant – pénétreront donc dans la tour et se dirigeront vers le monstre, qui sera sans doute surpris par de tels ennemis. Peut-être réussiront-ils, sinon à le tuer, du moins à le paralyser jusqu'à ce que nous lui tombions dessus, tous ensemble. En même temps, nous tâcherons de prévenir Helen afin qu'elle se mette à l'abri. Mais, à mon avis, le monstre doit la tenir enfermée dans quelque cave du sous-sol, afin qu'elle ne s'échappe pas. Elle ne risque donc pas, à moins d'imprévu, de succomber aux attaques des reptiles, dont le propriétaire dirige à volonté les mouvements et les attaques. Enfin, l'assaut que nous mènerons, avec l'aide si vous l'autorisez de vos hommes, et de quelques paysans, devra être rapide et décisif. Nous ne devrons laisser aucune chance au tueur. »

Le capitaine attendit une minute avant de répondre à Gordon.

« C'est une idée très dangereuse, dit-il enfin, et qui présente des risques d'échec. Mais je crois que tout ce qui a été possible par les voies ordinaires, nous l'avons essayé. Une attaque massive, nous ne pouvons y songer. J'accepte votre suggestion, Gordon. Je vais envoyer immédiatement un émissaire à Belfast, avec ordre de ramener le charmeur de serpents de gré ou de force, avec ses bêtes. Ils reviendront avec une voiture tirée par les chevaux les plus rapides qu'ils pourront trouver.

— Je vous remercie, capitaine, conclut Gordon, en serrant vigoureusement la main de Grissley. »

Pendant que le messager se dirigeait à bride abattue, au milieu de la nuit, vers Belfast, Gordon et le capitaine Grissley préparaient les hommes à l'étrange et repoussant combat qu'ils auraient sans doute à livrer. Ils étudièrent les conditions dans lesquelles l'attaque devait s'effectuer avec le maximum de chances de réussite.

Depuis l'égorgement de l'agent de police téméraire, qui s'était imprudemment écarté du village, le monstre de Frankenstein ne s'était pas manifesté. Seules, les lumières des torches qui tremblotaient pendant la nuit dans les ruines indiquaient sa présence aux hommes de garde et aux patrouilles. Avec l'aide de quelques paysans particulièrement courageux, les soldats dressèrent autour de la demeure fantastique de Gouroull une haute barrière de bois et de branchages, haute de plusieurs mètres. Une brèche étroite fut aménagée dans ce cordon de bois.

« Ce bûcher, expliqua Gordon, aura une double utilité. D'abord il réchauffera l'atmosphère. Vous savez que les crotales sont des reptiles tropicaux, originaires de l'Amérique amazonienne, et habitués à de hautes températures. Ils ne peuvent vivre, en Europe, que dans des serres ou dans des étuves. Ce feu devra brûler tout au long de notre opération. D'autre part, au cas où le monstre arriverait à se débarrasser de nous, à l'intérieur de la tour, cette barrière de flammes empêcherait peut-être sa fuite, et donnerait à ceux de nos hommes restés dehors le temps nécessaire à lui sauter dessus et à l'immobiliser.

— Mais comment rentrer dans la tour ? demanda le capitaine. C'est le point le plus délicat, répondit le reporter. Comme je connais déjà sommairement les lieux, je passerai le premier. Il nous faudra sans doute un bon moment pour dégager la porte de la tour qui, nous nous en sommes aperçus, est condamnée par un énorme bloc de rocher. Pour cela, nous devrons nous munir de cordes solides et faire suivre quelques chevaux. »

Toute la matinée se passa en préparatifs. Le charmeur de serpents, un petit homme maigre, taciturne, à la peau cuivrée, arriva vers la fin de l'après-midi, dans une voiture de louage. On le mit rapidement au courant de la situation, et l'homme ne semblait nullement effrayé. Il déclara que, précédé de ses serpents, il attaquerait n'importe quel fauve.

Les reptiles étaient enfermés dans une caisse percée de petits orifices grillagés. L'Indien la portait et la manœuvrait par ses propres forces.

Les opérations commencèrent à la tombée de la nuit. Les agents de police fourbirent leurs armes, les paysans se munirent de haches et de fourches, et tout le monde se dissimula derrière le rideau de branchages, près de la brèche qui devait être gardée en permanence. Le jour s'enfuit. Lentement, la brume d'octobre commençait à se répandre sur la lande, à voiler les bouquets de genêts, les touffes de bruyères, à escamoter le sommet de la tour que les hommes voyaient se dresser menaçante derrière le bûcher circulaire.

Alors, Gordon donna le signal.

Le feu prit en dix endroits différents. Dès que les premières colonnes de fumée s'élevèrent, l'Indien ouvrit sa caisse, à l'aide d'une ficelle, et entama sa lente mélopée sur une flûte assez courte. Avec circonspection, dans un horrible froissement d'écailles, les reptiles se glissèrent hors de la caisse et avancèrent vers la tour, suivis par l'Indien. Derrière lui, dans le plus profond silence, suivaient Gordon, le capitaine Grissley et une vingtaine d'hommes. On avait emmené plusieurs chevaux pour déplacer la pierre qui bouchait l'entrée de la tour.

Aucun bruit ne leur parvenait.

La main sur la crosse de leur fusil, ou sur le manche de leur fourche, les attaquants restaient attentifs, s'efforçant vainement de percer les ténèbres et la brume qui dissimulaient la tour à leurs yeux. Le feu avait pris de la hauteur et réchauffait l'atmosphère. De longues flammes rougeoyantes s'élevaient déjà à hauteur d'homme et une épaisse fumée tourbillonnait furieusement, se mêlait au brouillard, achevant de donner à cette progression tragique une allure irréelle.

Un cri suraigu, venu de la tour, perça tout à coup le silence. Un cri de terreur inhumaine...

« Helen ! s'écria le journaliste.

–– Vite ! dit le capitaine. Attelez les chevaux, et enlevez de là cette pierre. Chaque seconde compte maintenant. »

Elle avait deviné à quoi appartenaient ces formes sinueuses qu'elle voyait évoluer devant elle, entre les pierres qui jonchaient le rez-de-chaussée de la tour. Elle avait discerné les dessins noirs et verts qui ornaient de pâles reflets ces ombres mobiles. Des serpents... Une multitude de serpents...

Ils glissaient sur les blocs de pierre, tout autour d'elle, ils se faufilaient dans les moindres fissures, se collaient aux parois qu'ils escaladaient sans bruit. Sans qu'elle pût se faire une juste idée de leur nombre, Helen apercevait ici une tête flamboyante, triangulaire, là une queue aplatie et sonore, partout des anneaux visqueux et entrelacés. Et toujours ce bruit insupportable de pierres frottées les unes contre les autres, bruit qui s'amplifiait d'instant en instant.

Helen était trop épouvantée pour réfléchir aux raisons de cette nouvelle présence. Les reptiles avaient trouvé, entre les pierres branlantes, des interstices leur permettant de s'introduire, toujours guidés par la musique de leur maître, à l'intérieur de la tour. Cette musique, Helen l'entendait bien, mais ne pouvait en deviner l'origine. Dehors, l'Indien jouait toujours, tout près de la porte, pendant qu'hommes et bêtes s'acharnaient contre l'obstacle qui leur barrait le passage.

« Où fuir ? se disait-elle. Ils pouvaient être partout, devant, derrière, à ses pieds peut-être. »

Et en pensant cela, la jeune fille sursauta et fit un bond en arrière, dans l'escalier. Mais un bruit lui parvenait de la cave : sans doute d'autres serpents. Elle ne se sentait plus la force de bouger. Elle imaginait le hideux contact contre son corps d'une de ces formes rampantes qu'elle entrevoyait aux lueurs de l'incendie, et dont elle percevait les grincements de colère. Des yeux minuscules, d'un vert clair et lumineux, brillaient dans l'ombre, de tous les côtés, obliques et fascinants.

Là-haut, l'ombre massive de Gouroull n'avait pas bougé.

Elle croyait voir une nuée de reptiles grouiller autour d'elle en attendant la curée. L'ombre était pleine de serpents, qui l'entouraient, qui dressaient vers elle leurs têtes plates d'où sortaient en sifflant des langues fourchues. Rien ne pouvait la rassurer. Elle n'était pas au courant des plans de Gordon Mallorey et du capitaine Grissley.

Gouroull s'était-il rendu compte de ces nouvelles présences ? Derrière la meurtrière, toujours aux aguets, il cherchait à percer la brume et la fumée de ses yeux de chat pour deviner les intentions des assaillants. Mais là, le long du mur, n'étaient-ce pas d'autres serpents que la jeune fille apercevait, grimpant lentement, sûrement, vers le monstre immobile ? Affolée par le ballet dansé par les yeux d'émeraude, dans l'ombre, Helen se mit à crier. Gouroull, du haut de son observatoire, l'entendit, et se retourna vers l'intérieur de la tour, apercevant les serpents, tout près de ses jambes déjà.

Dehors, Gordon avait lui aussi entendu l'appel d'Helen.

« N'ayez pas peur ! cria-t-il. Réfugiez-vous quelque part, n'importe où. Les serpents ne vous toucheront pas, et dans quelques secondes, nous serons là. »

À quelques mètres à peine d'elle, elle entendit le piétinement des hommes et les ordres brefs du capitaine Grissley. Paysans et agents avaient attaché des cordes autour de l'énorme pierre qui bouchait la porte, et excitaient de la voix et du fouet les chevaux de trait, dont les hennissements épouvantés ajoutaient au tumulte hallucinant de cet assaut. Par-dessus tous les bruits, la petite voix aigre de la flûte de l'Indien continuait à se faire entendre, interdisant aux reptiles la moindre morsure.

« Helen ! m'entendez-vous ? cria Gordon.

— Oui !

— Dites-nous de quel côté se trouve le monstre, afin que nous puissions envoyer les serpents vers lui !

— Il est en ce moment blotti derrière une meurtrière qui s'ouvre sur le sud, répondit Helen en levant les yeux vers l'ombre colossale qui, là-haut, paraissait mépriser les reptiles.

— Écoutez-moi, Helen. Essayez d'aller vous enfermer dans quelque pièce, dans quelque réduit. Barricadez-vous soigneusement et attendez-nous. Nous serons à l'intérieur dans quelques minutes. »

Mais la jeune fille savait, elle, qu'une surprise désagréable attendait le capitaine Grissley et ses hommes. Lorsque, sous les efforts des hommes et des bêtes terrorisées par le voisinage du monstre et des serpents, le lourd rocher se mit à bouger et à dégager une mince ouverture, Grissley s'aperçut avec stupeur qu'à l'intérieur de la porte, le monstre avait élevé une sorte de mur grossier, composé de pierres épaisses, les plus grosses qu'il eût pu trouver, entassées sans ordre les unes sur les autres.

« Tant pis ! s'écria Gordon. Nous ne pouvons plus reculer maintenant. Enfonçons à coups de pioche ce nouvel obstacle. Amenez aussi des haches, des manches de fourches. Helen, pour l'amour du ciel, abritez-vous !

— Pourvu, ajouta le capitaine, que les serpents se tiennent tranquilles pendant un moment encore ! »

Helen restait immobile, enveloppée dans sa longue robe blanche. Des coups sourds ébranlaient déjà le nouvel obstacle. Sur le sol, les reptiles continuaient leur ronde infernale, leur lent encerclement, et le bruit de leurs queues grossissait sans cesse, évoquant maintenant les roulades précipitées d'une paire de castagnettes.

Alors, la jeune fille vit enfin Gouroull faire un mouvement, et sa terreur augmenta. D'une main, le monstre détachait de la muraille, près de lui, un énorme morceau de pierre où des gravats étaient collés. Et cela sans effort, comme s'il avait cueilli un fruit. Puis il brandit cette espèce de projectile, se pencha largement en dehors du bord de la meurtrière, et lança dans le vide l'amas de pierres. Un murmure de stupéfaction s'éleva.

Et, brutalement, le chant de la flûte s'éteignit.

10

Quelques secondes de stupeur suivirent, de part et d'autre des murailles de la tour.

Assommé, les bras en croix, l'Indien s'était écroulé sur le sol.

« Il faut le ranimer le plus vite possible, dit le capitaine Grissley en s'agenouillant auprès de lui. Sinon, nous ne pourrons plus pénétrer nous-mêmes dans la tour. Plusieurs hommes s'affairèrent autour du corps du musicien, dont le front et les yeux saignaient, et qui ne faisait pas un mouvement.

– Helen est perdue ! s'écria le journaliste. En ce moment même elle succombe peut-être. Jamais je ne me pardonnerai cette folie, dont je suis le seul responsable. Tout est de ma faute. »

L'Indien n'était pas mort, mais ne valait pour l'instant guère mieux qu'un cadavre. On trouva de l'eau pour lui baigner le visage, on tenta de le ranimer par tous les moyens.

Pendant ce temps, pétrifiée en haut de l'escalier qui menait au sous-sol, Helen se demandait avec angoisse ce que signifiait l'arrêt de la flûte. Le feu se déployait et illuminait l'intérieur de la tour d'une lueur tremblante, irrégulière, qui pénétrait par toutes les ouvertures et par le toit, qui courait sur les murs, affolait les chauves-souris et sautillait au milieu du chaos des roches.

La jeune fille commençait à respirer difficilement et à tousser. Elle n'osait plus faire un pas, ni en avant ni en arrière, de crainte d'écraser un de ces longs corps verdâtres qui se tortillaient alentour, bruyants. De légers sifflements s'élevèrent, et le grincement des serpents à sonnettes se fit de plus en plus frénétique, de plus en plus inquiétant.

Çà et là, au hasard des reflets du bûcher, des têtes menaçantes se dressaient entre les pierres, têtes de reptiles qu'aucun frein ne retenait après la disparition du chant presque magique qui jusque-là les dirigeait à distance. En cercle, vaguement, se chevauchant les uns les autres, ils s'approchèrent de la jeune fille qui, plus morte que vive, les regardait venir. Ils étaient enfin délivrés de leur esclavage, libres, rendus à la nature. Et ils tenaient enfin une proie, Helen.

Là-haut, Gouroull s'intéressait lui aussi à cette étrange invasion. La jeune fille le vit accomplir plusieurs mouvements brusques, comme pour se débarrasser de quelque chose qui se serait accroché à ses vêtements. Mais il ne descendit pas, il resta tapi derrière son orifice. Il avait détaché du mur un autre bloc de pierre et guettait les attaquants.

« Helen ! cria la voix de Gordon. M'entendez-vous ? Pour l'amour du ciel, répondez-moi ! Êtes-vous toujours là ?

— Gordon, répondit faiblement la jeune fille, si faiblement que sa voix ne put franchir les murailles.

— Écoutez-moi, reprit Gordon, je vous en supplie, écoutez-moi, si vous êtes toujours là. Mettez-vous à l'abri immédiatement, descendez dans le sous-sol, enfermez-vous dans une pièce, ne laissez aucun passage entre les serpents et vous ! Nous avons en ce moment un terrible ennui. Nous ne pouvons venir à votre secours, Helen ! M'avez-vous entendu ? Helen ! Répondez-moi ! »

Comment lui aurait-elle répondu ? Comment lui aurait-elle parlé de ces autres bruits qu'elle avait perçus dans la cave, et qui l'avaient glacée d'effroi, paralysant ses gestes ? En bas aussi il y avait des serpents. Il y avait des serpents partout.

Quelles étaient ces sensations nouvelles qui l'assaillaient de toute part ? Pourquoi le bas de sa robe blanche se faisait-il soudain plus lourd ? N'était-ce pas un corps humide et froid qui montait lentement le long de ses jambes, vers sa poitrine, puis vers son cou ? Et là, sur son épaule... Elle avait presque perdu l'esprit.

Les mouvements des serpents l'affolaient. Elle se croyait atteinte déjà, entourée d'anneaux gluants, dans l'impossibilité de fuir ou de se défendre. Des yeux brillaient de fureur autour d'elle, dans l'ombre rouge. La fumée lui gonflait la gorge et la faisait pleurer. Elle ne voyait presque plus rien, à part ces yeux clairs et allongés qui se balançaient lentement, à quelques mètres, à quelques centimètres peut-être, de plus en plus près. Et là-haut, derrière la meurtrière, l'ombre de Gouroull, à l'affût.

« Helen ! criait toujours la voix de Gordon dehors. Cachez-vous ! Enfermez-vous ! »

L'escalier, derrière elle, l'appelait. Depuis que la

flûte s'était tue, on n'entendait aucun bruit dans les profondeurs du musée. Il y avait peut-être là un répit de quelques minutes.

Elle recula d'un pas. Un sifflement de rage, plus aigu que les autres, en même temps que le bruit de crécelle devenait assourdissant, jaillit à quelques pouces d'elle. II lui sembla voir une forme s'élever et se tordre, comme une brindille attaquée par le feu se contorsionne avant de mourir. Cette forme était celle d'un crotale qui s'apprêtait à bondir au visage de la jeune fille. Celle-ci perdit la tête et s'engouffra dans l'escalier, dans le noir, piétinant le bas de sa robe sur les marches, tendant les bras devant elle, se heurtant aux parois. Les frôlements rapides des chauves-souris la firent frissonner.

Gouroull s'était aperçu de la fuite d'Helen. Avec un hurlement de rage, il lança par la meurtrière le projectile qu'il tenait à la main et se mit à descendre le long de la muraille. Une rage atroce s'était allumée dans ses yeux. Peu importaient maintenant les serpents, au reste inefficaces sur lui, et les hommes qui l'attaquaient. Helen, sa proie, avait disparu dans l'escalier. Il devait la rattraper.

Le mur qui obstruait la porte de la tour commençait à céder sous les coups des hommes du capitaine Grissley. Mais pourraient-ils s'aventurer à l'intérieur, sur le sol infesté de reptiles venimeux ?

Helen parvint au bas de l'escalier, dans la première pièce du musée obscur, où elle était perdue. En haut, elle entendait les hurlements de Gouroull qui se lançait à sa poursuite. Et les crotales glacés commençaient eux aussi à descendre les marches de l'escalier étroit. Quand tout à coup... D'où venait cette voix ? D'où sortait ce murmure ? Qui parlait ?

Dans les ténèbres du musée, Helen s'était arrêtée, stupéfaite. Près de son oreille, une voix chuchotait... Elle se retourna dans le noir, elle tendit les bras à l'aveuglette, elle essaya de savoir d'où provenaient ces bruits mystérieux. Et soudain, elle se trouva face à face, à quelques centimètres à peine, de deux taches brillantes, qui ressemblaient aux yeux des serpents, mais en plus grands.

Des yeux qu'elle connaissait.

Les yeux de Blessed, du vieillard...

Une main nerveuse saisit tout à coup la main tendue de la jeune fille.

« Venez, Miss Coostle, dit une voix. N'ayez pas peur. C'est moi, l'vieux Blessed, c'est moi.

— Vous ! s'écria Helen. »

Le vieillard frotta une allumette, rapidement, et une petite torche s'éclaira dans sa main.

« Venez, dit-il en entraînant Helen à travers le musée. Vite. »

Helen ne le reconnaissait pas : il était vêtu comme un courtisan pommadé du siècle d'Élisabeth, justaucorps brodé, pourpoint rutilant, haillons luxueux déchirés par le temps.

Ils se hâtaient l'un derrière l'autre, dans le dédale du sous-sol.

« Dépêchez-vous ! criait Blessed. Il s'est aperçu que vous partiez, il ne vous le pardonnera pas, je le connais. Maintenant, il est déchaîné, rien ne l'arrêtera. Des serpents ! Ils ont envoyé contre lui des serpents ! Mais ce sont les serpents qui mourront, s'ils le mordent ! Venez vite, Miss Coostle, venez vite, ou nous sommes perdus. »

Tout en courant, en ouvrant et en refermant des portes, le vieillard ne cessait de bavarder.

« Ils m'avaient laissé seul à la mairie, comprenez-vous ? Alors, sachant qu'ils allaient venir à la tour, je m'suis sauvé, et j'ai couru jusqu'ici, le plus vite possible. Ils ne savent pas encore que l'vieux Blessed est là, celui qu'ils prennent pour un sorcier. Sans ça, ils ne m'auraient pas laissé entrer. Je m'suis faufilé par le passage secret, celui que vous connaissez déjà, et j'ai ouvert toutes les portes avec des clés que j'avais cachées dans l'laboratoire. Puis j'me suis posté sans bouger à la place d'une statue. C'est pour ça que vous m'voyez attifé d'là sorte. Il y a plus d'une heure que j'suis là, et, si vous voulez mon avis, c'est le moment ou jamais de vous tirer d'ici. Pas une minute à perdre, Miss Coostle. »

Helen avait retroussé le bas de sa robe blanche pour courir plus vite, et le vieux duc enrubanné l'entraînait dans les oubliettes à une allure folle. Ils traversèrent sans s'arrêter le laboratoire désert, soulevèrent la planche sur laquelle était peinte l'image d'un écorché, et découvrirent l'entrée du boyau qui conduisait à l'extérieur. Ils s'y engagèrent.

Derrière eux, des bruits inquiétants ébranlaient les échos du musée. Le monstre accourait, fracassait les portes qui lui barraient le passage. On entendait ses pas rapides, des cris...

« Pressez, pressez, dit le vieillard qui ouvrait la marche dans le tunnel. »

Blessed et la jeune fille étaient déjà loin quand le monstre pénétra dans le laboratoire et constata l'existence d'un passage secret. À quelques mètres du bûcher, ils sortirent de terre et, le dos courbé, se hâtèrent de rejoindre le gros des assaillants qui achevaient de forcer l'entrée de la tour.

L'Indien reprenait peu à peu connaissance, mais demeurait étendu sur le sol. On pouvait apercevoir l'intérieur de la tour, désert. Le capitaine Grissley paraissait furieux d'avoir laissé s'échapper le monstre et de ne pas pouvoir se lancer à sa poursuite à cause de la présence des crotales, cachés sous les pierres.

Gordon Mallorey, désespéré, croyant Helen perdue, fut le premier à apercevoir la jeune fille et le curieux vieillard en habit de cour qui pénétraient dans la brèche aménagée dans le bûcher. La jeune fille était aussi blanche que son vêtement. Sans réfléchir, elle se précipita dans les bras du journaliste qui se refermèrent jalousement sur elle.

« Helen, dit-il, jamais je ne vous laisserai seule. Le monstre a pu s'enfuir, mais soyez tranquille, jamais je ne vous laisserai...

— Mais Gordon, tout n'est pas perdu ! s'écria la jeune fille. Il s'est enfui par un souterrain, celui dont je vous avais parlé. Venez immédiatement ou il risque de nous échapper définitivement.

— Où se trouve ce souterrain ? demanda le capitaine.

— Suivez-moi ! répondit Blessed. »

Paysans et policiers s'ébranlèrent à la suite du petit vieillard dont le costume jetait une note baroque dans ce décor lugubre, illuminé par l'immense bûcher.

Helen et Gordon, enlacés, tout à la joie de se retrouver sains et saufs, suivaient à quelque distance.

« Je tremblais de peur à l'idée d'envoyer ces serpents dans la tour, avoua Gordon, nous espérions qu'ils pourraient, sinon nous débarrasser du monstre, tout au moins le contenir pour nous donner le temps de pénétrer. Mais nous avons joué de malheur.

— Heureusement, Blessed avait pu s'introduire jusqu'à moi, dit la jeune fille.

— C'est vrai, reconnut Gordon. Nous avons eu tort de ne pas lui faire confiance quand il nous promettait de nous conduire jusqu'à vous. Mais... regardez !

— Que se passe-t-il ? s'écria Helen.

— Attention ! cria la voix du capitaine Grissley. »

Ils se blottirent rapidement contre les remparts. Non loin de là, près de la sortie du souterrain, gisaient deux agents de police et un paysan, assommés ou égorgés, on ne pouvait pas savoir.

« Attention ! cria pour la deuxième fois le capitaine Grissley. Feu à volonté ! »

Des coups de feu claquèrent, à quoi répondit une sorte de ricanement. À une centaine de mètres du groupe en armes, dans la nuit, Helen et Gordon aperçurent alors une ombre colossale qui s'enfuyait, qui descendait à une allure insensée le versant sud de la falaise.

11

Au milieu de la nuit, une bruine pénétrante se mit à descendre doucement du ciel invisible, ralentie par la brume qui ensevelissait la campagne sous un manteau glacé. Des gouttes ruisselaient sur les branches dégingandées des arbres et glissaient dans l'eau qui adoucissait leur chute. Chaque brindille scintillait d'humidité.

Au pied du versant de la falaise s'étendait une zone marécageuse où les paysans ne s'aventuraient qu'en plein jour sur de petites barques à fond plat, pour aller, aux endroits secs, découper à la pioche les blocs de tourbe dont ils se chauffaient pendant l'hiver.

Ces marécages, redoutés par les jeunes enfants, à qui l'on parlait toujours des sables mouvants qui les guettaient sous leurs pas, et par les bergers qui craignaient de voir s'y enliser leurs bêtes, étaient le repaire favori des insectes aquatiques, et aussi des couleuvres d'eau, des grenouilles et des crapauds. Tous ces animaux y pullulaient et, pendant les nuits d'été, des coassements inlassables parvenaient jusqu'aux oreilles des villageois endormis.

Ces marais constituaient une sorte d'endroit maudit, sur le compte duquel couraient les plus sinistres légendes : voyageurs engloutis dont les plaintes se faisaient encore entendre à la pleine lune, bêtes féroces et inconnues marchant sur l'eau comme sur la terre, charrette fantôme des morts se rassemblaient dans les marécages, aux dires des paysans. Les saules et les ajoncs, et même des roseaux nains, y poussaient en toute liberté, entrelacés les uns aux autres, ce qui leur donnait parfois des formes humaines.

Cette nuit-là, nuit qui vit la fin – mais était-ce vraiment la fin ? – des alarmes et des terreurs des habitants de Kanderley, la surface des marais apparaissait difficilement dans la brume, qui la masquait par endroits totalement. Des flaques d'eau miroitaient entre deux paquets d'herbe aux feuilles longues et effilées, mais, un peu plus loin, le brouillard opaque qui rasait le sol empêchait de deviner si l'on se trouvait sur un lac ou sur la terre ferme.

Parfois, entre deux nuages fugitifs, des branchages couverts des feux de mille gouttes qui s'écoulaient lentement, surgissaient au milieu de la nuit, pour quelques secondes, et retournaient à l'obscurité comme d'éphémères apparitions. Grenouilles et crapauds, blottis au plus profond de leurs cachettes, respectaient le mystère de cette nuit exceptionnelle et gardaient un silence craintif. Seule, parfois, une lente couleuvre zébrait de ses replis argentés la surface trouble des marécages et disparaissait dans l'eau, dans le brouillard ou dans les herbes, on n'aurait pu le dire.

Des guetteurs avaient vu le monstre se diriger vers les marais et disparaître dans la brume, non loin de là. Instinctivement, il recherchait la nature la moins hospitalière, sachant que les hommes n'oseraient peut-être pas le suivre dans ces parages mal connus et dangereux.

Mais les soldats et même les paysans, exaspérés par les nouveaux méfaits de l'infernale créature qui venait de tuer un des leurs à la sortie de la tour et de laisser derrière lui deux blessés, résolurent, en accord avec le capitaine Grissley et Gordon Mallorey, d'en finir une fois pour toutes avec leur ennemi. C'était le moment ou jamais. Et, puisqu'il avait cherché refuge dans les marais, ils décidèrent de l'encercler immédiatement et de tirer à vue sur le monstre.

Auparavant, Gordon ramena la jeune fille chez sa grand-mère, qui l'accueillit avec des larmes de bonheur et remercia chaleureusement le journaliste de son dévouement.

Helen, depuis sa délivrance, paraissait très lasse. Ses tempes étaient brûlantes et son pouls battait à toute vitesse. Mrs Coostle s'effraya de sa maigreur, de sa pâleur et du désordre de ses traits.

« Je vous conseille de la conduire à sa chambre le plus tôt possible, dit le journaliste, et de la maintenir au chaud. Elle a une forte fièvre et subit naturellement la réaction des émotions qu'elle a connues ces jours derniers. Faites venir aussitôt que vous le pourrez le docteur Edwardes, qui lui ordonnera sans doute des fortifiants. En attendant, pour que vous n'ayez rien à craindre, je vais faire placer plusieurs hommes armés en faction dans votre jardin. Moi, à mon grand regret, je ne peux pas rester : il faut que je participe à la battue finale, qui s'organise en ce moment. Je reviendrai dès que possible. »

Emmitouflés dans d'épais vêtements à cols

montants, les hommes, sous la conduite du capitaine Grissley, s'étaient divisés en petits groupes qui prenaient place sur des barques, armés jusqu'aux dents, en soufflant dans leurs mains pour les réchauffer. Quelques sentinelles furent laissées de place en place sur la rive, et on décida de former avec toutes les barques qu'on put rassembler un vaste cercle, emprisonnant tous les marécages, cercle qui irait peu à peu se rétrécissant jusqu'au centre. À la première ombre suspecte, les policiers avaient l'ordre de tirer.

L'air était glacial et la bruine recouvrait de buée les canons des fusils. Des bouffées de vapeur, à chaque respiration, jaillissaient de toutes les bouches.

Les barques, guidées par les paysans qui connaissaient la topographie du terrain, étaient dirigées et poussées par de longues perches de bois qui s'enfonçaient de près de deux mètres dans la vase. Sur chaque embarcation, une lanterne sourde, brandie à l'avant, trouait la nuit d'un halo lumineux, voilé par la brume. Là-haut, sur la falaise, les chasseurs pouvaient en se retournant apercevoir les derniers reflets du bûcher qui projetait ses langues de feu sur les murailles de la tour abandonnée.

Gordon prit place, carabine à la main, sur le même bateau que le capitaine Grissley, qui serrait la crosse de son pistolet. Avec eux embarqua un paysan particulièrement habile au maniement de la perche, et enfin le vieux Blessed, qui n'avait pas voulu manquer cette battue décisive.

« J'vous serai utile, cap'taine, disait-il. Moi, j'y vois

dans la nuit, comme les chats. C'est dommage qu'il y ait un peu de brume, car la brume fait pleurer. Mais, sans la brume, j'l'aurais déjà vu, s'il est là, bien sûr. »

L'intarissable bavard s'assit à l'avant de la barque, une main en visière sur les yeux. Les broderies d'or et d'argent de son costume d'apparat s'effilochaient. Il dessinait une silhouette tout à fait inattendue à cette heure, en ce lieu.

C'est lui qui, d'une main qui émerge d'une garniture en dentelles, tient la lanterne de la barque. On largue les amarres et, très lentement, les bateaux se mettent à avancer, glissant en silence sur l'eau stagnante et corrompue où gît toute une vie grouillante et mystérieuse d'herbes et de bestioles. Les perches s'enfoncent en cadence et les lanternes, balancées à bout de bras, luttent contre la brume et contre la nuit.

Aucun souffle ne balaie la surface des marais. On dirait que le vent lui-même a peur de se montrer. On n'y voit pas à dix mètres. De temps en temps, un des bateliers pousse un cri pour indiquer sa position et ce cri court de touffe en touffe parmi les herbes du marais sans soulever le moindre écho. Puis tout revient au silence et à l'obscurité, dans laquelle se distinguent à peine les ombres fatiguées des saules pleureurs.

« IL est là ! crie soudain Blessed en tendant sa main vers un coin d'ombre où se découpe la silhouette gigantesque d'un arbre mort.

— Où ? Où est-il ? demande Gordon qui n'a rien vu et se précipite à l'avant de la barque au risque de la faire chavirer.

— Doucement ! Doucement ! J'l'ai vu, il a bougé,

il est caché par-là, j'en suis sûr. Sans cette maudite brume, j'le distinguerais mieux !

— Arrêtez le bateau, ordonne Grissley au paysan, qui plante sa perche dans la boue. »

La barque s'immobilise et les quatre hommes, anxieux, scrutent attentivement les ténèbres. Gordon et le capitaine ont le doigt crispé sur la gâchette de leur arme. Au loin, des chasseurs, qui ont entendu le cri de Blessed, cherchent à savoir ce qui se passe et Gordon leur ordonne de se rapprocher insensiblement, avec toutes les précautions nécessaires.

La barque ne bouge plus. Les quatre hommes sont tapis sur le fond plat du bateau et attendent. Quelques minutes passent, longues comme des jours...

Alors, une des branches de l'arbre mort semble soudain se replier sur elle-même, et l'arbre tout entier se met en mouvement, troublant le calme de l'eau naguère paisible. L'arbre, qui n'est plus un arbre, mais le corps démesuré du monstre, avance pas à pas, les bras écartés du corps, le torse rigide. Il n'est qu'à dix mètres du bateau. L'eau sale ruisselle le long de sa jaquette d'une autre époque.

« Nous tirons ? demande Gordon.

— Attendez encore un peu, répond à mi-voix le capitaine Grissley, les yeux fixés sur l'apparition. Laissez-le s'approcher encore un peu et donner aux autres le temps de nous rejoindre. Dieu, qu'il est grand ! Vous ne m'aviez pas dit qu'il était aussi grand, Gordon ! »

Les cris partis des autres bateaux se font de plus en plus distincts de minute en minute. Dans peu de temps, le cercle des rabatteurs sera entièrement fermé.

Le monstre fait encore un pas, puis un autre, dans l'eau trouble qui clapote autour de ses jambes massives. Il n'est plus qu'à quatre ou cinq mètres du bateau et Blessed, négligeant toute prudence, s'écrie en agitant sa lanterne :

« C'est LUI ! J'le reconnais ! C'est bien lui ! »

Les traits abominables de Gouroull sortent peu à peu de l'ombre et du flou. Sur ses pommettes blafardes, sur son front bombé, autour de sa bouche étroite surtout, du sang s'est coagulé et forme de larges taches brunes. Ses cheveux sont encore raidis par le contact de l'humidité mais, malgré le froid, malgré la bruine et le brouillard qui traversent les vêtements les plus chauds, l'étrange masque aux yeux presque éteints garde une impassibilité de statue. Autour de ce tableau macabre, des traînées de buée qui s'élèvent à la surface des eaux semblent des colonnes de fumée jaillies du plus profond des enfers.

« Capitaine, où êtes-vous ? crie une voix.

— Ici ! »

Le monstre tourne la tête en cherchant les nouveaux arrivants et esquisse un geste de fuite.

« C'est le moment ! dit Grissley. Feu ! »

La carabine de Gordon et le pistolet du capitaine claquent en même temps.

À une si courte distance, malgré la brume qui estompe les contours de leur cible, il leur est à peu près impossible de rater leur coup. Et pourtant le monstre n'a même pas sursauté. Leurs yeux incrédules ne l'ont vu faire aucun mouvement après les coups de feu qui, le capitaine en jurerait, l'ont atteint. Gouroull tourne lentement la tête et Gordon croit lire dans les deux pâles lueurs de ses yeux agonisants une réelle expression de mépris, ou peut-être même de haine. La haine de la victime.

Des lumières apparaissent aux environs et on entend le bruit rythmé des perches plongées dans le marécage. Mais un bizarre sentiment de crainte saisit tout à coup les assistants. Dédaignant les coups de feu qui ne l'ont même pas ébranlé et qui continuent maintenant à claquer de tous les côtés à la fois, vainement, Gouroull refuse la fuite.

C'est à peine s'il fait deux ou trois pas, sans tituber, sans hésiter, vers un endroit où les eaux du marais paraissent plus noires et plus menaçantes. Arrivé là, petit à petit, sans qu'un mouvement vienne animer son corps insensible à toutes les blessures des hommes, ses membres ou son visage souillés de sang, il s'enfonce dans la vase et dans les sables mouvants qui cèdent sous son poids.

Il s'enlise, l'eau glauque lui entoure les reins, puis le buste. Il ne fait aucun effort pour se redresser, pour se libérer de l'enlacement mortel de la nature. Seule dépasse maintenant sa tête jaunâtre, aux yeux grands ouverts, qui s'abîment à leur tour sans se fermer. Quelques mèches emmêlées de sa crinière noire surnagent pendant quelques secondes, ballottées par les remous de l'eau, puis tout disparaît. Encore un chapelet de bulles...

Blessed se signe, d'un geste fou.

Après quelques minutes de stupéfaction, où nul bruit ne vint troubler l'agitation légère des rides de l'eau meurtrière, les hommes se frottèrent les yeux et se ressaisirent. Certains émirent des doutes sur ce qu'ils croyaient avoir vu, prétendant qu'il s'agissait là d'un simple mirage, d'une image formée par les vapeurs des marécages. Mais la majorité des assistants tomba d'accord : comme Blessed ne cessait de le crier, c'était bien LUI, le monstre de Frankenstein, qu'on avait vu s'engloutir sans résistance, se suicider pouvait-on dire, dans les sables perfides qui se refermaient sans laisser d'espoir autour des objets qu'on leur lançait.

Pour mettre un terme aux craintes des sceptiques, et de quelques paysans apeurés qui auraient voulu voir brûler la dépouille du monstre sur la place du village, le capitaine Grissley et le journaliste décidèrent de repêcher le cadavre. On chercha des cordes, de longues gaffes terminées par des crochets métalliques, et les hommes, pendant tout le reste de la nuit, fouillèrent les bas-fonds des marais, en commençant par l'endroit même où le corps avait disparu, noyé sans doute. On ne le trouva pas là. Peut-être avait-il dérivé à quelque distance entre deux eaux, entraîné par un courant inconnu.

Les barques se rangèrent en ligne, chacune montée par deux hommes munis de gaffes et de lanternes, un à l'avant, l'autre à l'arrière, et naviguèrent jusqu'au matin sur les marais embrumés, entre les ajoncs et les saules, explorant minutieusement tous les trous d'eau, tous les amas de racines à demi-pourries où le corps pouvait s'être accroché, et même la couche de sables mouvants. Pendant ce temps, des hommes restés sur la rive battaient les bords des marécages avec des bâtons et des fourches, sondant tous les gouffres, ne négligeant aucune sorte de cachette possible.

Mais on ne trouva rien, ni sur les bords ni au centre, aucune trace de la carcasse de Gouroull. Plusieurs barques avaient déjà regagné le rivage, avec leurs occupants découragés et épuisés par cette longue nuit de recherches infructueuses dans le noir et dans l'humidité la plus nocive.

À l'aube, alors que le brouillard commençait à pâlir et à s'élever lentement au-dessus des eaux, au moment où les herbes se mettaient à s'agiter mollement aux premiers souffles d'air marin, un paysan, dont l'embarcation s'était un peu écartée, poussa soudain un cri :

« J'tiens quelque chose !

— Ne bougez pas, nous arrivons ! fit le capitaine. Toutes les barques se dépêchèrent vers l'endroit d'où le cri était parti. Impatients de pouvoir enfin constater de leurs yeux la mort de leur ennemi, les hommes se hâtaient, courbés sur leurs perches. »

Mais ce n'était pas le cadavre énorme du monstre que les occupants de la barque solitaire maintenaient à fleur d'eau, sur deux gaffes croisées. C'était un corps malingre artificiellement gonflé par la vase et par l'eau, un corps en décomposition...

Son crâne était brisé, et tout le derrière de la tête manquait. Pourtant, on pouvait parfaitement reconnaître les traits de son visage, son nez crochu dilaté par la mort, sa barbe dégoûtante, sa bouche tordue par un dernier rictus, de colère impuissante ou d'épouvante, on ne savait pas, et surtout ses yeux, immenses et voilés, bordés de rouge, éteints, et pourtant troublants encore...

« Qui est-ce ? demanda Grissley.

– Ah, je l'connais ! s'écria Blessed. C'est un voleur, un sale voleur ! Bien fait pour lui ! »

Mais Blessed n'était pas le seul à reconnaître le masque de Vrollo. Les paysans, immobiles dans leurs barques, contemplaient avec un effroi silencieux le visage du vagabond, son crâne vide, ses membres disloqués, ses chairs bouffies et verdâtres.

« Eh bien, demanda le capitaine en réagissant contre le malaise qui l'envahissait, lui aussi, qu'est-ce qu'on en fait ? »

Personne ne lui répondit. Les hommes s'interrogèrent entre eux du regard puis, sans un mot, rapidement, ils appuyèrent sur leurs perches et reprirent le chemin de la rive et du village.

12

Helen Coostle passa plusieurs jours entre la vie et la mort, attentivement veillée par sa grand-mère et par le journaliste. Le docteur Edwardes montait plusieurs fois par jour, mais affirmait qu'il n'y avait pas grand-chose à faire, et que le mal, à la longue, abandonnerait de lui-même sa proie.

Elle délirait sans cesse. Son corps se soulevait dans une agitation désordonnée qu'on ne pouvait calmer et qui la laissait, après quelques heures de frénésie, pantelante, épuisée, assoupie pour un moment. Parfois, elle se dressait sur sa couche, les yeux exorbités, et affirmait voir une chose effroyable debout au pied de son lit, une chose qui lui commandait de se lever et de quitter cette maison. Gordon et Mrs Coostle unissaient leurs efforts pour empêcher Helen de se lever.

Elle raconta, à mots entrecoupés qu'on avait du mal à comprendre, son enlèvement et son séjour dans la cellule aux côtés du monstre, dont la hideuse figure venait encore la hanter. Les mots de Gouroull et de Vrollo étaient sans cesse formés par ses lèvres exsangues. Elle terrifia sa grand-mère par le récit de l'invasion des crotales, récit que la malade semblait revivre.

Puis, à force de calmants et de potions sédatives, prescrites par le docteur Edwardes, la fièvre tomba.

Un matin, alors qu'un des derniers soleils d'octobre illuminait la croisée de sa chambre, elle se réveilla, apaisée. Gordon et Mrs Coostle avaient décidé de mettre tout en œuvre pour lui faire oublier ses malheurs. Ils avaient enlevé du grenier de la maison la table noire qui avait servi aux expériences du professeur Barrows, et avaient fait réparer la grille du jardin, que le monstre avait enfoncée. Partout, des fleurs étaient disposées dans des vases. Lorsqu'elle ouvrit les yeux, ce furent les visages pleins d'inquiétude et de bonté de Gordon et de sa grand-mère qui se penchèrent sur elle.

« Helen, dit doucement Mrs Coostle, souriante, comment te sens-tu ?

— Je me sens très bien, grand-mère, répondit faiblement la convalescente, mais je suis terriblement fatiguée. J'ai l'impression de sortir d'un très mauvais rêve, d'un horrible cauchemar...

— Tu as raison, reprit Mrs Coostle sans cesser de sourire. C'était un rêve, un mauvais rêve qui maintenant s'est dissipé. Dans quelques jours, dès que tu seras rétablie, tu quitteras l'Irlande et tu retourneras en Angleterre. Tu as été malade, tu as eu de la fièvre et tu as déliré. Mais vois, le temps est clair, les nuages se sont enfuis pour quelque temps. Oublie tout ce que tu as rêvé, tâche de ne te souvenir de rien. »

Mais, depuis que sa grand-mère parlait, la jeune fille observait attentivement le journaliste qui, debout près du lit, tenait affectueusement une main d'Helen dans les siennes.

« Vous étiez dans mon rêve, murmura-t-elle.

— Moi ? demanda le journaliste en lançant un regard inquiet à Mrs Coostle. »

Ils n'avaient pas prévu cela, ils n'avaient pas prévu qu'elle reconnaîtrait aussitôt le visage de Gordon Mallorey.

« Oui, répondit Helen, vous étiez dans mon rêve. »

Elle se dressa sur ses coudes, tendit son visage amaigri et demanda :

« N'êtes-vous pas Gordon Mallorey ?

— Si, avoua le reporter. Comment se fait-il alors ? »

Elle retomba sur son oreiller. Ainsi ce n'était pas un rêve, cette rapide succession d'événements qui l'avaient bouleversée. Ce n'était pas un cauchemar, puisque ce personnage, ce journaliste, passait du rêve à la réalité avec les mêmes traits, le même sourire rassurant. Non, elle n'avait pas dormi, et si elle avait déliré, c'était après, après...

Elle se rappela toutes les péripéties de sa séquestration, les images effrayantes de sa capture, la mort affreuse de Vrollo, projeté contre le mur. Elle revit le monstre, brusquement déchaîné par la fuite de sa prisonnière, se lançant à ses trousses. Elle se souvint de l'apparition fantomatique du petit vieillard en habit suranné, de leur course dans les souterrains, de la muraille de feu qui se dressait tout autour des remparts... Tout cela repassa devant ses yeux en une seconde.

« Calmez-vous, Helen, reprit le journaliste. Tout est terminé, maintenant, tout est rentré dans l'ordre. Le monstre est mort, enlisé dans les marécages qui s'étendent derrière la falaise, en contrebas. Les paysans sont rassurés et reprennent leurs travaux. Calmez-vous, Helen, je vous en supplie... »

Mais Helen secoua sa tête de droite à gauche. Ses cheveux étaient épandus sur l'oreiller.

« Il n'est pas mort, chuchota-t-elle.

— Helen ! Que dis-tu ? demanda Mrs Coostle. »

Et la jeune fille répondit d'un air très las :

« Je sais qu'il n'est pas mort... Il est revenu... »

Tous les efforts de Gordon et de Mrs Coostle ne parvinrent pas à convaincre Helen de la mort de Gouroull. Elle affirmait avec insistance que pendant son délire, toutes les nuits, elle l'avait aperçu au pied de son lit, les vêtements dégouttants d'eau, recouverts de brins d'herbes et d'algues, les cheveux plaqués sur les tempes. Il restait immobile pendant un assez long moment, fixant la couche de son regard évanoui, qui se devinait à peine, puis il appelait à voix basse la jeune fille et lui demandait de le suivre... Cette apparition n'était plus que le cadavre d'un cadavre.

« Tais-toi, disait Mrs Coostle, ne raconte pas des choses pareilles. Tu vois bien que le plancher ne porte aucune trace d'eau. Et, s'il était entré dans la maison, comment ne l'aurions-nous pas vu, nous qui sommes restés à tour de rôle près de toi, sans jamais te laisser seule ? »

Mais Helen ne voulait pas admettre la disparition définitive de l'être malfaisant dont le curieux et dramatique amour lui avait fait tant de mal.

« Cela ressemble à une obsession, dit un jour le journaliste à Mrs Coostle. Elle ne peut pas concevoir la mort du monstre, qu'elle revoit en rêve toutes les nuits. Pour la convaincre, il faudrait lui montrer le corps détruit de la créature. Mais comment faire, puisque nous ne l'avons pas retrouvé, malgré tous nos efforts ? »

La jeune fille se leva, et sa constitution reprit rapidement des forces. Les derniers jours du mois d'octobre, par extraordinaire, furent beaux et ensoleillés, tout au moins pendant quelques heures de la journée. De courtes promenades dans le jardin, en compagnie du journaliste, achevèrent de la remettre sur pied.

Les deux jeunes gens, amoureusement blottis l'un contre l'autre, passaient et repassaient devant l'œil attendri de Mrs Coostle, et faisaient des projets d'avenir. Gordon tentait toujours de rassurer Helen, mais celle-ci détournait aussitôt la conversation. De temps en temps, le docteur Edwardes venait rendre visite à Helen, dont il surveillait le rétablissement.

Les nouvelles qu'il apportait du village étaient bonnes : le monstre avait bel et bien disparu, et les paysans reprenaient peu à peu confiance. Le capitaine Grissley, après le siège de la tour, qui lui avait coûté un agent, et la battue nocturne au-dessus des marécages, avait quitté Kanderley avec ses troupes. Le charmeur de serpents, rétabli, avait pu récupérer ses bêtes. Quelques journalistes curieux avaient envahi la région, et l'affaire avait fait un certain bruit, maintenant calmé.

En dehors de Kanderley, les gens n'ajoutaient que difficilement foi à une pareille histoire, et la plupart se contentaient de sourire d'un air entendu. Mais le docteur Edwardes, qui avait assisté le professeur Barrows, savait, lui, à quoi s'en tenir.

« Apparemment, tout était réglé, disait-il.

— Et vous, Docteur, lui demanda brusquement Helen en le regardant dans les yeux, vous pensez réellement qu'il est mort ?

— Oh, moi, dit le docteur avec un geste évasif. »

Il s'aperçut à ce moment-là que le journaliste le fixait avec inquiétude, et continua, après une légère hésitation qui n'échappa pas à Helen :

« Je crois, oui, je crois qu'il est mort. C'est certain. »

Lorsqu'elle se sentit complètement rétablie, alors que sa grand-mère envisageait déjà son retour en Angleterre, elle demanda un jour à Gordon de la conduire à la tour.

« À la tour ! s'écria le reporter, très intrigué par cette envie subite. Mais que voulez-vous faire à la tour ?

— Je veux revoir ces lieux étranges, répondit Helen, je veux me rendre compte des changements, entrer à nouveau dans ma cellule, humer l'air. Peut-être, là-bas, arriverai-je à me faire une certitude...

— Vous n'y songez pas, Helen ! dit ardemment Gordon. Cette visite ne peut que vous faire du mal, aggraver encore vos idées noires. Renoncez à ce projet, Helen...

— Mais pourquoi, mon cher Gordon ? Le temps est clair et chaud. Rien ne m'incite à la mélancolie, encore moins à la frayeur. J'ai besoin de cette visite, j'ai besoin d'en avoir le cœur net. Accompagnez-moi. »

Mrs Coostle s'opposa, elle aussi, à cette idée

qu'elle jugea déraisonnable. À l'entendre, Helen ne tirerait qu'un surcroît de souffrance de cette sorte de pèlerinage en des lieux où elle avait connu les heures les plus sombres de sa vie.

« Mais enfin, qu'avez-vous ? s'écria Helen. On dirait que vous redoutez cette promenade pour des raisons précises, que vous me taisez. On dirait que vous avez peur que je LE revoie, là-bas... »

Mrs Coostle et le journaliste furent forcés de se rendre à ce dernier argument. Après tout, c'était peut-être un moyen de dissiper définitivement les craintes de la jeune fille. Maintenant, la tour devait être paisible...

Ils découvrirent ensemble, et non sans émotion, le cordon de cendres du bûcher, la brèche par laquelle ils entrèrent, les blocs de pierres démantibulés autour de la porte. D'un pas hésitant, ils franchirent ces roches et pénétrèrent à l'intérieur des remparts, où régnait le grand silence des ruines.

« Les corneilles ne sont pas revenues, remarqua Helen, le cœur battant. »

Elle supportait cette épreuve mieux qu'elle ne l'aurait cru. Sans doute était-ce à cause de la présence rassurante du journaliste à ses côtés. Elle revit l'endroit où elle s'était réveillée après son enlèvement, sous l'œil avide de Vrollo. Ils restèrent immobiles pendant quelques minutes, examinant les murs, les débris de charpente, les meurtrières, les amoncellements de pierres. Délivré de la brume, tout ce décor impressionnant apparaissait sous un jour nouveau. Les angles des murs étaient nets, claires les teintes des murailles où s'accrochaient quelques broussailles rabougries. Là-haut, en redressant la tête, ils voyaient les créneaux inégaux se découper avec netteté sur un ciel presque bleu.

« Jamais je ne pourrai oublier ces lieux, murmura la jeune fille. »

Là-bas, la porte qui conduisait aux oubliettes était ouverte.

Alors, tandis que serrés l'un contre l'autre ils se remémoraient la nuit tragique qui avait jeté Helen dans les bras de Gordon qui accourait à son secours, un bruit leur parvint : on aurait dit une chanson, fredonnée du bout des lèvres par une voix malhabile ou distraite. La jeune fille tressaillit et se blottit contre l'épaule du journaliste.

Celui-ci tendit l'oreille. Cette chanson n'avait rien d'alarmant. Mais le silence pesant qui régnait sur la tour la faisait paraître bizarre. Elle venait du sous-sol et leur parvenait par la porte ouverte. En bas, dans les caves de la tour, quelqu'un chantait à mi-voix, insouciant, une vieille complainte en patois irlandais dont ils ne saisissaient que des bribes.

Gordon s'avança vers l'ouverture béante et demanda :

« Il y a quelqu'un ? »

La chanson s'arrêta aussitôt. On entendit un bruit de pas rapides dans l'escalier et Blessed apparut, revêtu de sa houppelande de berger.

« Un visiteur ! s'écria-t-il. J'ai enfin un visiteur ! »

Il ne semblait pas reconnaître Gordon, qu'il n'avait vu, à la vérité, que pendant une nuit passée sur les marais. Helen, à la voix de Blessed, s'approcha des premières marches et jeta un coup d'œil dans l'escalier.

« Miss Coostle ! s'écria le vieil homme. Ah, ça, par exemple, Miss Coostle ! Vous êtes revenue ! Mais comment avez-vous su ? »

Helen et Gordon restaient bouche bée, sans dire un mot.

Blessed escalada allègrement quelques marches et resta là, les mains appuyées sur un de ses genoux, l'œil brillant d'une joie un peu folle. Il tenait une petite brosse à habits, et un vêtement était plié sous son bras.

« Vous m'croirez si vous voulez, dit-il, mais depuis une dizaine d'jours je n'ai vu personne ici, depuis la nuit où il y a eu un si grand feu, vous vous souvenez ? On dirait que les gens ont encore peur de venir au musée. Et moi, j'travaille, là en bas. Il faut que j'rafistole un peu, vous comprenez, avec tout ce remue-ménage. Tenez, voyez-moi ça, c'est plein de trous de mites et d'autres saletés. Je ne peux pas lui laisser ça sur le dos dans cet état. Et si je n'y faisais pas attention, Miss Coostle, toutes mes collections ne seraient bientôt plus qu'un tas de poussière... »

Mais tout à coup, au moment où le vieillard parlait de son travail, Helen s'était raidie, les yeux révulsés de terreur. Elle se cramponna au bras de Gordon qui la regarda avec inquiétude, sans comprendre.

« Qu'est-ce qui ne va pas, Miss Coostle ? demanda le vieux Blessed avec un petit rire atrocement malin. Il ne faut pas venir ici si vous avez peur comme ça. Déjà, la première fois... »

Blessed hocha la tête, l'air très amusé. Gordon se demandait s'il se trouvait en face d'un fou, ou si les propos du vieillard avaient un sens caché que lui, Gordon, n'arrivait pas à saisir.

« Vous vous souvenez de la première fois ? demandait Blessed. Ah ah, il y a une force qui vous attire malgré vous vers cette tour, on dirait, hein, Miss Coostle ? Vous ne pouvez pas vous empêcher de revenir, hein ? Vous êtes fichtrement curieuse, hein, Miss Coostle ? »

Helen, pâle comme une morte, ne répondit pas. Elle était maintenant suspendue au bras du journaliste, qui ne savait que faire. Puis, lentement, elle tendit la main vers Blessed, qui ricanait sans arrêt, et articula ces quelques mots :

« Là... Qu'est-ce que...

— Ça ? demanda Blessed, l'œil luisant. C'est ça qui vous tracasse, hein, avouez-le, Miss Coostle ? Vous ne voulez pas vous rendre à l'évidence, n'est-ce pas ? »

Il se redressa et saisit le vêtement noir qu'il portait sous le bras. Puis il le déploya, sous les yeux affolés d'Helen et de Gordon qui, lui aussi, venait de sentir toute l'horreur indicible de cette scène.

C'était une jaquette taillée à l'ancienne mode, avec des revers étroits, une jaquette pleine de taches de boue et d'autres taches indéfinissables, une jaquette déchirée aux dimensions colossales, inhumaines...

Tome 2

Le pas de Frankenstein

1

Une petite pluie fine et pénétrante ne cessait de tomber depuis le matin, noyant le paysage, voilant la mer qu'un souffle de vent assez puissant soulevait et jetait contre les falaises.

Les marins, dont la plupart, à cause de la brume, n'étaient pas sortis ce jour-là, vaquaient à des travaux d'entretien sur le môle et sur le pont de leurs bateaux immobiles, rafistolant des filets, nettoyant à grande eau des caisses, rapiéçant des voiles.

Dans les rues du village, qui s'étendait comme un croissant gris et noir autour d'une petite crique assez bien abritée des vents, se pressaient quelques rares silhouettes voûtées, la tête penchée pour se protéger de la pluie. Les portes et les fenêtres de presque toutes les maisons avaient été fermées, et certains volets rabattus. Des flocons de fumée hésitante s'échappaient des cheminées et montaient en se perdant au milieu du brouillard.

La jeune femme vêtue de noir referma silencieusement la porte de l'église et rabattit sur ses épaules un long châle noir qui la couvrait contre le vent et la bruine. Elle leva les yeux au ciel. Le temps ne s'améliorait que lentement, depuis le matin. On était à la mi-journée, bientôt, et la nuit viendrait vite, avant que les nuages aient eu l'occasion de se dissiper.

Elle descendit les quelques marches inégales qui séparaient le porche de la rue. Après avoir achevé ses courses, comme tous les jours, elle s'était arrêtée à l'église, la vieille église au clocher branlant, aux murs rebondis, pour se recueillir un instant. À la main, elle portait avec une certaine difficulté un sac de toile d'où s'échappaient les goulots de trois bouteilles, des légumes et quelques paquets.

Elle serra le châle contre sa gorge, car le froid et l'humidité l'attaquaient, la faisant frissonner.

La rue principale de Plosway était mal cailloutée et des flaques obligeaient les passants à de larges enjambées. Les sabots de bois de la femme claquaient sur les pierres et faisaient jaillir à chaque pas des éclaboussures d'eau mêlée de boue qui lui tachaient les chevilles. Elle avançait au milieu de la rue, aussi vite que le lui permettait le poids de son sac.

Les visites à l'église la remplissaient tous les jours de la même tristesse. Elle y venait prier pour le repos de l'âme de John, son mari.

Après un an de mariage, la mer, un jour, ne le lui avait rendu que mort. Elle s'était retrouvée seule, ses parents ayant cessé de vivre depuis peu, obligée de lutter pour survivre. Depuis lors, Mary Flawtter ne faisait aucun effort de coquetterie pour se rajeunir ou même pour se maintenir jeune. Mais comme elle était à peine âgée de vingt-huit ans et que la correction qu'elle continuait à apporter à sa mise mettait en valeur la pureté de son visage très pâle, au nez un peu busqué, aux yeux noirs qui paraissaient toujours emplis de fièvre, Mary passait encore pour la plus jolie femme du village, et les prétendants ne lui manquaient pas. Elle était grande et fièrement plantée, vaillante à l'ouvrage, douée d'une santé à toute épreuve. Si elle se liait peu avec les autres habitants de Plosway, ne leur adressant le plus souvent la parole que pour ce qui concernait son travail, c'était par crainte des jacasseries des villageoises et des bruits malveillants qu'on ne manquerait pas de faire courir sur elle.

Elle préférait la solitude.

Jusqu'ici, elle n'avait jamais songé à se remarier, malgré les offres qu'elle recevait. Seule, depuis près de deux ans, elle avait lutté pour gagner sa vie et conserver intact son maigre patrimoine, payant un ouvrier à la journée pour qu'il s'occupât de ses terres. Elle travaillait elle-même à la maison, confectionnant avec habileté des cordes et des filets pour les pêcheurs. Jamais elle ne se plaignait, puisqu'elle avait choisi son sort. Sa vie, elle la voulait ainsi, humble et laborieuse, pleine du souvenir du disparu, et solitaire.

Le village qu'elle habitait accentuait encore cette sensation d'isolement.

Perdu au nord de l'île de Cround, une de ces îles innombrables qui font comme une couronne de perles noires à l'Écosse, le village de Plosway avait de tout temps connu la misère et trouvé la patience et le courage nécessaires à la supporter.

Deux ou trois cents habitants, pêcheurs pour la plupart, vivaient là dans une espèce de communauté primitive. Les terres qui entouraient Plosway, pauvres en humus, ravagées par le vent et par les eaux, ne suffisaient pas à les nourrir, et les gens demandaient un supplément indispensable à la mer.

Deux fois par semaine, mais seulement quand l'état de cette mer le permettait, des bateaux venus de Kirkwall, dans l'île de Pomone, où même de Wick, en Écosse, apportaient à Plosway les nourritures et les produits de première nécessité, puis repartaient les cales pleines de poisson qu'ils achetaient à bas prix.

Ce poisson constituait la ressource principale des pêcheurs de l'île de Cround.

Pour l'arrivée des bateaux étrangers, qui jetaient l'ancre à quelques encablures de la côte, car leur tonnage ne leur permettait pas de s'avancer jusqu'à la jetée de Plosway, quelques marins détachaient des barques et, à force de rames, au prix de nombreux va-et-vient, effectuaient le déchargement des steamers. Ensuite, au retour, ils transportaient le poisson jusqu'aux bateaux.

Mais cette agitation passagère, dont le reste du village se désintéressait et qui n'amenait sur le port que quelques enfants, ne suffisait pas à arracher Plosway à la torpeur et à l'espèce de somnolence qui paraissait continuellement s'abattre sur les maisons.

Le village vivait à peine.

C'était là pourtant, sur cette terre qu'elle avait toujours foulée de ses pieds, depuis sa plus tendre enfance, dans une maison semblable à toutes les autres avec son toit de chaume peu incliné que des cordes tendues protégeaient des vents, que vivait et travaillait Mary Flawtter.

Elle pressait le pas, se courbant pour résister aux bourrasques qui lui lançaient à la face de minces paquets de pluie froide.

« Hep ! lui cria la grosse Élisabeth qui, sur le pas de sa porte, pérorait au milieu de trois ou quatre voisines. Écoutez donc, Mary ! »

Celle-ci hésita, elle avait du travail, et peu de temps à perdre en bavardages inutiles. Puis, avec un soupir de lassitude que les autres n'entendirent pas, elle rejoignit le groupe de femmes qui s'abritaient sous le porche précédant la maison d'Élisabeth.

Enveloppées dans leurs châles effrangés de couleur grise, brune ou noire, elles ne sont pourtant pas en deuil, elles, pensa Mary. Les femmes formaient devant le mur en grosses pierres de la maison d'Élisabeth un groupe immobile et quelque peu lugubre. Elles passaient une bonne partie de leur temps à se plaindre, du mauvais temps, de la grosse mer, de la misère et de la fatigue ; d'autres choses aussi, auxquelles Mary ne prenait pas garde.

Pourtant, elle ne se joignait jamais à elles sans un frémissement de crainte. Ces femmes qui paraissaient toutes du même âge, aux visages flétris, burinés et insensibles à force de tourments et d'inquiétudes, lui inspiraient un sentiment d'effroi contre lequel elle ne pouvait pas lutter.

« Mettez-vous à l'abri, dit Élisabeth en s'écartant. Il ne fait pas bon dans les rues avec cette sale flotte qui vous pénètre comme un cent d'aiguilles.

— Merci, dit Mary en se glissant au milieu des villageoises.

— Posez votre sac. Vous avez l'air fatigué, reprit Élisabeth. »

Élisabeth était la seule avec laquelle Mary aimât parfois parler. Cette grosse femme, au moins, faisait toujours contre mauvaise fortune cœur joyeux, et lui semblait sympathique.

Il n'en allait pas de même pour les autres. Je n'ai pas le temps de m'arrêter, dit Mary. Du travail m'attend.

« Toujours ce travail, hein ? »

Mary sentait qu'un événement anormal inquiétait ces femmes. Elles avaient quelque chose à lui communiquer, et attendaient ses réactions avec impatience.

« Que se passe-t-il ? » demanda-t-elle.

Elle pensait : encore leurs vieilles lubies qui les reprennent. Elles ne pourraient pas vivre sans essayer de se faire peur. La crainte fait partie de leur nature.

Élisabeth attendit que la jeune femme fût tout près d'elle et lui chuchota dans le tuyau de l'oreille, comme s'il s'agissait là d'un secret :

« Le vieux Michaël est passé cette nuit. On l'enterre demain matin à dix heures.

— Ah bon. » dit Mary, sans surprise.

On attendait cette mort depuis plusieurs jours.

« Il est mort comment ? demanda une femme qui, sans doute, le savait déjà.

— De vieillesse, répondit Élisabeth. Il s'est éteint cette nuit tout doucement. Pauvre Michaël.

— Oui, pauvre Michaël, répéta Mary pour essayer de se mettre à l'unisson de ce chœur de pleureuses.

— Demain matin à dix heures, reprit Élisabeth à l'adresse de la jeune femme. Vous viendrez ?

— Oui, sans doute. Mais on dirait que quelque chose vous tracasse. Il est bien mort dans son lit ?

— Dans son lit. Il a poussé un soupir, il a laissé tomber sa tête sur son épaule, et il a cessé de respirer. Paraît même qu'il ne se serait pas réveillé.

— Alors ? reprit Mary. Qu'est-ce qui ne va pas ? »

Élisabeth eut un geste vague et les femmes qui se tenaient là, tassées les unes contre les autres, se signèrent rapidement comme si Mary venait de blasphémer. Celle-ci ne comprenait rien à leur désarroi. Elles évitaient de regarder en face la jeune femme.

« On attend, dit à voix basse Élisabeth. Des fois que ça recommencerait avec Michaël...

— Ah ! C'est ça ? »

Personne ne lui répondit, pas même Élisabeth, qui secouait gravement la tête.

« On dirait que la pluie se calme, dit Mary. Je m'en vais, j'ai à faire. Au revoir.

— À demain, dit Élisabeth.

— À demain. »

Les quatre femmes, qui n'avaient pas ouvert la bouche pour souhaiter l'au revoir à Mary, la regardaient avec des lueurs étranges dans leurs yeux fixes, lueurs ni malveillantes ni menaçantes, impénétrables, inquiétantes pourtant. Mary leur tourna brusquement le dos et s'éloigna vers sa demeure d'un pas pressé, en évitant les flaques d'eau boueuse qui collait à la semelle de ses sabots.

Derrière elle, elle sentait les regards de ce groupe de femmes, regards perçants, qui la traversaient comme autant de vrilles.

« Qu'est-ce qu'elles ont encore ? » se demandait Mary. Il faut qu'elles se fassent du mauvais sang à propos de n'importe quoi. Tous les prétextes leur sont bons. Est-ce qu'elles se tracassent toujours pour les mêmes balivernes ? Michaël est mort. Et après ? Il n'avait pas loin de quatre-vingts ans. Il n'y a rien d'étonnant. Il n'y a pas de quoi en faire un mystère. Si tout le monde mourait à son âge, et de la même manière, la vie serait tellement simple...

Elle ne put s'empêcher d'évoquer la mémoire de John, que la mer avait immolé dans la force de l'âge, lui. Elle en avait souffert, mais sans jouer les martyrs. La vie doit continuer avec ceux qui restent.

Il y avait autre chose, bien sûr, des ragots auxquels Mary n'accordait aucune confiance. Rien ne laissait penser que tout allait recommencer avec Michaël comme avec les autres, tous ceux dont on racontait...

Elle chassa ces pensées qui, à la longue, risqueraient de l'épouvanter elle aussi.

Le sac de provisions se faisait de plus en plus lourd à son bras et Mary se sentit soulagée quand elle aperçut sa maison, une des dernières, sur la droite de ce qu'on appelait la grand-rue de Plosway, une rue qui ressemblait plutôt à un marécage ou au lit d'une rivière presque desséchée. Le feu que la jeune femme avait allumé avant de partir brûlait encore et une légère fumée s'échappait de la cheminée massive qui s'élevait à l'une des extrémités du toit de la demeure.

Cette fumée avait quelque chose de rassurant.

Mary s'arrêta pour souffler un peu avant de

parcourir les derniers mètres qui la séparaient de sa porte. Elle laissa le sac glisser lentement jusqu'à terre et frotta son bras endolori.

Je me fatigue trop, se dit-elle. Je devrais m'y prendre à deux fois pour transporter tout ça.

La pluie avait cessé. Les nuages, poussés par le vent, accéléraient leur marche et s'éloignaient. Bientôt, peut-être, surgirait un rayon de soleil qui viendrait réchauffer la campagne humide. L'air était frais. Mary respira plusieurs fois à pleins poumons.

À sa gauche, sur le flanc de la montagne à peu près dénudée et noire comme le reste du paysage, à l'exception d'un bouquet d'arbres de-ci de-là, le cimetière alignait ses tombes brunâtres qu'abritaient quelques buissons tordus et des grilles rouillées. Des nappes de brumes légères cheminaient entre les amas de terre et ces buissons qui les retenaient un moment. Elles flottaient lentement, résistant au vent qui les entraînait, comme si elles voulaient s'attarder en ce lieu.

Mary avait l'habitude de ce voisinage. Pourtant, depuis quelque temps, elle ne pouvait réprimer un frisson en l'apercevant. Avait-on déjà commencé à creuser la tombe de Michaël ?

De là venaient leurs alarmes, à tous...

Ramassant son sac, Mary franchit presque en courant les derniers mètres et claqua la porte derrière elle.

***

Les hommes, peu nombreux, pénétraient rapidement et à tour de rôle à l'intérieur de la maison pour jeter avec un brin de buis quelques gouttes d'eau bénite sur le cercueil du vieux Michaël, et ressortaient aussitôt...

Dans la ruelle, de l'autre côté de la maison du mort dont la porte était masquée par un drap noir qui claquait au vent, ils se regroupaient et attendaient, taciturnes, les mains dans les poches, hochant de temps en temps la tête sans mot dire.

Les femmes, elles, restaient à l'intérieur, comme le voulait la coutume. Arrivée depuis une vingtaine de minutes, assise à côté de son amie Élisabeth, Mary était là, un châle sur la tête, au milieu d'un cercle de femmes qui égrenaient à voix très basse leur chapelet, sans bouger les lèvres. Mary priait avec elles, de la même manière silencieuse. Un murmure indistinct, où il était impossible de reconnaître une seule parole, s'élevait dans la pièce pauvrement meublée, aux murs jadis blanchis à la chaux mais délavés et simplement ornés de trois ou quatre gravures pieuses sans cadre.

Au centre de la pièce, le cercueil rustique du vieux Michaël reposait sur trois chaises bancales et, à la tête du cercueil, était assise la mère du mort, une vieille peut-être centenaire dont les yeux secs faisaient lentement le tour de la compagnie, à la même cadence. Mary essayait de ne penser à rien. Des enterrements de ce genre, elle en avait connu plusieurs à Plosway depuis son enfance. C'était toujours le même rite, les mêmes figures blafardes toutes enveloppées du même châle noir, les mêmes peaux parcheminées, les mêmes gestes lents, les mêmes chapelets.

L'enterrement du vieux Michaël, mort de vieillesse, était semblable à tous les autres. Pourquoi fallait-il que depuis quelque temps, à cause de tout ce qu'on racontait, ces cérémonies fussent appelées à réveiller la peur chez les habitants du village ?

Il semblait qu'on ne voulait plus abandonner les corps à la terre de la montagne.

Le cimetière était l'objet d'une sorte de répulsion, depuis qu'on s'était aperçu que plusieurs tombes fraîchement recouvertes avaient été violées. Mais était-ce sûr ? Ne s'agissait-il pas de quelque renard venu gratter la terre ? Mary n'avait pas cherché à élucider cette question, mais certains habitants du village ne savaient parler que de ces tombes.

De temps en temps, après avoir rabattu le drap et poussé la porte, quelqu'un entrait, pour saluer Michaël une dernière fois. Les hommes, qui tenaient gauchement leurs bonnets de laine à la main, s'inclinaient devant la centenaire, aspergeaient le cercueil et ressortaient en toute hâte.

Les femmes cherchaient et trouvaient une place, puis se mettaient à psalmodier avec les autres. Rien ne venait déranger la plainte indécise qui montait de toutes ces poitrines, à travers ces lèvres closes et blanches. Rien ne troublait la glaciale sérénité de ces visages qu'on eût dit pétrifiés.

Rien...

Et pourtant, tout à coup, le murmure se tut, et toutes les épaules furent secouées du même frisson. Sur le pas de la porte, hésitant, une casquette déchirée à la main, se tenait un visiteur que les assistants étaient bien loin d'attendre.

Jamais, jusqu'à ce jour, il n'avait osé montrer pareille audace.

« Percy... pensa Mary. Mon Dieu, que vient-il faire ici ? »

Le nouveau venu, qui promenait sur le cercle des femmes un regard hébété, était un nègre d'une cinquantaine d'années. On le connaissait sous le nom de Percy, et c'était là tout ce qu'on savait de lui. Il s'était installé à Blosway, dans une cabane isolée du village, quelques mois plus tôt, et on ne savait pas d'où il venait. Ses cheveux drus étaient blancs, sa peau tannée comme un morceau d'un vieux cuir, sa lèvre inférieure pendait sans cesse et découvrait une rangée de dents jaunâtres. Une d'elles était en or. Il était petit, voûté, vêtu de haillons repoussants, et personne à Plosway n'aurait pu dire pourquoi cet habitant des tropiques ensoleillés était venu échouer dans l'île de Cround, si loin de tout. Poursuivi par la police pour un crime commis sous d'autres cieux ? Peut-être. Mais Percy ne prenait aucun soin pour se cacher ; il vagabondait des journées entières dans les rues du village, aidant quelquefois aux travaux du port, quand rentraient les bateaux chargés de poissons.

Là-haut, dans sa cabane délabrée, une lumière brillait tard dans la nuit. Dans ce repaire, le nègre s'abritait sous le plus grand secret. Personne n'osait monter à travers les rochers jusqu'à la bicoque branlante.

Il ne se passait pas de jour sans qu'on eût à se plaindre de Percy. On l'accusait de voler des poules et des œufs, des légumes et des grains, des poissons.

On l'accusait aussi d'autres méfaits.

Au sein de la communauté naguère si unie et si forte des pêcheurs de Ploswaу, Percy, si insolite d'aspect, avait apporté un élément de trouble et de discorde. On discutait à perte de vue sur les motifs inavoués qui avaient amené le nègre vieillissant à se réfugier sur cette terre infertile et froide, loin de toute chaleur, dédaignée par le soleil, située à l'écart du monde. Aucune explication n'était satisfaisante. Et les bruits les plus effrayants couraient.

Mais jamais, jamais comme aujourd'hui, Percy n'avait osé se mêler de si près à la vie du pays.

Serait-il possible, se demandait Mary tandis que les femmes s'agitaient à côté d'elle, que tout ce qu'on raconte sur les cultes et les pratiques de cet homme ait quelque fondement de vérité ? Non, cela n'est pas possible. Celui qui nous a parlé le premier des mœurs de ces peuplades a dû se tromper, et nous tromper. Percy est un être humain comme les autres. Mais pourquoi les cadavres paraissent-ils l'attirer ?

Après être resté pendant quelques minutes immobile près de la porte, l'étrange visiteur s'avança lentement vers le centre de la pièce. Avec lui, une odeur fétide et indéfinissable avait envahi la demeure. La plupart des femmes s'étaient levées et refluaient en désordre vers le mur du fond, serrées les unes contre les autres, les yeux fixes, l'air égaré. Les bruits qui couraient depuis quelque temps dans le village venaient soudain de prendre corps devant elles, et le personnage qui leur apparaissait leur inspirait une sorte d'horreur.

Seule, la vieille mère de Michael était restée à sa place. À l'entrée de Percy elle avait simplement dirigé vers lui son regard qui semblait éteint et elle attendait, sans crainte comme sans colère. Il était tout à fait normal qu'un homme du village vînt rendre les derniers hommages à son fils. N'importe quel homme. Oui, même un nègre. Même CE nègre.

Personne ne cria. Personne ne tenta de s'opposer au nouvel arrivant ou de le reconduire jusqu'à la porte. Percy n'eut pas un regard pour les femmes qu'il épouvantait. Ses deux gros yeux presque entièrement blancs étaient fixés sur le cercueil de Michaël qui semblait exercer sur lui une espèce de fascination. Lentement, sur la pointe des pieds, avec des gestes prudents et silencieux, les bras tendus en avant comme s'il marchait dans les ténèbres, il s'approcha de la caisse de bois qu'une demi-douzaine de cierges à moitié consumés illuminaient dans la pénombre de la pièce. Sur la peau de Percy, la lumière faisait danser des reflets cuivrés.

« Que veut-il ? Que veut-il ? » se demandait Mary, qui était restée toute seule debout près de sa chaise, non loin de la centenaire.

Percy parvint enfin tout près du cercueil, qu'il n'avait pas quitté des yeux, et se mit à tourner autour de lui, semblant évaluer l'épaisseur et la résistance du bois, la longueur et la largeur de l'ensemble. Il ne s'occupait de personne. Il ignorait l'eau bénite et le rameau de buis posés sur un guéridon. De toute évidence, il n'était pas venu pour cela. Il était venu pour voir le cercueil. Seul ce cercueil l'intéressait.

Quand il eut, au milieu de l'effroi général, terminé son inspection, il s'arrêta au pied de la bière et tendit les mains comme s'il allait les poser sur le bois. Mais il n'eut pas le temps de terminer son geste. La centenaire, malgré son âge, s'était redressée, avait quitté sa chaise, et les regards des femmes se portèrent sur elle. On ne la savait pas encore capable de se tenir droite toute seule et de marcher.

Une fureur soudaine la possédait. Il lui fallait défendre le corps de son fils contre cet intrus dont elle avait entendu dire pis que pendre. Et puisque les autres avaient peur, elles allaient voir ce qu'une vieille femme est encore capable de faire.

À la main, elle brandissait la canne sur laquelle elle s'appuyait en temps ordinaire. Elle fit ainsi quelques pas maladroits en se soutenant aux dossiers des chaises qui supportaient le corps de son fils et cria, d'une voix cassée, à l'adresse de Percy :

« Pas lui ! Tu ne l'auras pas. Dehors ! Dehors ! »

Les femmes terrifiées n'en croyaient pas leurs yeux. Elles avaient toujours connu la vieille mère de Michaël presque paralytique, et voilà que cette centenaire se levait devant elles, se tenait sur ses jambes, avançait...

Mary surmonta son effroi et trouva le courage de se précipiter pour aider la vieille femme à se rasseoir. Mais celle-ci repoussa la jeune veuve et continua sa marche sans faiblir.

Le nègre la regardait s'approcher. Son visage n'exprimait rien, aucune surprise, aucune crainte.

Quand elle fut tout près de Percy, qui n'avait pas

bougé d'un pouce depuis les cris de la très vieille femme et qui tendait toujours ses mains noires au-dessus du cercueil, la mère du mort abattit violemment sa canne, sur les épaules courbées du nègre.

« Dehors ! répéta-t-elle. Tu entends ? Dehors ! »

Percy, qui n'avait rien fait pour éviter le coup de canne, n'eut pas un mouvement, et cette immobilité acheva d'effrayer les femmes et Mary elle-même, qui n'osait pas s'approcher maintenant de la centenaire. Celle-ci s'était effondrée sur une des chaises qui soutenaient le cercueil, mais ne cessait de brandir sa canne et de frapper Percy.

Attirés par les cris de la vieille, qui s'accrochait aux poignées du cercueil comme si on voulait le lui arracher, quelques hommes montrèrent leurs visages inquiets dans l'embrasure de la porte.

Alors seulement le nègre daigna se remuer. Il releva la tête et aperçut les villageois.

À cette vue, il n'en demanda pas davantage.

Il se passa lentement les mains sur le front, puis sur les yeux et les lèvres et quand il offrit à nouveau son visage aux regards, celui-ci ne présentait plus la même expression un peu hébétée. Il avait repris une figure humaine et paraissait sortir d'un mauvais rêve.

Il recula de quelques pas, se heurta aux pêcheurs et n'en demanda pas davantage.

« Dehors ! » criait toujours la vieille.

Avec une nonchalance affectée, ou qui semblait telle, ne songeant même pas à se protéger des coups de canne que lui lançait la centenaire et qui ne paraissaient même pas le toucher, il s'éloigna pas à pas du cercueil, remit sa casquette, grommela quelques mots incompréhensibles à l'adresse des villageois, enfila la porte en les bousculant et sortit rapidement.

L'odeur fétide disparut avec lui, comme si elle n'avait pas eu le temps d'imprégner les murs de la cabane, les meubles et les assistants.

Remises de leur stupeur, délivrées de cette présence malsaine, les femmes le suivirent en désordre, oubliant le cadavre, l'enterrement, le rôle qu'elles avaient à jouer. La visite inopinée du nègre les avait complètement bouleversées, et Mary ne comprenait pas ce que cela signifiait au juste. Pourquoi se lançaient-elles à la poursuite du nègre, abandonnant la centenaire, alors que trois minutes plus tôt elles se pressaient tremblantes contre le mur ? Où chercher la cause de ce brusque changement d'attitude que rien ne semblait expliquer ?

Mary sortit à la suite des autres. Sa curiosité prenait le dessus.

Dehors, sans retourner une fois la tête, sans prêter attention aux visages hostiles des hommes qui attendaient la levée du corps, Percy s'était mis à remonter lentement le sentier rocailleux, humide encore des pluies de la veille, qui allait se perdre dans la montagne déserte et redoutée, dans la cabane sordide qu'il habitait avec son mystère. On le laissa partir.

Les hommes, qui n'avaient pas assisté à la scène d'approche du cercueil du vieux Michaël mais seulement au déchaînement de la mère, regardaient Percy s'éloigner avec une indifférence qui cachait peut-être un certain soulagement.

Ils n'aimaient pas rencontrer cet individu sur leur chemin. Il avait sans doute le mauvais œil, connaissait le moyen de jeter les sorts, et se livrait à d'autres pratiques mystérieuses. C'était du moins ce qu'on racontait dans le pays. Percy semait le désarroi sur son passage et chacun de ses gestes avait l'air d'une insulte ou d'une menace. On se barricadait chez soi quand on apercevait sa silhouette hésitante se profiler dans une rue de Plosway. Les marins répugnaient à lui donner du travail. On effrayait les enfants turbulents en leur parlant des horreurs commises par le nègre dans sa cabane. On finissait à la longue par le considérer comme un ogre ou un croque-mitaine.

Les hommes respiraient à le voir s'éloigner. Mais les femmes, elles, étaient trop surexcitées pour le laisser se retirer en toute tranquillité. Elles avaient besoin de faire quelque chose et les cris de haine qu'elles poussaient ne leur suffisaient pas. Mary comprit ce qui allait se passer et tenta de s'y opposer.

« Laisse-nous ! cria Élisabeth. Mêle-toi de ce qui te regarde ! »

Ce fut elle qui, la première, eut l'idée de se baisser pour ramasser une pierre, puis de la lancer de toutes ses forces en direction de Percy qui prenait le chemin de la montagne sans se soucier de ce qui se passait derrière son dos. La pierre manqua la cible et s'écrasa sur le sentier.

« Arrêtez ! » cria Mary en se précipitant au milieu d'elles.

Elle avait l'impression qu'un sacrilège était en train

de se commettre sous ses yeux, devant cette maison qui renfermait un mort. Le respect dû aux disparus lui commandait de mettre un terme à ces gestes déréglés.

Mais il était trop tard. En un clin d'œil toutes les femmes, sauf Mary et la centenaire, qui était restée, épuisée, près du cercueil inviolé de son fils, imitèrent Élisabeth et arrachèrent les pierres du chemin pour les jeter vers Percy. Elles hurlaient, elles semblaient déchaînées, et les hommes les regardaient avec effroi.

Le nègre leur tournait le dos. Cailloux, mottes de terre, débris de bois volèrent vers lui au milieu des imprécations. Quelques projectiles l'atteignirent.

Pourtant il ne broncha pas, il ne se retourna pas, il ne ralentit ni n'accéléra sa marche. Il continua placidement sa route, sans se déranger, sans prêter attention aux coups qui le frappaient.

Le dos de Percy paraissait aussi insensible aux pierres qu'à la canne de la vieille mère de Michaël.

2

Les quelques pêcheurs qui raccommodaient leurs filets sur le bord du quai dressèrent ensemble la tête pour examiner l'homme qui débarquait. Les nouvelles têtes étaient rares à Plosway. Il y avait eu l'arrivée soudaine de Percy, quelques mois plus tôt, et plus rien jusqu'à ce jour.

« Drôle de dégaine, marmonna Willy, en arrêtant son travail et en portant son regard vers la barque qui approchait, et dans laquelle le passager se tenait droit et immobile.

– Eh bien, dit un autre, sans sourire, avec le nègre on était déjà plus chez soi. Il ne pouvait pas s'promener dans la rue, à la fin, sans que les femmes lui tombent sur l'dos à bras raccourcis. Il ne manquerait plus que celui-là soit encore un hurluberlu. »

À son visage buriné, sillonné de rides et de crevasses innombrables, on devinait que le nouveau venu était très âgé, probablement octogénaire. Mais cette vieillesse, cette décrépitude du visage étaient contredites par la sveltesse et la cambrure du corps, long et maigre, sanglé dans un manteau noir qu'une martingale amincissait encore à la hauteur de la taille. Il avait une tête de vieillard sur un corps de jeune homme.

Les pêcheurs s'en étonnèrent.

« Il a au moins soixante-dix ans, dit un d'entre eux.

— Oui, et il est drôlement bien conservé pour son âge, remarqua Willy. »

On avait bien remarqué la souplesse du nouveau venu quand il avait sauté de la barque, dont le tangage ne l'affectait nullement, sur le quai où il faisait maintenant les cent pas en attendant le second canot. Tel qu'il se présentait aux regards des pêcheurs, grand, l'air sombre et distant, la tête coiffée d'un haut-de-forme qui jurait avec les accoutrements des matelots mais que nul ne songeait à trouver ridicule, le passager commençait à exciter une curiosité bizarre.

Tous ceux qui venaient à Plosway étonnaient au premier abord.

Mais celui-ci particulièrement.

« Il est encore plus farfelu que Percy, marmonna Willy en délaissant son aiguille et son fil. Ça n'aurait rien de surprenant qu'il fasse bon ménage avec le nègre.

— Tais-toi, dit un autre. Ne parle pas de malheur.

— Mais qu'est-ce qu'il peut bien venir faire à Plosway, avec sa redingote et son chapeau, et tous ces bagages ? reprit Willy, intarissable.

— On verra bien. Tais-toi donc. »

Le monde était bien loin de l'île de Cround. Quelquefois venait se fixer à Plosway, la seule agglomération de l'île qui eût quelque importance, un commerçant avec sa famille et ses produits, ou un couple de paysans ruinés qui débarquaient avec leur marmaille et leurs outils comme seule fortune. Mais la terre de l'île était si pauvre, si vide et si dure à creuser qu'elle ne pouvait nourrir guère plus de gens que ceux qui la travaillaient déjà.

Et puis le climat était rude d'un bout de l'année à l'autre, les étés pluvieux, les hivers balayés par un vent glacial, le soleil rare, les promenades difficiles.

Il n'y avait aucune mine dans l'île, aucune industrie, aucune source de richesses susceptible d'intéresser les étrangers.

Qu'était-ce donc qui pouvait attirer cet homme qui, de toute évidence, à en juger par son aspect, sa mine sévère, ses lorgnons, n'était ni un agriculteur, ni un commerçant sans doute, ni un pêcheur ?

« Encore un qui va nous causer des ennuis, vous verrez ce que je vous dis, reprit à voix basse Willy.

— Qu'est-ce que tu en sais ?

— Vous verrez, vous verrez. Il ne m'inspire pas confiance, c'est tout.

— À moi non plus, avoua un autre marin. Il n'est pas fait comme nous autres. »

Un petit homme qui poussait une voiture à bras s'avança jusqu'au bord du quai, un morceau de papier à la main, et cria à l'adresse de l'inconnu, qui se frottait les mains pour se réchauffer :

« Le docteur Pilljoy ?

— C'est moi ! répondit le personnage en se retournant vivement. Ah, voici la charrette. »

Le canot qui portait les bagages avait enfin touché le bord du quai, et les marins s'empressaient à décharger malles et caisses. L'homme les gratifia d'un pourboire royal qui les étonna. Ils n'avaient pas l'habitude de semblables cadeaux, à Plosway surtout.

« Qu'est-ce que ça signifie ? grogna Willy. Un nouveau docteur ? Vous avez été prévenus, vous ?

— Non, répondirent les pêcheurs.

— James fait encore très bien l'affaire, et personne ne nous a dit qu'il avait l'intention de partir. Il y a du louche dans cette histoire, je vous le répète. Ce type-là arrive avec assez de bagages pour entretenir plusieurs familles de Plosway. Il a l'intention de s'installer ici. Qu'en pensez-vous ?

— Il a bien l'air d'un toubib. » dit un jeune matelot qui de sa vie n'avait connu que le docteur James.

Ce dernier exerçait ses fonctions à Plosway depuis une dizaine d'années, dans l'estime générale. Il n'y avait pas de raison d'en changer. Depuis le temps qu'il était là, James avait pris les habitudes des villageois, qui le considéraient comme un des leurs.

« Mais il n'a plus l'âge d'exercer, dit Willy en parlant du nouvel arrivant. Regardez-le, il est vieux comme Adam. James est plus jeune que lui. »

Qu'est-ce que tu veux qu'on te dise ? répondit un pêcheur en haussant les épaules. On n'en sait pas plus que toi. Il faut attendre.

Celui qu'on venait d'appeler le docteur Pilljoy gravit lestement les quelques marches qui menaient de l'embarcadère à l'endroit où travaillaient les pêcheurs. Ceux-ci cherchaient vainement à comprendre pourquoi ce corps qui paraissait si agile se terminait par un visage si abondamment fripé. Le docteur Pilljoy, ils le voyaient maintenant de plus près, semblait ne plus avoir de dents et ses lèvres amincies se dérobaient, exagérant l'aspect de tenailles que présentaient son nez et son menton, qui tendaient à se rejoindre. Le nez, étroit et parcouru de grosses veines pâles qu'on voyait sursauter à fleur de peau, était en outre chevauché de lorgnons qu'un cordon de soie noire rattachait au revers de sa redingote.

Quant aux yeux, on pouvait les apercevoir à demi dissimulés sous l'ombre du haut-de-forme : ils étaient troubles, jaunes peut-être, voilés par de lourdes paupières fatiguées, et d'une expression indéfinissable. On ne regardait pas le docteur en face. C'était impossible. Pilljoy lui-même savait tout cela. Il connaissait l'effet qu'il produisait toujours sur des inconnus, et il savait en tirer parti.

« Bonne journée, Messieurs, dit-il aux pêcheurs en ôtant son chapeau, ce qui découvrit un crâne à peu près chauve, simplement traversé par quelques mèches de cheveux blancs qui semblaient collés à la peau.

– Bonjour Monsieur... Docteur, répondit Willy, au nom de tous, en bafouillant.

– Je voudrais vous demander deux renseignements, reprit l'étrange personnage. Pensez-vous que je pourrai trouver un coin tranquille où m'installer à Plosway ? »

Les pêcheurs baissèrent la tête sans répondre.

« Je leur fais peur. » se dit Pilljoy.

Il reprit en souriant :

« Eh bien, mes amis ? Je désirerais n'importe quoi, même une baraque inconfortable et retirée. Peu importe. J'ai de l'argent et je l'aménagerai. Mais je voudrais être seul, vous comprenez, ne dépendre de personne, avoir toute mon indépendance. Je pourrai trouver ça ?

— Il faut voir, répondit prudemment Willy, en évitant de regarder en face son interlocuteur. Il faut voir, répéta-t-il en se caressant la barbe. Nous, on n'est pas au courant. Il y a peut-être des maisons abandonnées dans la montagne, par là-haut.

— Dans la montagne ?

— Oui, comme celle du nègre, ajouta un marin. »

Le docteur tourna brusquement la tête vers celui qui venait de parler, cessa de sourire et demanda :

« Un nègre ? Quel nègre ? Il y a un nègre ici ? Ça par exemple ! C'est bien le dernier endroit au monde où je m'attendais à trouver un nègre ! »

Sans le dire, et pour cause, il pensait : « Qu'est-ce que cela signifie ? Quelqu'un m'aurait-il précédé ? Quelqu'un aurait-il eu la même idée que moi ? »

Il essayait de plaisanter pour masquer sa surprise, mais tous les pêcheurs avaient pu lire dans ses yeux comme un éclair furtif d'appréhension.

« Il habite Plosway depuis longtemps, ce nègre ? demanda-t-il.

— Il est là depuis deux ou trois mois seulement, répondit Willy.

— Seulement trois mois ? Mais comment s'appelle-t-il ? D'où vient-il ? Que fait-il ? »

Le docteur semblait soudain avoir oublié la question qu'il avait posée au sujet de la maison qu'il recherchait. Seul ce nègre l'intéressait maintenant.

« Il s'appelle Percy, répondit Willy. Quant à ce qu'il fait, nous aimerions bien le savoir au juste, et si vous pouviez nous l'apprendre, ça tranquilliserait bien toutes nos femmes, Docteur. »

Il l'appelait déjà docteur tout naturellement.

« Pourquoi ? demanda Pilljoy.

— Personne ne peut dire ce qu'il fabrique, reprit Willy. Quelquefois il vient nous aider dans le port à décharger le poisson. Il ne parle à personne. Les femmes le redoutent comme s'il avait la lèpre. Tout dernièrement encore, elles l'ont à moitié lapidé. Faut dire aussi...

— Quoi donc ?

— Des bruits qui courent.

— Quels bruits ?

— À propos de ce nègre, Docteur. Ce n'est sûrement pas vrai, mais on raconte qu'il dévalise les morts dans les cimetières. Ce sont peut-être là des contes en l'air, vous ne croyez pas ?

— Peut-être, dit le docteur Pilljoy. »

Il avait écouté Willy avec une attention soutenue. Le docteur pensait : « Ils ne se doutent encore de rien ; il ne faut donc pas que je paraisse m'intéresser à ce nègre, qui m'a devancé, ça me paraît plus sûr. Plus tard, nous verrons ce que je peux tirer de ce Percy, mais pour l'instant il faut que je gagne la confiance de ces hommes. Avec ma tête, ce n'est pas facile. »

« Et le second renseignement que je voudrais vous demander, c'est celui-ci, existe-t-il par ici un établissement où je pourrais vous offrir quelques bonnes rasades de whisky ?

— Du whisky ? dit Willy en se levant précipitamment. Pour ça oui, Docteur, pas la peine d'aller bien loin. Vous n'avez qu'à nous suivre. »

Le conducteur de la voiture à bras avait fini d'entasser les bagages du docteur sur le véhicule. Il y avait en tout quatre grandes malles et plusieurs valises, ainsi que des caisses. Pilljoy donna au charretier l'ordre de le suivre et le cortège, le docteur et Willy en tête, suivis d'une demi-douzaine de pêcheurs puis de la lourde charrette sur laquelle l'homme se cassait les bras, s'ébranla en direction du cabaret.

En marchant, le docteur Pilljoy faisait de grands gestes avec ses mains et expliquait aux pêcheurs ébahis qu'il venait à Plosway pour mettre la dernière main à de très importants travaux de biologie et que le climat comme le sol de l'île convenaient parfaitement aux expériences qu'il allait tenter et sur lesquelles il ne s'étendit pas davantage.

Au cabaret, il but a lui seul autant que les pêcheurs réunis, qui le regardaient avec stupéfaction engloutir comme de l'eau claire les verres de whisky. Au bout d'une demi-heure, son regard s'était allumé, et il avait remis la conversation sur le nègre. Les étranges manières de vivre de cet individu l'intriguaient au plus haut point.

« C'est un drôle de citoyen, ce moricaud, disait Willy, qui avait un peu bu et ne supportait pas très bien l'alcool. Le jour, on le voit rôder dans les rues et les campagnes, moins maintenant, depuis qu'il s'est fait rosser par les femmes le jour de l'enterrement de Michaël. Mais ça se calmera, et il reviendra.

— Et la nuit ?

— Ah, la nuit, Docteur, ça, c'est un mystère. Je ne

sais pas si je dois vous mettre au courant. »

Willy entraîna le docteur à l'écart, au bout du comptoir, et continua.

« Il y a de la lumière toutes les nuits à la lucarne de sa bicoque, là-haut, dans la montagne, à un kilomètre à peu près du village. De la lumière... et puis autre chose. Une fois, il y a un mois environ, un berger qui s'était attardé après la tombée de la nuit est rentré au village à toutes jambes et comme fou, en racontant à tort et à travers ce qu'il avait vu, ou cm voir.

— Et alors ?

— Je ne peux pas... Je ne peux pas vous le raconter, Docteur, dit en hésitant le pêcheur. Vous ne me croiriez pas.

— Eh bien, reprit vivement Pilljoy en regardant Willy dans les yeux, c'est moi qui vais vous rappeler ce que vous a dit le berger. En passant avec ses bêtes près de la cabane du nègre, ce berger a aperçu de la lumière et a sans doute entendu comme un bruit de voix, ce qui l'a étonné, car il croyait que Percy vivait seul. Et si, poussé par la curiosité, l'homme s'est avancé jusqu'à la fenêtre pour regarder à l'intérieur, il a peut-être entrevu à travers les vitres sales des formes qui se remuaient dans la pièce qu'il apercevait, des formes qui n'étaient ni celle du nègre ni celle d'un animal connu... »

Willy avait blêmi et saisi à deux mains le rebord du comptoir comme s'il allait tomber.

« C'est ça, c'est exactement ça, balbutia-t-il. Comment l'avez-vous su ?

— Que dit-on encore sur le nègre ? demanda le

docteur sans répondre à la question du marin. Allons, expliquez-vous ! Que raconte-t-on encore ?

— On dit... On dit qu'il creuse les tombes, surtout les tombes récemment fermées, et qu'il dérobe les cadavres pendant la nuit. Des fois, on a trouvé la terre fraîchement remuée, mais jamais on n'a osé vérifier si le corps était toujours là. Ce sont les femmes qui racontent ça, Docteur. Mais que voulez-vous qu'il fasse avec ces macchabées, le moricaud ?

— Vous ne savez pas d'où il vient ? demanda le docteur.

— Non.

— D'Afrique ?

— Je ne sais pas. Je ne crois pas. Il semble pourtant... »

Willy se creusait la tête.

« Attendez, j'y suis. Un jour, le capitaine d'un steamer écossais, celui justement qui avait amené le nègre ici, nous a dit que son ancien passager avait tout à fait le type des Antilles.

— Les Antilles ! s'écria Pilljoy avec une lueur inquiétante dans les yeux. Parbleu !

— Vous connaissez les Antilles ?

— Je n'y ai jamais mis les pieds. Mais j'en ai entendu parler. Les indigènes ont des mœurs bizarres là-bas, mon vieux Willy.

— Qu'est-ce que vous croyez, Docteur ? »

Willy avait l'air pris de panique, soudain. Peut-être était-ce l'alcool qui lui causait cette impression d'étranglement au niveau de l'estomac. L'alcool, ou le regard du docteur Pilljoy ?

Dites-moi, reprit le marin en s'approchant à le toucher du docteur, vous pensez que ce que racontent ces femmes est possible ? Vous croyez que ce damné moricaud dévalise nos tombes ?

Le docteur regarda Willy en face pendant quelques secondes et le pêcheur sentit son malaise s'accroître. Puis Pilljoy ingurgita d'un trait un dernier verre de whisky et répondit :

« Si je le crois ? Mais j'en suis sûr, matelot. Votre nègre déterre les cadavres, et ensuite il les ressuscite. »

Puis il ajouta, avant de sortir et de laisser Willy complètement terrorisé :

« Si on peut appeler ça ressusciter... »

Il avait dit ces mots avec une intonation de mépris dans la voix.

***

Quelques jours passèrent. Le docteur loua pour une bouchée de pain une maison en piètre état qui se trouvait dans le haut du village, déjà dans la montagne, un peu au-dessous de celle du nègre. Embauchés par le nouveau venu, quelques hommes du village transportèrent jusque là-haut les lourdes caisses et remirent sommairement à neuf la maison, repeignant les murs, plaçant des volets et des portes. Il y avait un puits devant la porte, qu'on nettoya, et, si les dépendances tombaient en ruines, le docteur pouvait habiter sans trop d'incommodité dans deux pièces assez vastes séparées par un couloir.

L'une, la première en rentrant, lui servit de

chambre et de bureau ; l'autre, qui donnait sur le derrière de la maison, et donc sur la montagne, de laboratoire.

Resté seul, après la fin des réparations, Pilljoy entreprit d'ouvrir ses bagages et de s'installer dans ses nouveaux locaux, et cela lui prit deux jours.

Une de ses malles, et non la moindre, était entièrement remplie de bouteilles d'alcool portant des noms divers, cognac, rhum, whisky, gin, qu'il rangea soigneusement dans un placard. Les autres valises, exception faite pour quelques vêtements, ne renfermaient que des livres poussiéreux, des liasses de notes manuscrites et surtout une grande quantité d'instruments scientifiques et de fioles remplies de liquides colorés. Tous ces objets de laboratoire furent disposés dans la seconde pièce, celle qui leur était destinée.

Seule, la plus grande des malles, et la plus lourde aussi, plus lourde même que celles qui étaient pleines de livres, resta fermée dans une encoignure du couloir. Le docteur en réservait l'ouverture pour plus tard.

Pour essayer de lier connaissance avec la population de Plosway et de se faire admettre par elle, ce qui n'était pas une chose commode, Pilljoy se montra souvent dans le village pendant les premiers jours qui suivirent son arrivée. Il devait entretenir des rapports avec les hommes qui travaillaient à restaurer la maison, et cela lui fournissait un prétexte pour frapper à toutes les portes.

Il rendit ainsi visite aux notabilités du village et au docteur James, à qui il se présenta comme un chirurgien en retraite sans préciser davantage. James essaya bien de lui tirer les vers du nez, d'apprendre dans quelle ville il avait exercé, mais Pilljoy détourna très habilement la conversation. Il se renseigna sur les coutumes des habitants et parut s'intéresser de très près aux vieilles légendes courant dans le village.

« Plosway, disait-il, l'avait attiré à cause de sa situation privilégiée d'île presque inconnue du monde. Il trouverait là le calme indispensable aux travaux qu'il avait entrepris et qu'il désirait mener à bonne fin avant, disait-il, de mourir. »

James le félicita sur la jeunesse de son corps.

« Un effet de l'art, répondit Pilljoy en souriant. »

Il s'intéressait aussi au nègre et essayait d'en savoir davantage sur lui. Il fréquenta, avec son éternelle belle humeur, les boutiques de tous les commerçants, chez lesquels il effectua de nombreux achats, toujours payés rubis sur l'ongle. Sa bourse semblait rondelette.

À plusieurs reprises, on le revit dans le petit café du port où il offrait généreusement des chopes de bière et des verres de whisky à tous les pêcheurs qui le désiraient. Il donnait lui-même l'exemple et buvait plus que de raison, mais sans jamais en paraître incommodé.

Willy ne le quittait pas et se déclarait toujours prêt à lui rendre service, malgré la gêne paralysante qu'il continuait à ressentir en sa présence. Le docteur l'attirait presque malgré lui.

Les pêcheurs, Willy surtout, avaient espéré au début que le nouveau venu leur fournirait des éclaircissements sur les louches agissements de Percy.

Certains pensaient même que le docteur avait été chargé de s'installer à Plosway pour surveiller ce nègre de plus près. Mais Pilljoy, malgré toutes les questions de Willy, restait obstinément muet sur ce point. Il ne s'étendait pas davantage sur la nature exacte des travaux qui l'avaient amené dans l'île de Cround.

Il n'aurait plus manqué qu'il se livrât à des confidences : les paysans et les pêcheurs l'eussent lynché sans plus attendre.

« Ce sont des travaux délicats de biologie, disait-il simplement. Vous y êtes aussi étrangers que moi à la pêche au hareng. »

Dans le village, cependant, les langues allaient bon train. Le personnage du docteur, si vif et si dégagé malgré l'âge avancé que trahissait la décrépitude de son visage, excitait la curiosité mais aussi la méfiance de la plupart des villageois, de ceux du moins qui l'avaient rencontré. Dans la rue, à son encontre, les femmes changeaient rapidement de trottoir en baissant les yeux et en pressant le pas. Des portes se fermaient sur son passage et des regards craintifs le suivaient à distance par les interstices des contrevents.

On le prenait pour un fou.

Certains prétendaient, comme ils l'avaient fait à propos du nègre, que Pilljoy avait été chassé de son pays pour tel ou tel méfait inavouable. D'autres affirmaient que Pilljoy n'était sans doute qu'un nom d'emprunt et parlait anglais avec un léger accent germanique.

Le docteur comprenait en partie ce qu'on disait ou pensait de lui, mais pela ne l'inquiétait guère. Que lui importaient, après tout, la confiance ou l'amitié de ces gens ? Dans peu de temps, ils n'auraient aucune reconnaissance à lui adresser et verraient leurs craintes se préciser.

Pilljoy continuait à vaquer à ses occupations et à ses courses comme si rien de ce qui se passait à ses côtés ne le touchait.

Mary le rencontra une fois et ne s'écarta pas de son chemin. Elle le vit venir de loin et continua, sans hésiter, sans trembler. Elle voulait montrer aux autres femmes qu'il n'y avait, comme elle le croyait, aucune raison d'avoir peur de cet homme.

Ce fut le docteur qui lui céda le passage, non sans une pointe de galanterie, en souriant affablement de sa bouche rentrée et en enlevant son chapeau.

Quand Mary s'éloigna, il se retourna sur elle et la contempla longuement, sans abandonner son sourire. Il examinait les formes agréables de la jeune veuve, il la détaillait des pieds à la tête, arrêté sur le trottoir.

« Pourquoi pas ? » murmura-t-il.

Mary crut sentir ce regard qui ne la lâchait plus, et elle pressa le pas.

Le docteur, de son côté, reprit sa marche quand elle eut disparu au bout de la rue. Il rencontra Willy et lui demanda des renseignements au sujet de la femme qu'il venait de croiser sur son passage. Au signalement qu'il lui présenta, Willy reconnut Mary Flawtter et donna au docteur son nom et l'emplacement de la maison qu'elle habitait.

« Elle est très belle, dit-il.

– Oui, fit Willy, mais personne n'ose s'y frotter.

Elle rabroue tout le monde. Depuis la mort de son mari, on ne l'a jamais vue avec un homme, sauf pour les affaires.

— Son mari est mort ?

— En mer. Il y a deux ans, ou presque.

— Comme c'est triste, dit le docteur en se retirant. »

On disait aussi de lui qu'il avait fui l'Angleterre ou le continent pour fuir une vengeance ou pour échapper à la justice, qui hésitait à le poursuivre jusqu'à cette terre reculée.

« Poursuivi par la justice, pensa-t-il, quand des bribes de conversations lui parvenaient. Pas encore... Mais lorsque mon œuvre sera terminée, les pouvoirs publics auront à s'occuper d'un autre problème. »

Pendant les deux premières semaines de son séjour à Ploswày, il ne s'occupa nullement du nègre. Celui-ci ne se montrait plus, depuis l'incident de l'enterrement du vieux Michaël. Si la même lueur vacillante continuait à scintiller la nuit dans la cabane isolée, on ne voyait plus Percy vagabondant en quête de maraude dans les rues du village.

Le docteur se promit de le visiter un soir. Ce nègre connaissait sans doute, pour être venu de son plein gré se perdre dans cette île, les événements anciens qui attiraient le docteur lui-même à Ploswày. Ou peut-être les ignorait-il, et ne s'agissait-il que d'une curieuse, vraiment trop curieuse coïncidence... Il fallait tirer cela au clair.

Mais plus tard. Auparavant Pilljoy devait s'installer définitivement dans son nouveau logement et commencer ses travaux. Il se fit de jour en jour plus rare au village, et se cloîtra dans sa demeure. Ce fut à peine s'il consentit à descendre à la tombée de la nuit dans le cabaret du port où il s'était arrêté le jour de son arrivée. À cette heure-là, les marins avaient terminé leur travail de la journée et se réunissaient dans une petite pièce enfumée autour de chopes de bière ou de verres d'alcool. Le docteur ne manquait jamais de venir leur tenir compagnie. Il était toujours, en dépit de son étrange aspect, bien reçu, car il avait la bourse facile et ne lésinait jamais sur les consommations.

Un soir, il arriva plus tard qu'à l'ordinaire et annonça aux pêcheurs que désormais il ne descendrait au port qu'une fois par semaine pour faire ses courses indispensables, désireux de consacrer le reste de son temps à ses cornues, ses éprouvettes et ses alambics.

« Mais qu'est-ce que vous cherchez au juste, Docteur ? » lui demanda Willy après avoir regretté la décision de Pilljoy.

Je m'occupe de parthénogénèse et d'autres phénomènes mystérieux de reproduction, répondit gravement le docteur. Ce sont des mots qui ne vous disent pas grand-chose, hein ?

« Non, Docteur.

— Alors, ne vous occupez pas de ça, conclut Pilljoy sèchement. Ce n'est pas votre travail. »

Depuis quelques jours, un vieux marin à moustaches tombantes s'était mêlé sans rien dire au groupe des compagnons du docteur. Il écoutait avec attention leurs propos. Ce soir-là, il se mêla tout à coup à leur conversation.

« Vous savez, dit-il doucement à Pilljoy, que vous

n'êtes pas le premier dans l'île de Cround à vous occuper de science ?

— Pas possible ! »

Le nouvel interlocuteur reprit son souffle. Il parlait avec une certaine difficulté, en tirant de temps à autre sur sa pipe.

« Oui, fit-il. Oh, cela se passait il y a bien longtemps, il y a plus de cent ans peut-être. Je ne l'ai pas connu, mais mon père m'en a parlé. Un jour un savant médecin a débarqué ici. On ne sut jamais d'où il venait. Il resta très peu de temps et repartit au bout de quelques mois sans que personne s'en aperçût. Remarquez comme c'est curieux : il s'était installé au-dessus de l'endroit où vous logez actuellement, sur l'emplacement de la bicoque de ce nègre, Percy. Mais la maison qu'il occupait a été démolie depuis lors. »

Pilljoy écoutait avec une extrême attention, la bouche close, les sourcils froncés, les phrases du vieux matelot. Cela l'intéressait certes au plus haut point, mais ne lui apprenait rien. Il se sentait même assez fâché qu'on eût gardé dans le pays le souvenir de ce personnage qui, comme lui, s'était livré sur les flancs de la montagne à une mystérieuse besogne.

« Vous n'étiez pas au courant ? » demanda le marin en regardant sans ciller le docteur.

Autour d'eux, les pêcheurs, bouche bée, écoutaient le dialogue des deux hommes.

« Pas du tout, répondit Pilljoy, et je vous remercie de m'apprendre tout ça. Mais depuis cent ans la science a progressé à pas de géant, surtout en matière de biologie.

— Je ne vous ai pas dit que c'était un biologiste, murmura rêveusement le vieux matelot. »

Et il ajouta, après une pause, où il eut l'air de savourer l'embarras du docteur :

« Et puis, j'ai entendu dire que c'était vraiment un très grand savant, qui se trouvait par ses découvertes très en avance sur son époque.

— Vous rappelez-vous comment s'appelait cet homme ? » demanda le docteur.

Le vieil homme souleva d'un pouce sa casquette usée et leva les yeux au ciel. La fumée épaisse de la pipe s'élevait en bouffées autour de son visage tanné et creusé par le vent du large. Avec effort, le vieillard fouillait sa mémoire.

« Ça commençait, dit-il lentement, en cherchant ses mots, par quelque chose comme Flan... Ou Trans... Ou, je ne m'en souviens plus.

— Croyez-vous que quelqu'un du village pourrait me dire ce nom ?

— Non. Personne. »

On eut soudain l'impression que le docteur Pilljoy se sentait soulagé. Arborant un large sourire, il se redressa et commanda une nouvelle tournée, invitant le vieux marin à se joindre à eux.

Il lui devait bien ça.

Au moment où le docteur levait son verre à la santé des pêcheurs de Plosway, un homme poussa brusquement la porte de l'établissement, en introduisant avec lui un courant d'air frais.

« Venez tous ! cria-t-il. La barque de Jonathan vient de rentrer toute seule.

— Toute seule ? s'exclamèrent plusieurs voix à l'intérieur du café.

— Oui, continua l'homme en s'approchant du comptoir, essoufflé, comme s'il avait couru. Les vents l'ont amenée jusqu'à la pointe de la jetée, où la coque s'est brisée sur les premiers rochers. Mais Jonathan n'est pas dedans, je vous le répète !

— Ce n'est pas possible ! s'écria Willy. Jon rentre toujours plus tard que les autres, mais il n'aurait pas coulé sans sa barque ! La mer a été calme toute la journée, et le vent ne s'est levé que sur le soir. Jon ne serait tout de même pas tombé de sa barque !

— Je n'en sais rien ! C'est par hasard que j'ai aperçu cette barque qui dérivait vers le port. Est-ce qu'on a vu Jonathan ici ?

— Non. Pas ce soir.

— Alors, allons-y ! »

La plupart des clients du cabaret se précipitèrent à l'extérieur et se dirigèrent rapidement vers le môle, guidés par celui qui les avait prévenus, et suivis par le docteur Pilljoy qui semblait particulièrement intrigué par ces événements.

Ils parvinrent en quelques minutes à la pointe de la jetée. La barque de pêche était couchée sur le côté, reposant sur les rochers à fleur d'eau qui entouraient le môle. La barque était vide de son occupant, Jonathan. À l'intérieur, où quelques hommes s'introduisirent avec prudence, on ne releva aucune trace d'accident. Les filets étaient là, rangés, le poisson du jour aussi, dans des sacs. On avait l'impression que Jonathan en avait terminé avec sa pêche et s'apprêtait à rentrer au moment où il avait disparu pour une cause ignorée.

Il faut le chercher. Il est peut-être tombé à la mer et n'a pu rejoindre son bateau, dit quelqu'un. On ne peut pas le laisser comme ça.

Les pêcheurs retournèrent rapidement au village pour aller quérir des lanternes. Un groupe prit la mer. D'autres entreprirent une recherche systématique du corps de Jonathan tout au long des côtes de l'île.

Le docteur Pilljoy se joignit à ces derniers. On lui fit remarquer qu'à cause de son âge il ne pourrait peut-être pas suivre les recherches jusqu'au bout, mais il se contenta de sourire et d'affirmer qu'il se sentait capable de fatiguer n'importe qui. Il ajouta que Jonathan serait sans doute bien content qu'un docteur se trouve là.

Une longue partie de la nuit se passa sans résultat.

Avançant souvent à la tête de la petite troupe, et portant une lanterne, le docteur accompagna les pêcheurs et les aida sans qu'aucune trace de fatigue pût se lire dans sa démarche. Son souffle, lui aussi, semblait aisé et régulier.

Peu de temps avant minuit, alors qu'on s'était éloigné de près de deux kilomètres de Plosway, explorant jusqu'au moindre recoin de la côte, un marin qui était descendu sur la grève poussa soudain un cri :

« Il est là ! »

Tous s'arrêtèrent et s'approchèrent de l'eau. Le cadavre déchiqueté du marin s'était accroché à une paroi de rochers qui tombaient dans la mer. Ses deux jambes trempaient encore dans les flots et il fallut plusieurs minutes d'efforts pour le tirer de sa position. Le docteur donna des instructions afin de ne pas trop le malmener s'il n'était que blessé.

Mais Jonathan était mort. Son corps avait été déchiqueté par la mer qui l'avait rejeté à la côte et suspendu aux rochers noirs de l'île.

Dès que le corps fut ramené sur une plage étroite qui s'étendait au fond de la crique, Pilljoy se pencha rapidement sur lui, éclairé par plusieurs lanternes.

« Il n'y a plus rien à faire, mes amis. Cet homme est mort depuis deux ou trois heures, peut-être davantage.

— C'est un accident ? » demanda un pêcheur.

Pilljoy se releva lentement. Ses yeux brillaient à la lueur des lanternes. Il regarda l'homme qui venait de lui poser cette question, secoua la tête et dit :

« Non. Je ne crois pas que ce soit un accident.

— Pourquoi ?

— Pourquoi ? s'écria Willy, répondant à la place du docteur. Parce que Jon était un excellent nageur. Il était jeune, il était vigoureux. Et, que je sache, la mer n'a pas été mauvaise aujourd'hui.

— Il n'a pas pu commettre une erreur de manœuvre, ajouta un autre marin. C'était peut-être le meilleur timonier de nous tous. »

Le docteur éleva la voix :

« Pas question d'accident, dit-il. Vous connaissez des récifs capables de provoquer une plaie de la taille de celle-ci ? »

Les rochers n'avaient provoqué que de légères blessures. Mais la gorge de Jonathan, que désignait le docteur, apparaissait sauvagement tranchée d'une oreille à l'autre, comme par un instrument tranchant ou un coup de dent de requin.

Mais il n'y a pas de requins au large des côtes d'Écosse.

« On a tué votre ami. » dit Pilljoy.

Il regarda à tour de rôle les visages des pêcheurs qui l'entouraient dans la nuit. Les lanternes faisaient danser des lueurs jaunâtres sur ces traits fatigués, sur ces figures rudes, marquées par des épreuves de toutes sortes, où il était soudain possible de voir apparaître comme une espèce d'effroi. Effroi qui se traduisait par une certaine fixité dans les regards, et de légers tremblements dans les mains qui tenaient les lanternes.

« Vous en êtes sûr, Docteur ? » demanda Willy d'une voix mal assurée.

Pilljoy hocha la tête dans l'ombre. Grâce à Dieu, oui, il en était sûr.

« Aucune des blessures qu'il porte sur le corps n'a pu lui donner la mort, dit-il doucement. D'autre part il n'est pas mort noyé, cela se voit. Il a été tué avant, c'est indiscutable. La mort ne peut être venue que de cette taillade qu'il porte autour du cou. »

Les pêcheurs se regardèrent entre eux.

« Alors, Docteur ? demanda Willy. Quoi ? Qu'est-ce qui a pu le tuer ? Ou qui ? Jonathan n'avait que des amis à Plosway, tout le monde vous le certifiera. »

Les autres approuvèrent Willy dans un murmure. Ils paraissaient attendre du docteur qu'il résolve cette énigme, lui un homme de science, qui avait vu sans doute tant de cadavres dans sa vie.

« Je vous crois, reprit Pilljoy, en réponse à la question de Willy et aux interrogations muettes qu'il devinait sur les autres visages. Je vous crois, mais le fait est là. Qu'est-ce qui a pu le tuer ? Franchement, je n'en sais rien. »

Il mentait.

Sans être tout à fait sûr que ce qu'il pensait se trouvait être la vérité, le docteur Pilljoy avait sa petite idée, une idée très personnelle, sur la mort cruelle de Jonathan. Bien plus, cette mort le réjouissait. Elle était pour lui le signe qu'un événement d'une importance capitale se préparait dans les environs de Plosway, un événement qui aurait des conséquences incalculables.

Il sourit dans l'ombre, mais personne autour de lui ne s'en aperçut.

Une condition indispensable au succès de son plan était peut-être en train de se réaliser. Oui, il lui faudrait diablement activer ses travaux dans les jours qui allaient suivre cette soirée providentielle. Et alors, dans très peu de temps, on assisterait à son triomphe.

Triomphe qu'il ne pourrait plus apprécier, certes, mais dont les autres auraient à souffrir.

En attendant, il fallait qu'il continuât à jouer la comédie auprès du cadavre imbécile de ce pêcheur, afin de ne pas susciter la méfiance de ses compagnons.

Ceux-ci échangeaient à voix basse leurs réflexions. Ils cherchaient, sans le trouver, le nom d'un assassin possible, et un mot circulait assez bizarrement d'un homme à l'autre. Ce mot, qu'on se répétait à voix basse, c'était le nègre.

Comment rendre Percy responsable du meurtre de Jonathan ? Pourquoi le soupçonner, lui ? Ils ne cherchaient pas à approfondir la question. Ce nègre, Percy, jouissait à leurs yeux d'une sorte de puissance maléfique qu'il ne pouvait employer qu'au service du mal. On voulait voir partout son mauvais œil. Tous les habitants du village avaient cette même tendance qui consistait à l'accuser des plus noirs méfaits.

Pilljoy entendit ce nom qu'ils prononçaient à voix basse. Cela l'amusa. Il savait bien, lui, que le nègre était incapable d'un tel crime.

Ce crime dont il connaissait déjà l'auteur... Les pêcheurs emportèrent le cadavre de Jonathan sur leurs épaules, à tour de rôle, et Pilljoy les suivit sur le chemin du retour. On eût dit une retraite funèbre qui se dessinait dans la nuit sur les rochers de la côte. Les hommes marchaient lentement à la file, s'éclairant avec leurs lanternes sourdes. Les plus vigoureux se chargeaient du corps, qui avait été presque entièrement lavé de son sang par les vagues qui n'avaient cessé de le fouetter pendant des heures après l'avoir accroché aux pierres.

Le chemin fut long et fatigant. Les hommes gardaient le silence, comme s'ils craignaient d'accroître en parlant le malaise qui les étreignait déjà. On avait tué Jonathan, leur meilleur ami.

Et il leur était impossible de formuler une hypothèse solide à propos de l'assassin. On avait frappé en pleine mer, avec une extrême violence. Jonathan n'avait pas pu se défendre et il était mort sur le coup.

Profitant d'une des nombreuses haltes du cortège, qui approchait maintenant de Ploswày, le docteur Pilljoy s'avança au milieu des pêcheurs consternés. Il se rappelait ce dont ils parlaient à voix basse, là-bas, sur la grève.

« Je voudrais vous faire remarquer quelque chose. » dit-il tout à coup.

Les hommes, un peu inquiets, redressèrent la tête et l'écoutèrent.

« D'ici, dit-il, je suppose qu'on voit, en plein jour, les pentes de la montagne qui domine le village, n'est-ce pas ?

— Parfaitement, dit Willy. On voit même la maison que vous avez achetée.

— Eh bien, reprit Pilljoy, depuis que la nuit est tombée, je me suis rendu compte d'un fait curieux. La lumière de ce brave Percy ne s'est pas encore allumée, vous savez, à la lucarne... »

3

Le docteur avait emporté avec lui une bouteille de cognac français, le plus fort de ses alcools. La soirée lui réservait peut-être des surprises, il valait mieux se munir de ce précieux breuvage. L'alcool lui faisait mal, ruinait ses tissus, et risquait à la longue de compromettre le résultat de tous ses efforts. Mais aucune force au monde n'aurait pu le faire renoncer à ce dangereux excitant.

Depuis près d'une heure il avait quitté les pêcheurs qui avaient ramené à Plosway, sur une civière improvisée, le cadavre de Jonathan. Maintenant, seul, le docteur gravissait avec précaution les quelque cent mètres qui séparaient sa demeure de celle du nègre. En pleine nuit, avec le vent d'ouest qui soufflait par rafales brutales et secouait les pans de la redingote.

Il fallait que le docteur vît Percy au plus vite.

En se rapprochant, il s'aperçut que la cabane du nègre, totalement obscure et silencieuse, et paraissant inhabitée, était une assez large construction de bois sans étage, précédée d'un enclos qu'entourait une barrière de planches disjointes. Cette baraque, qui semblait plus spacieuse de près que de loin, était située sur un replat de la montagne. À droite et à gauche des rochers abrupts où ne s'accrochaient que de très rares arbustes, des genévriers ou quelques fougères, en défendaient l'accès. Seul un sentier de chèvres, celui que le docteur gravissait lentement, permettait de parvenir sur cette plate-forme isolée en pleine montagne.

« Il faut que je lui parle, se disait le docteur. Même s'il n'est pas là, je l'attendrai, tout le temps qu'il faudra. Il faut que je lui dise le plus tôt possible que ce que nous attendons ne va pas tarder à se produire. Peut-être est-il déjà au courant, lui aussi... Je le saurai, je le ferai parler. Il ne faut pas que ce nègre vienne compromettre la réussite de si longues années d'efforts. »

Parvenu devant la porte entrebâillée de la barrière le docteur s'arrêta, souffla un peu, puis appela, sans trop élever la voix :

« Percy... »

Il tendit l'oreille. Rien ne lui répondit. La cabane avait l'air abandonnée.

« Il est peut-être absent, pensa Pilljoy. Est-ce que je vais l'attendre chez lui, avec toutes ces... choses qui doivent s'y trouver ? C'est répugnant, mais il le faut bien. Il fait trop froid pour l'attendre devant sa porte, et je ne vais pas redescendre jusque là-bas. Dès qu'il rentrera, je pourrai lui parler. »

Pilljoy poussa la porte à claire-voie qui grinça en pivotant sur des gonds rouillés, et traversa à pas lents, l'oreille aux aguets, l'enclos qui séparait la barrière de la maison. Une herbe maigre et sèche craquait sous ses pas, et le vent, qui redoublait de violence, menaçait d'emporter son chapeau, que le docteur ramenait d'une main. Le docteur s'arrêta une seconde fois, saisit dans la poche de sa redingote sa bouteille de cognac et but une profonde gorgée d'alcool à même le goulot. Le liquide lui brûlait les veines, lui tordait l'estomac, mais lui donnait aussi une vision plus nette des choses, quand il n'allait pas trop loin dans l'ivresse. En le regardant de très près à ce moment-là, on aurait pu voir battre plus vite le sang des veines qui lui labouraient le visage et briller une lueur inquiète au fond de ses yeux chassieux qu'ombrageaient les bords du haut-de-forme.

Le docteur, mis au pied du mur, hésitait.

Entrerait-il ?

Se mêlerait-il à ces objets difformes qu'un berger affirmait avoir vus tenir compagnie au nègre, en pleine nuit ?

Le docteur redressa le buste et frappa doucement à la vitre de la fenêtre.

Puis il attendit. Deux, trois minutes passèrent. Rien ne bougea à l'intérieur de la maison. Aucune lumière ne se montra.

Le docteur frappa plus fort et cria :

« Percy ! C'est moi, le docteur Pilljoy. N'aie pas peur. Ouvre-moi ! »

On entendit alors comme un glissement de pas feutrés à peine perceptible et, soudain, de l'autre côté du carreau trouble où des araignées avaient tissé leurs toiles, surgit une ombre imprécise qui se rapprocha de la vitre et se modela, se façonna peu à peu. On distingua une bouche, deux yeux ouverts...

Le docteur retint son souffle et recula d'un pas. Mais non. Il n'y avait pas de quoi s'alarmer et fuir. Cette tête indécise et grimaçante, c'était celle du nègre, de Percy lui-même sans doute, collé maintenant au carreau et regardant à l'extérieur d'un air angoissé.

Le docteur eut du mal à retenir un cri de surprise. Cette face qu'il apercevait, et qui était indiscutablement une tête de nègre, les yeux ronds, le nez épaté, les lèvres épaisses et pendantes en témoignaient, cette face n'était pas noire.

Pilljoy y regarda de plus près.

La peau du nègre, à travers la vitre sale, lui semblait être d'un gris un peu terreux, clair, presque blanc...

Percy, derrière sa lucarne, était terrorisé. Il s'était enfermé à double tour dans son repaire inaccessible, avait éteint sa lampe, et dans le noir par lequel il se croyait peut-être protégé contre une présence malfaisante, il attendait. Mais qu'attendait-il ? De quoi avait-il peur ?

Le docteur Pilljoy eut soudain l'impression que ce n'était pas lui que le nègre s'attendait à voir apparaître de l'autre côté de la fenêtre.

***

La pièce principale, dont le soi inégal était en terre battue, apparaissait grande et sombre, malgré la bougie que le nègre venait d'allumer et qu'il tenait dans sa main tremblante. Dans une cheminée basse, quelque chose achevait de se consumer sous la cendre. Sur les murs, de petites figurines en bois aux formes disloquées, aux yeux immenses et effrayants, formaient une frise grotesque et menaçante qui possédait sans doute un caractère magique.

Au centre de la pièce, une table rustique flanquée

de deux bancs de bois. Face à la porte que le docteur venait de franchir, une autre porte, fermée pour le moment, se dessinait dans la paroi.

Le docteur avait rapidement fait le tour des lieux. Mais ce qui le frappait et l'intriguait le plus, ce n'était pas le dénuement presque complet dans lequel le nègre paraissait vivre, ce n'était pas cette guirlande de statuettes maléfiques, dont quelques-unes avaient le corps percé d'une longue aiguille de métal argenté, mais autre chose, un amas constitué par quatre longues caisses de bois qui présentaient chacune la taille et les formes approximatives d'un cercueil.

« Ils sont là-dedans, pensa-t-il. Ce soir, on ne les a pas fait sortir. Pourquoi ? »

Depuis le début, depuis que les villageois lui avaient parlé des étranges visites que Percy recevait pendant la nuit, et des dégâts occasionnés au cimetière de Plosway, le docteur avait deviné les occupations secrètes du nègre. Il venait des Antilles, il saccageait les cimetières, surtout à l'emplacement des tombes récentes, et la nuit il emportait sans doute les cadavres déterrés sur ses épaules jusqu'à la cabane.

Là, dans le mystère et la solitude les plus complets, grâce aux pratiques du culte Vaudou qu'il avait apprises dans son pays, Percy parvenait sans doute à redonner un semblant de vie à ces corps sans âme. Non pas une vie intelligente, mais un mouvement instinctif quasi machinal. Ces êtres lugubres, qui conservaient les teintes verdâtres et le faciès de la mort, qui se trouvaient à mi-chemin entre la bête brute et une sorte d'état larvaire, se nommaient des zombis.

Jadis, le docteur Pilljoy s'était intéressé aux rites du Vaudou, qui se pratiquent encore dans certaines des Antilles et peut-être en Afrique noire. Les indigènes de Haïti, qui sont les plus fidèles pratiquants de ce culte, en gardent jalousement le secret depuis des siècles.

Ces histoires mal connues, mais qui reposaient sur une part de réalité, le docteur s'en rendait compte maintenant devant ces quatre lourdes caisses taillées dans un bois noirâtre, avaient autrefois passionné le docteur Pilljoy, qui leur avait consacré de longues années d'études. Le zombi est un être dépourvu d'intelligence et de volonté personnelle, mais il obéit aveuglément, comme un chien fidèle, à son créateur.

Certaines chroniques lointaines, venues des îles, citaient des exemples de meurtres commis à l'aide d'un zombi. Celui qui s'est rendu maître d'un tel esclave dont la force est, disait-on, immense, sans aucune commune mesure avec celle d'un homme, peut en user à sa guise, comme d'un domestique qui ne reculerait devant aucune besogne, fût-elle criminelle. Il peut le replonger dans son néant quand il le désire et refaire appel à lui quand il en éprouve l'envie ou le besoin. C'est un véritable robot, doué d'une force implacable et d'une fidélité à toute épreuve. Le docteur Pilljoy demeurait toujours immobile au centre de la pièce, les yeux fixés sur les quatre caisses.

« Du Vaudou dans l'île de Cround, pensa-t-il. Je ne m'étais pas trompé en affirmant à Willy que Percy déterre les cadavres et qu'ensuite il les ressuscite, si l'on peut dire. Il leur donne sans doute un semblant de vie. Ah, si les détails de cette histoire parvenaient aux oreilles des villageois... »

Il n'acheva pas sa pensée et se retourna brusquement vers le nègre. Celui-ci, toujours blême de peur, la bouche entrouverte, avait refermé la porte d'entrée et fixé la bougie sur la table en y laissant tomber quelques gouttes de cire brûlante. Maintenant, il regardait son visiteur de tous ses yeux.

Le docteur venait d'avoir un pressentiment qui ne faisait que préciser les craintes qui l'avaient assailli dès son arrivée à Ploswav quand les pêcheurs, sur le port, lui avaient appris l'existence d'un nègre et les accusations qu'on portait contre lui dans le village.

Le nègre, à n'en point douter, avait eu la même idée que lui. Mais comment lui était elle venue ? Et dans laquelle de ces caisses se cachaient les débris de ce que lui, Pilljoy, était venu chercher ? Le nègre consentirait-il à lui laisser cette caisse ?

Il se rapprocha de Percy qui le regardait sans bouger.

« Qui êtes-vous ? demanda-t-il enfin.

— Je suis le docteur Pilljoy, je suis ton voisin. C'est moi qui ai acheté la cabane qui se trouve au-dessous de la tienne. Et je suis venu te faire une visite de bon voisinage, comme cela se pratique. »

Le nègre ne répondit pas.

« Je suis chirurgien, continua Pilljoy. Les pêcheurs m'ont beaucoup parlé de toi, en bas. Ils ne t'aiment pas beaucoup, tu as dû t'en apercevoir. Ils te prennent pour un personnage malfaisant. S'ils te voyaient ce soir, ils changeraient peut-être d'avis.

— Pourquoi ? demanda le nègre.

— Parce que tu as l'air encore plus terrorisé qu'eux.

Tu as appris qu'un marin a été tué en mer, tué d'une large blessure à la gorge ? »

Percy secoua la tête. Non, il ne le savait pas encore. Pilljoy approcha son visage ridé de celui du nègre et dit à voix basse :

« J'ai l'impression que je me suis dérangé pour rien. Je crois, à te voir, que tu es déjà au courant de ce que je voulais t'apprendre. »

Percy articula lentement.

« C'est vrai.

— Comment l'as-tu appris ? » demanda Pilljoy.

À bout de forces, le nègre se laissa lourdement tomber sur l'un des bancs de bois, appuya ses coudes anguleux sur le bord de la table et se prit la tête dans les mains. Il sanglotait en silence. Ses épaules se soulevaient à un rythme rapide et saccadé.

« Comment l'as-tu appris ? répéta le docteur.

— Je l'ai vu, chuchota Percy à voix basse. »

Le visage fripé de Pilljoy s'illumina soudain d'un large sourire, un peu cruel. Une fois de plus, il avait deviné juste.

« Allons, raconte-moi, murmura-t-il à Percy en s'asseyant en face de lui. Raconte-moi tout ce que tu sais, puisque nous avons encore le temps.

— C'était hier soir à la tombée de la nuit, dit le nègre. J'étais descendu, en évitant le village, car les gens commencent à se méfier de moi, en bas. Je m'étais avancé jusqu'au bord de la mer, vers l'ouest, après le petit cap, pour essayer de dénicher des œufs de courlis dans les rochers. J'étais là-bas... Et tout à coup, tout à coup je l'ai vu... Où était-il ?

— Dans la mer. Au début, j'ai eu l'impression qu'il marchait sur l'eau. Mais au fur et à mesure qu'il s'approchait de la rive et de l'endroit où je me trouvais, je le voyais grandir peu à peu, jusqu'à devenir immense au milieu de la brume qui l'entourait. J'ai compris qu'il marchait au fond de l'eau, et qu'en s'approchant du bord, il sortait de l'eau, il émergeait. Ses vêtements noirs couverts d'eau se collaient contre son corps et scintillaient dans la pénombre. Lentement, lentement, il a pris pied sur le sable. Jamais je n'aurais cru le trouver si grand. Je l'attendais, je savais qu'il viendrait un jour ou l'autre, et pourtant j'ai eu peur, affreusement peur. »

Le docteur, les yeux brillants, écoutait attentivement le récit du nègre, en l'approuvant de temps en temps de la tête.

« Je me suis tapi contre le sol, continua Percy, dans un trou entre les rochers, et il est passé tout près de moi, sans me voir. J'ai cru que j'allais mourir de peur. Puis il s'est enfoncé dans les terres et a disparu dans le noir. Je ne l'ai pas revu. Aussitôt que j'en ai eu le courage, je me suis relevé et enfui à toutes jambes jusqu'ici. Quand vous avez frappé à la fenêtre...

— Il a égorgé un marin, dit le docteur.

— Un marin ?

— Oui. J'ai reconnu tout de suite la blessure. Les journaux en avaient parlé, de ces blessures, il y a quelques années, à propos des événements qui avaient ensanglanté l'Irlande, tu ne t'en souviens pas ?

— Si, je m'en souviens, répondit Percy. C'était la première fois qu'il faisait sa réapparition.

— Toujours le même coup de dent qui déchire la gorge de la victime, reprit Pilljoy. Il n'y a pas à s'y tromper. Il rôde par ici. »

D'un même geste, les deux hommes, assis de part et d'autre de la flamme vacillante de la bougie collée à la table, dirigèrent leurs regards vers la lucarne. Au dehors, des bourrasques soufflaient avec rage et gémissaient entre les rochers de la montagne comme des échos de voix moribondes. Des présences invisibles et impalpables semblaient passer et repasser aux alentours de la cabane perdue, de cette cabane qui abritait, outre les deux hommes, ces créatures innommables qui dormaient pour l'instant dans des caisses de bois.

« Il viendra, dit le docteur. »

Pilljoy avait saisi dans sa poche la bouteille de cognac et la vidait à petits coups, en se rappelant avec lucidité pourquoi ce personnage dont il parlait devait venir ce soir-là.

Le très vieux pêcheur, au cabaret, avait évoqué devant lui cet ancien savant qui, jadis, plus de cent ans auparavant, était venu se réfugier dans l'île de Cround pour y poursuivre de mystérieux travaux.

Cet homme, dont le docteur Pilljoy connaissait toute l'histoire dramatique, s'appelait le docteur Frankenstein. Il était le créateur d'une sorte de monstre gigantesque qui, malgré les efforts du savant qui l'avait pétri et façonné de ses mains, puis animé, n'avait cessé de semer le mal sur ses traces, auprès des humains qu'il épouvantait par son aspect féroce.

Pendant longtemps, ce démon avait harcelé le

docteur Frankenstein pour que celui-ci lui créât une compagne, une créature féminine qui lui ressemblât, et avec laquelle il aurait pu s'unir. Longtemps, le docteur avait résisté à ce souhait insensé. Puis, n'en pouvant plus, il avait cédé et était parti pour l'île de Cround avec tous ses instruments de travail.

Mais le monstre, impatient, l'avait suivi jusque-là.

Le docteur Frankenstein travailla nuit et jour à confectionner cette nouvelle créature. Un jour, comme ses travaux touchaient à leur terme, la porte de son laboratoire s'ouvrit et le monstre parut.

En quelques secondes, le docteur lut sur le visage de cet être une telle expression de cruauté et de duplicité que, sur-le-champ, il décida d'interrompre ses travaux, malgré les cris de douleur du démon. Il déchira en menus morceaux la chose à laquelle il s'appliquait, les réunit dans un panier et les jeta à la mer.

Le monstre avait juré de se venger, et il y réussit. Le meilleur ami, puis la fiancée du docteur moururent. Et Frankenstein lui-même trouva la mort en poursuivant son infernale créature dans les glaces du pôle où elle s'était réfugiée.

Voilà ce que le public connaissait de l'histoire de Frankenstein.

Mais le docteur Pilljoy, lui, en connaissait davantage. Les débris informes que dans sa rage le docteur avait jetés à la mer n'avaient pas été perdus comme tout le monde le croyait. Le panier d'osier avait surnagé et la marée l'avait rejeté sur la côte, avec son contenu intact. Un habitant de Plosway avait recueilli cet étrange bagage et l'avait conservé chez lui en grand secret.

Près d'un siècle plus tard, en compulsant les archives d'un notaire de l'île de Cround, à laquelle il s'intéressait particulièrement car Frankenstein y avait travaillé, Pilljoy avait redécouvert l'existence, quelque part dans l'île, de ces débris de cadavre. Pilljoy avait consacré une grande partie de sa vie à Frankenstein, qu'il considérait comme son maître. Cette nouvelle avait été pour lui comme un trait de lumière.

Disposant d'une fortune personnelle assez considérable, il avait mis tout en œuvre pour réaliser son rêve le plus cher : poursuivre l'œuvre de Frankenstein là où celui-ci s'était arrêté, animer à son tour cette seconde créature imparfaite.

Plus tard, quand il apprit que le monstre se manifestait à nouveau en Irlande, et qu'il échappait à tous les efforts que la police faisait pour le capturer ou le détruire, Pilljoy, dont la tête engendrait des idées de plus en plus folles, avait pensé à autre chose, à un projet grandiose...

Un projet qui ferait de Pilljoy le pire fléau du genre humain.

« C'est à cause de lui, hein, que tu es revenu à Plosway ? demanda-t-il à Percy.

– Oui, Docteur. J'ai entendu reparler de ce qu'il avait fait en Irlande et j'ai pensé qu'il reviendrait ici.

– Moi aussi, je l'ai pensé, reprit Pilljoy. J'ai toujours pensé que s'il reprenait conscience, son premier soin serait de revenir sur les traces de celle qu'on lui destinait. Il était inévitable qu'il revînt en ces lieux, et c'est pour cela que je suis ici, moi aussi, pour lui donner une femme.

— C'est aussi mon but, dit le nègre. J'ai été chassé de mon pays pour cause de sorcellerie et, chemin faisant, j'ai appris de la bouche d'un navigateur toute l'histoire. Grâce au Vaudou, j'ai pu déjà me livrer à des expériences concluantes, ici même. Mais pour ce dont nous parlons, je ne sais pas si je réussirai. Comment espérez-vous procéder, Docteur ?

— J'ai consacré ma vie à la biologie, à l'étude comparée des tissus et de leur dégradation. Regarde-moi. J'ai plus de quatre-vingt-dix ans, et pourtant je suis alerte et résistant comme un jeune homme. C'est grâce à mes recherches sur la régénération des cellules animales, recherches où je me suis toujours servi de moi-même comme cobaye, que je suis parvenu à ce résultat qui peut te sembler extraordinaire.

— Quatre-vingt-dix ans, dit le nègre à mi-voix. Je n'en ai pas quarante...

— Je n'ai échoué que pour mon visage, qui, lui, porte toutes les marques du temps. Mais pour le reste, tout est parfait. Voilà comment j'opérerai. Je rassemblerai les morceaux, quand je les aurai découverts, je construirai les fragments qui manquent avec du matériau que j'ai apporté, composé exactement de la même manière que celui dont s'était servi Frankenstein, et alors... alors...

— J'ai ces morceaux, dit soudain le nègre. »

Le docteur se leva d'un bond.

« J'en étais sûr ! s'écria-t-il. Où sont-ils ?

— Dans la pièce du fond, répondit Percy. Je les

ai trouvés ici en m'installant. À côté, dans d'autres caisses, il y a des tas d'instruments de chirurgie, et aussi des papiers, des dessins...

— Rien d'étonnant, dit le docteur qui paraissait tout joyeux. Le vieux marin, dans le café, m'a dit que Frankenstein avait habité à l'emplacement même de cette cabane. Ses objets sont restés sur place quand la maison a été démolie, et aucun de ces paysans n'a eu l'idée de mettre son nez là-dedans. Nous réussirons, Percy, toi avec ta magie et moi avec ma science ! Nous referons un monstre, nous lui donnerons l'épouse qu'il mérite. J'ai tout calculé, tout pesé, tout prévu. Je ne peux pas ne pas réussir.

— Écoutez. » dit soudain le nègre en tendant son visage grisâtre vers la fenêtre.

À l'extérieur continuaient inlassables les lamentations du vent qui courbait les fougères et glissait en tournoyant sur les roches. Une pluie fine et serrée tombait et des rigoles d'eau dégoulinaient sans bruit le long des vitres de la lucarne.

« Il m'a semblé, dit en balbutiant Percy, qui essayait de se lever en s'accrochant à la table, il m'a semblé entendre grincer la porte de la barrière.

— Tais-toi. »

Le docteur Pilljoy tendit l'oreille. En cet instant qu'il avait attendu pendant des années avec patience, il sentait une étrange crainte monter en lui. Des souvenirs atroces lui revenaient à la mémoire, et pardessus tout la vision de la gorge déchirée du pêcheur Jonathan, surpris sans doute par le monstre en pleine mer, et incapable de se défendre. Quelques secondes passèrent, longues comme des années.

Il y eut une accalmie dans les rafales de vent qui secouaient les murs de la cabane et menaçaient d'arracher celle-ci.

À ce moment-là, et sans qu'aucun doute fût possible cette fois, Percy et le docteur Pilljoy entendirent distinctement des pas lourds et lents qui écrasaient les herbes humides de l'enclos.

Ces pas s'avançaient sans hâte en direction de la cabane où tremblotait la lueur craintive de la bougie collée au bois de la table.

Puis, un coup de vent se leva plus farouche encore que les précédents, et le bruit de cette tornade qui secouait le toit en torchis de la cabane effaça celui des pas.

Le docteur Pilljoy se tourna vers la porte.

On entendait dans la pièce le halètement sourd du nègre, toujours cramponné au bord de sa table avec ses mains où chaque nerf et chaque veine saillaient à faire craquer la peau. Percy n'en pouvait plus. Cette épreuve n'était pas à la mesure de ses faibles forces. Il essayait vainement de refuser de croire à la réalité de ce qui allait bientôt se produire sous ses yeux. Il essayait de nier ce bruit de pas, mais sans parvenir même à l'oublier. Cela n'avait rien à voir avec ses expériences habituelles sur les corps des morts. Avec des cadavres qu'il commandait à sa guise, il n'avait jamais eu peur. Le Vaudou faisait partie des rites de sa race. Il l'avait toujours vu pratiquer par les prêtres de son pays, et peu à peu il s'était senti capable de les imiter et de faire aussi bien qu'eux. Sur ce point, il avait réussi. Les corps couchés dans ses quatre caisses noires ne lui avaient jamais inspiré, comme à d'autres, le moindre soupçon de terreur.

Aujourd'hui, il s'agissait pour lui de tout autre chose. Le cadavre qui allait pénétrer dans la pièce n'était pas un cadavre comme les autres, il s'en fallait de beaucoup. Percy, qui l'avait déjà entrevu au bord de la mer, sentait une peur affreuse lui tordre les boyaux, paralyser ses membres.

« Il est là, murmura-t-il.

— Chut ! fit le docteur en posant un doigt sur sa bouche décharnée. Tais-toi ! »

Comme agitée par un courant d'air perfide passant peut-être à travers les planches mal jointes des parois, la courte flamme de la bougie vacillait, se courbait sur elle-même et menaçait de s'éteindre. Percy fut tout à coup pénétré de l'idée absurde que cette flamme avait peur, elle aussi, et qu'elle cherchait à s'échapper de cette table qui la retenait prisonnière.

Le docteur se tenait tout près de la table, son appréhension secrète, les yeux ardemment fixés sur la porte qui allait enfin livrer passage à celui qu'il attendait depuis des années.

« Qu'est-ce qu'il fait ? demanda Percy.

— Mais tais-toi donc ! » riposta Pilljoy, incapable de se maîtriser.

Cet imbécile de nègre n'allait pas se mettre à avoir peur maintenant ? On aurait tout vu ! Peur au moment où le grand moment de leur vie, à tous les deux, arrivait !

Le vent se calma.

Les pas reprirent, pesants, puis s'arrêtèrent dehors, tout près de l'entrée.

« Ça y est… pensa Pilljoy. Il va pousser la porte et il sera là. »

Il savourait ces minutes d'attente avec une indicible jouissance de tout son être.

Percy, lui, cessa de respirer, et le silence le plus oppressant s'installa dans la pièce sordide où les deux personnages semblaient des statues, l'une de cire, l'autre d'ébène. La flamme de la bougie avait même repris son apparente immobilité. Mais cela ne suffisait pas à rassurer le nègre. Quelque chose qui dépassait la peur des hommes allait se produire dans quelques instants sous ses yeux, et il ne pourrait pas ne pas le voir…

Trois coups furent lentement frappés à la porte, trois coups qui paraissaient annoncer une authentique communication avec un ordre de choses complètement différent, avec ce qu'on appelle l'au-delà, peut-être, cette région nébuleuse qui n'est sans doute pas si éloignée de nous qu'on veut le croire.

Trois coups venus du fond des temps, entourés d'un surcroît de mystère par le décor misérable et inquiétant de cette cabane abandonnée. La flamme de la bougie restait étrangement égale à elle-même, comme artificielle. Sur les murs, les statuettes elles-mêmes semblaient tout à coup darder leurs regards blancs vers la porte encore fermée. Percy les contempla tour à tour. Le bois dans lequel elles étaient taillées avait pris une étrange teinte, presque humaine.

« On a frappé, dit le docteur, d'une voix neutre.

— Non ! hurla le nègre. Je ne veux pas... Je ne veux pas ouvrir ! Qu'il s'en aille, qu'il retourne là d'où il vient ! Je ne veux pas ouvrir. »

Le docteur dédaigna les cris de son compagnon. Cet affolement n'allait pas durer, espérait-il, sinon il serait obligé de se passer de lui. Un quatrième coup, plus retentissant que les premiers, venait de se faire entendre contre le bois de la porte d'entrée.

On a encore frappé, répéta le docteur.

Le nègre, par-dessus la table, se pencha vers lui et tenta de s'agripper à la manche de sa redingote. Jamais il ne supporterait qu'on introduisît dans sa cabane ce visiteur qui s'annonçait si tard dans la nuit. Par la force au besoin, il s'opposerait aux projets du docteur Pilljoy, qui s'était installé chez lui en maître véritable.

Mais la peur avait noué les muscles du nègre et le rendait incapable de la moindre violence. Ses doigts tremblants glissèrent sur le vêtement noir du docteur sans même s'y accrocher. Pilljoy se dégagea sans détourner la tête.

Il dit simplement :

« Lâche-moi. Je vais faire les honneurs. »

Percy s'affala sur la table.

À tâtons, Pilljoy saisit sa bouteille de cognac, la porta à ses lèvres minces et la vida d'un trait.

Puis il se dirigea d'un pas très rapide vers la porte et l'ouvrit brusquement en criant :

« Entrez ! Soyez le bienvenu ! »

Avec un gémissement, Percy s'était caché la tête dans ses mains. C'était une précaution presque inutile.

En effet, le courant d'air qui venait de la porte ouverte éteignit immédiatement la bougie.

Le docteur Pilljoy n'avait devant lui qu'une ombre colossale, dont la tête était trouée par deux minuscules lueurs jaunâtres qui lui rappelèrent ses yeux, à lui.

4

Percy ne releva pas la tête.

Il ne pouvait pas le faire. Sur sa nuque, il sentait comme une intolérable pression qui lui commandait de rester abîmé sur le bois de la table et de ne lever les yeux sous aucun prétexte.

Le spectacle n'était pas fait pour lui. Jamais, il le savait, il ne pourrait regarder en face cet être dont il devinait la présence proche de lui, cet être qui appartenait à une catégorie de créatures tout à fait étrangères à son esprit. Les zombis, eux, lui étaient familiers. De tout temps, les plus doués de ses ancêtres leur avaient insufflé la vie, ou tout au moins cette espèce de survie sans doute inconsciente qui leur permettait de se mouvoir. Ils étaient le produit d'une religion millénaire, d'un culte des morts qui prenait racine au plus profond de lui-même, un culte commun à tous ceux de sa race, et dans le respect duquel il avait été nourri. Avec eux, il n'avait jamais eu peur. Ces larves muettes lui obéissaient comme des bêtes de somme particulièrement résistantes.

En venant à l'île de Cround, après une vilaine affaire de sorcellerie qui lui avait valu d'être chassé de Haïti par les autorités soucieuses de l'ordre public, Percy avait été attiré par le récit de ce cadavre monstrueux dont les débris avaient été recueillis en mer. Il n'avait pas réfléchi à ce qu'il faisait. Il pensait qu'il s'agirait là d'une expérience semblable à toutes les autres, et espérait peut-être se fabriquer une esclave d'une force et d'une soumission encore plus extraordinaires que celles de ses serviteurs habituels.

Mais il venait d'être cruellement détrompé quelques, heures plus tôt, quelques heures avant cette scène qui allait décider de sa vie, au moment où, caché dans les rochers qui dominent la côte, il avait entrevu dans la brume qui recouvrait la mer la masse surnaturelle de celui qui revenait dans l'île pour rechercher ce qu'il lui appartenait de droit. Percy avait été épouvanté par cette vision d'une ombre démesurément grande et qui avançait dans la nuit d'une allure maladroite, les bras écartés du corps, mais dégageant une impression redoutable de puissance et d'aveuglement meurtrier.

Tout de suite, instinctivement, Percy avait compris que jamais il ne pourrait se résoudre à collaborer avec ce monstre, à vivre à ses côtés, à supporter son regard. Tout de suite alors qu'il se recroquevillait dans son tas de roches pour échapper à la vue du monstre, il avait compris que la tâche qu'il voulait mener à bien outrepassait ses forces. Pour ne pas reculer devant cette besogne immonde, il fallait être, à ses yeux, possédé par le diable. Et le docteur Pilljoy, qui était venu le relancer jusque dans sa cabane, où il se dissimulait dans les ténèbres, le docteur lui était apparu comme un véritable démon, décidé à ne céder à aucun obstacle. Ses projets, dont il avait fait part à Percy, n'avaient fait que confirmer celui-ci dans sa décision de se maintenir en dehors de tout cela. Ces travaux ignobles, qui visaient le malheur des hommes, n'étaient pas faits pour le pauvre nègre solitaire qui se moquait bien du reste de l'humanité.

Jamais, jamais Percy ne pourrait ramener les restes de la seconde créature de Frankenstein. Il était même inutile qu'il essayât... Mais n'était-il pas arrivé trop tard pour reculer, maintenant ? Cette arrivée silencieuse du monstre, que Percy redoutait depuis la scène de la plage, venait de se produire.

« Que faire ? pensait confusément le nègre. Comment m'en sortirai-je ? »

Après quelques minutes de silence, ou seul le vent continuait à faire entendre sa plainte dans la nuit, Percy, le front couvert de sueur malgré le froid et collé à la table, les mains croisées sur sa nuque serrée comme par un étau, entendit quelque bruit, des pas, une porte qu'on refermait. Pilljoy venait d'introduire le visiteur nocturne dans la cabane du nègre.

Celui-ci se tassa davantage sur lui-même.

Il était trop tard pour qu'il relevât la tête maintenant. À tout prendre, il eût peut-être mieux valu qu'il le regardât entrer, puisque tôt ou tard il serait obligé de le voir, et peut-être de lui parler, de lui obéir.

Il perçut un bruit de pas de l'autre côté de la table et aussi quelque chose qui ressemblait à un grondement ou à un soupir de bête.

Puis le docteur appela d'une voix qui se voulait calme mais dans laquelle on devinait aisément une trace de peur :

« Percy ! »

Le nègre ne voulut rien entendre et ses doigts

crispés s'enfoncèrent davantage dans ses cheveux courts et blancs qui s'emmêlaient. Près de lui, il le devina, les deux autres traversèrent alors toute la pièce dans le sens de la longueur, et Percy comprit que le docteur conduisait le nouvel arrivant jusque dans la seconde pièce, là où, dans une vieille malle d'osier, dormaient les débris informes et répugnants...

La pièce du fond s'ouvrit et se referma.

Percy redressa brusquement la tête. Il était seul.

Seul avec sa rangée de statuettes magiques accrochées aux murs, seul avec les présences endormies de ses domestiques fidèles allongés dans leurs caisses noires.

Il se leva lentement, précautionneusement, pour ne pas attirer l'attention de ceux qui s'étaient installés en maîtres chez lui, et se passa à plusieurs reprises les mains sur le front et sur les joues pour essuyer la sueur qui glissait le long de son visage terreux. En s'appuyant à la table, il fit quelques pas et s'arrêta tout à coup, les yeux fixés sur le sol.

Là, à ses pieds, des traces énormes apparaissaient, profondément creusées dans la terre battue qui avait cédé sous un poids anormal. Ces traces allaient de la porte d'entrée à la seconde pièce.

Percy marmonna quelque chose entre ses dents, sans doute une prière qu'il était seul à connaître, et s'approcha à pas de loup de la seconde porte à laquelle il colla son oreille. Des bruits indistincts lui parvinrent d'abord. Il comprit que le docteur avait soulevé le couvercle de la malle et qu'il examinait avec attention les dépouilles, sans dire un mot.

Cet examen dura près d'un quart d'heure. Percy se fatiguait à demeurer immobile, penché en avant près de la serrure sans clef. Pilljoy préparait sans doute son verdict. Dans quelques minutes, on allait savoir s'il jugeait la chose possible.

La voix du docteur parvint tout à coup au nègre, et celui-ci redoubla d'attention. À qui parlait le docteur ? La créature qui se trouvait avec lui était-elle capable de saisir le sens de ses paroles humaines ? Ou bien le docteur parlait-il pour lui seul ?

Percy écouta.

« Ne désespérez pas, disait le docteur. Ces débris sont en très mauvais état, et d'ailleurs incomplets, mais je ferai tout ce qui me sera possible de faire pour réussir. Certaines conditions sont indispensables, et la complicité du nègre nous sera nécessaire. Mais nous y arriverons. S'il est sur la terre un homme capable de réussir dans cette entreprise, c'est moi, Pilljoy. J'ai suivi Frankenstein pas à pas dans ses découvertes. Le matériau que j'ai amené avec moi, et qui se trouve en ce moment dans ma cabane est composé de la même manière, très exactement, que celui qui fut employé jadis et dont nous avons ici quelques fragments. Je me mettrai au travail demain matin à la première heure. Il y a des dizaines d'années que je me prépare à ce travail, et tout devrait marcher à pas de géant. »

Les yeux exorbités, Percy écoutait le docteur qui monologuait d'une voix très calme maintenant. Ainsi, c'était donc vrai. Tout ceci n'était pas un affreux cauchemar. Les intentions de Pilljoy étaient claires, et il n'allait pas tarder à les mettre à exécution.

« Mais pourquoi fait-il cela ? se demandait le nègre. Rien ne l'obligeait à venir à Ploswav, pas plus que moi. Mais moi, je préférerais m'enfuir au risque de ma vie que de me livrer à un pareil travail. Quel goût macabre y prend-il donc ? »

Après une pause de quelques minutes, la voix du docteur s'élevait à nouveau, moins froide, plus rapide et animée.

« Oui, disait-il, nous sortirons vainqueurs de ce combat. Car c'est bien d'un combat qu'il s'agit pour moi. Je me laisse peu à peu glisser sur une pente qui me conduira sans doute à la folie ou à la mort. Aucun homme n'est capable de résister à l'épreuve à laquelle je vais me soumettre. Aucun homme, pas même moi, avec le corps que je me suis refait. Je sais où je vais, je sais que je me condamne. Mais la tentation du mal est la plus forte. Avant de perdre la raison ou de mourir d'épuisement sur ma table d'opération, il faut que je lègue à la race des hommes le plus beau de mes cadeaux. Je n'aurais pas vécu pour rien, puisque je laisserai derrière moi un couple de monstres qui à son tour peuplera la terre entière d'une race étrangement forte et cruelle, d'une race plus puissante que tous les animaux connus, race qui éliminera progressivement tout ce qui ne sera pas construit à son image. Voilà mon ambition dernière. Frankenstein, mon illustre devancier, n'avait exécuté qu'une partie de ce programme exaltant. C'est à moi que reviendra l'honneur d'avoir complété cette œuvre inachevée. Les hommes que je hais disparaîtront grâce à moi. Mes monstres seront armés, invulnérables, impitoyables. Ils détruiront tout sur leur passage, et je mourrai content, vengé. Je te rends grâce, à toi, fidèle époux, qui n'a pas hésité à traverser les mers pour venir retrouver la compagne qui te fut jadis destinée et qu'un remords de la dernière heure empêcha de voir le jour. Je te rends grâce. Puisque tu es là, tout ira beaucoup plus vite que je le pensais. Peut-être pourrais-je, avant de disparaître, assister aux premiers effets de cet accouplement que j'ai calculé et mis au point. Peut-être même, mais je ne m'en plaindrais pas, mourrai-je de la main toute puissante d'un de tes glorieux descendants. Ils anéantiront les hommes en mon nom. »

Percy n'en pouvait plus. Ce dernier discours ne lui laissait aucun doute sur les intentions du docteur, pas plus que sur l'état de son esprit. Pilljoy était frappé d'une sorte de mégalomanie qui touchait à la folie. Si le projet qu'il avait échafaudé voyait le jour, et toutes les conditions étaient réunies pour qu'il le vît, les hommes disparaîtraient peu à peu de la surface de la terre, abattus par une race supérieure qu'on dresserait impitoyablement contre eux.

Mais que pouvait faire Percy, seul et impuissant ? Il pensa soudain qu'il pourrait descendre à toutes jambes vers le village pour prévenir les habitants du danger qui les menaçait. Mais il ne s'en sentait pas le courage. Ses jambes se dérobaient sous lui et il était obligé de se cramponner des deux mains au mur pour ne pas s'écrouler sur le sol de la cabane.

Et d'ailleurs, les villageois, qui le redoutaient et l'avaient déjà malmené, ne le croiraient pas. Le docteur avait repris la parole. Percy tendit l'oreille... Il semblait fasciné par ce qui se passait de l'autre côté de cette porte.

« Je m'installerai ici même, disait le docteur. Percy sera bien obligé de m'admettre à ses côtés. Je serai plus loin du village et plus à l'aise pour travailler. Personne n'ose s'aventurer jusqu'ici, à cause de la réputation du nègre. Tant mieux. Demain, avec l'aide de Percy, je transporterai jusqu'ici mes instruments, que j'ajouterai à ceux qui se trouvent déjà ici, et qui appartinrent jadis au docteur Frankenstein. Je transporterai aussi mon matériau. Avant de me mettre au travail, il faudra que je compulse les anciens manuscrits du docteur qui se trouvent pêle-mêle ici. J'y trouverai peut-être quelque chose d'intéressant, et le moyen d'éviter une erreur imprévue. Enfin, il faudra que nous résolvions le problème du sang... »

« Le sang ? Quel sang ? » se demanda Percy, complètement terrorisé. Il n'avait nullement l'intention de se mêler de près ou de loin à cette horrible affaire, et le docteur Pilljoy paraissait le considérer déjà comme un complice de son crime.

Car, pour une fois, le fait de donner la vie ressemblait fort à un crime. Mais avant que le nègre fût revenu de sa surprise, la porte sur laquelle il s'appuyait s'ouvrit violemment et le docteur parut, sanglé dans sa redingote, le haut-de-forme sur la tête. Percy chancela et faillit tomber.

Il ne se retint que par miracle.

« Vous nous écoutiez ? demanda le docteur. Tant mieux. Il est donc inutile que je recommence mes explications, puisque vous m'avez entendu. Nous nous mettrons au travail demain. Vous m'aiderez dans toutes mes opérations, sans discuter, ce qui serait inutile. Gouroull restera sans cesse près de nous. Il nous surveillera, afin que nous ne le trahissions pas, et que nous ne bronchions pas dans nos expériences. Vous avez compris ? »

Percy, qui n'écoutait pas ce qu'on lui disait, ne put répondre. Par la porte ouverte, il contemplait fixement l'intérieur de la seconde pièce de sa cabane. Là, il apercevait une jambe, un mollet aux dimensions effrayantes, mesurant, à lui seul, près d'un mètre de haut. Le genou était plié, ce qui laissait supposer que le possesseur de ce membre était assis. Mais c'était là tout ce qu'on voyait de lui. Le mollet se terminait par un pied qui ne ressemblait à aucun pied d'homme, un pied volumineux et carré, chaussé de noir.

« C'est lui. » pensait Percy, et il se répétait avec une sorte de stupidité : « C'est lui, c'est lui... »

Pilljoy se rendit compte de l'intérêt que portait le nègre à ce qui se passait dans l'autre pièce, et referma brutalement la porte. Puis il fit reculer le nègre de quelques pas, jusqu'à ce qu'il touchât le rebord de la table avec son dos.

Le docteur se tenait tout près de Percy les yeux dans les yeux. Il lui dit en détachant nettement ses mots :

« Maintenant, écoute-moi bien. Tu garderas ce secret, car une trahison de ta part amènerait ta mort immédiate. Personne ne peut lutter avec lui. Tu te tairas et tu nous aideras sans rien dire. Je ne te certifie pas qu'ils te laisseront la vie sauve, mais c'est un risque à courir. »

Il se tut pendant quelques secondes et reprit d'une voix plus basse, plus rauque :

« Il y a pourtant une chose que tu ne sais pas. Je ne te donnerai pas de détails, parce que tu ne les comprendrais pas. Mais il faut que tu saches ceci : je réussirai dans mon entreprise, de cela je suis à peu près sûr. Les tissus sont malgré tout assez bien conservés, et je n'aurai pas trop de mal, disposant d'un modèle, à en composer de semblables. Mais il existe un obstacle que je ne puis franchir par les seules méthodes de la science. C'est le problème du sang. »

Pilljoy rapprocha encore un peu son visage sillonné de mille rides de celui du nègre, où la sueur avait fait sa réapparition.

« Il me faut le sang d'une femme vivante, entends-tu ? Il faut que je fasse passer tout le sang d'une femme vivante de son corps dans celui que je façonnerai... C'est à cette seule condition que je peux réussir. Mais si elle est remplie, je suis sûr de mon fait. Pour cela, j'ai besoin de ton aide, Percy. À nous deux, nous enlèverons une villageoise et nous l'amènerons ici. Quand elle aura perdu tout son sang, alors je t'abandonnerai son cadavre, et tu en feras ce que tu voudras. Tu pourras essayer de t'en faire une esclave fidèle, si ça t'amuse. Tu as compris ? »

Percy ne savait pas s'il avait compris. Les paroles du docteur dansaient une sarabande folle dans sa tête fatiguée. Un crime... Il ne pourrait pas aller jusqu'au crime, c'était au-dessus de ses forces.

Sans cesser de fixer le docteur avec un regard de bête traquée et pratiquement sans défense, Percy secoua furieusement la tête de droite à gauche, sans même réfléchir aux conséquences de son geste, qui n'était qu'un réflexe. Dans l'ombre, le nègre n'avait pas rallumé la bougie, mais ses yeux s'étaient peu à peu habitués à l'obscurité et un filet de clarté pénétrait par la porte. Il vit sursauter la haute silhouette du docteur.

« Tu refuses ? » cria celui-ci.

Percy secoua la tête et laissa échapper :

« Je ne peux pas faire cela.

— Idiot ! rugit Pilljoy. Au moment où tout est de notre côté ! Tu ne peux pas faire cela, dis-tu ? Mais y a-t-il au monde une besogne qui te répugnerait, à toi qui vis au milieu de cadavres décomposés ? Réponds-moi : existe-t-il quelque chose que tu ne puisses pas faire ?

— Oui, dit Percy.

— Et quoi ?

— Ça, justement.

— Mais qu'est-ce qui te fait peur ? Qu'est ce que tu as à craindre ? demanda le docteur. Le sang d'une jeune femme, comprends-tu ? Cela représente-t-il un trop grand effort ? Réponds-moi ! »

Il avait saisi Percy par son vêtement et l'agitait avec une sorte de furie dans tous les sens.

« Il me faut le sang d'une jeune femme en bonne santé, du sang vivant et sans tare, qui passera directement d'un corps dans l'autre ! Tu m'aideras à l'obtenir, de gré ou de force ! Si je ne l'ai pas, cela signifie l'échec, l'avortement de tous mes espoirs, une déception plus grave pour moi que toutes les morts.

Comprends qu'il s'agit aujourd'hui de tout autre chose que tes zombis. Tu as entendu ce que je lui disais ? Nous allons détruire la race des hommes et la remplacer par une autre race, que nous aurons créée, qui nous devra tout. Alors ? »

Percy sentit alors une immense lassitude l'envahir. À quoi bon essayer de calmer cet insensé, à quoi bon lui parler en termes raisonnables, à lui qui vivait dans un monde imaginaire qu'il avait inventé de toutes pièces et auquel il espérait enfin donner une forme concrète ?

Pilljoy était un véritable possédé, un démon, et le nègre n'avait plus qu'une idée en tête : faire tout son possible pour se tirer de ses griffes au plus tôt, s'enfuir, aller chercher main-forte au village, quitter cette cabane qui ne lui appartenait déjà plus.

« Je ne peux pas, je ne peux pas... » murmura-t-il d'une voix de plus en plus faible.

Pilljoy le secoua avec une sorte de rage frénétique et s'écria :

« Tu refuses, tu refuses encore après tout ce que je t'ai dit ? »

Percy fit mine de se laisser tomber à terre, et le docteur, avec un geste de mépris, lâcha les vêtements auxquels il se cramponnait.

Mais cette apparente faiblesse n'était qu'une ruse du nègre. Sitôt qu'on l'eut lâché, Percy ramassa toutes les forces qui lui restaient et se précipita la tête la première contre le docteur. Celui-ci, pris par surprise, et ne croyant pas le nègre capable de réagir aussi violemment, reçut le crâne du nègre au creux de l'estomac et fut projeté en arrière contre le mur.

Percy ne s'occupait déjà plus de son adversaire. Il ne voyait qu'une chose, il ne pensait qu'à courir au village pour persuader les paysans et les pêcheurs de s'armer et d'accourir en force à la cabane tant qu'il en était encore temps.

Il se précipita vers la porte, l'ouvrit. Le vent froid de la nuit le frappa en plein visage. La tempête, loin de se calmer, avait redoublé de violence. Percy baissa la tête et fonça dans le noir, empruntant le sentier périlleux qu'il connaissait.

Au moment où il franchissait le seuil de la porte, il entendit derrière lui, parti de la cabane, une espèce de hurlement, où il reconnut difficilement la voix du docteur.

« Gouroull ! » hurlait cette voix déformée par la fureur.

Le nègre attaquait les premiers lacets du sentier quand il entendit des pas sonores et précipités derrière lui, dans le même chemin.

Transi de froid mais brûlant de fièvre, claquant des dents, le visage inondé de sueur et de pluie, il s'arrêta et prêta l'oreille à ces bruits, n'osant pas se retourner. S'il avait osé le faire, il aurait aperçu derrière lui une ombre immense qui se ruait sans un cri à sa poursuite, au milieu de l'orage, dans un grand éboulis de roches arrachées aux flancs de la montagne.

L'ombre d'un monstre...

Pilljoy avait jeté un ordre et avait été obéi.

Les bras ballants, les cheveux collés par l'eau, les vêtements ruisselants, Percy s'était arrêté et haletait au milieu du sentier. Le bruit menaçant se rapprochait de lui et il n'osait pas, il ne pouvait pas se retourner, ne fût-ce que d'un pouce.

Toute la force de son corps misérable et désormais sans ressort s'était évanouie. Ce corps il ne le sentait plus comme sien, il le considérait comme une chose étrangère et lointaine qui ne lui appartenait plus et sur laquelle il avait cessé d'exercer tout contrôle.

Toute sa conscience et sa dernière lucidité se trouvaient en cette seconde braquées sur ce bruit mortel qui allait l'engloutir et emporter au loin cette chair massive et incapable de se défendre ou de s'enfuir.

Il porta très lentement ses mains vers son visage, et ses lèvres blanchies au bord desquelles perlait un peu d'écume laissèrent échapper une ultime prière à ses dieux oublieux.

Une prière qui ressemblait à un râle...

Un coup d'une violence stupéfiante s'abattit alors sur ses épaules et le jeta sur le sol, au milieu des pierres humides et des arbustes tout scintillants d'eau.

Il ouvrit les yeux. Le plus largement possible. L'ombre, où brillaient deux étroites lueurs d'un jaune qui rappelait la teinte du soufre, se pencha vers lui sans un murmure.

Les yeux de Percy ne cillèrent pas.

Étrange et dernier sursaut de courage...

Mais peut-être, avant de finir égorgé, le nègre était-il déjà mort de peur ?

5

Le cadavre de Percy ne fut pas découvert par les villageois avant une huitaine de jours.

Les obsèques de Jonathan se déroulèrent le lendemain même de la découverte de son corps sur les rochers de la côte, et la plus grande partie du village assista à cet enterrement. Sur la tombe ouverte auprès de laquelle se lamentait une femme appuyée sur les épaules de deux enfants, le prêtre du village se pencha pour jeter une pelletée de terre sur le cercueil en prononçant les prières des morts. Puis il se retourna et adressa quelques mots aux assistants.

Il rappela brièvement que la mort ne devait jamais surprendre, qu'elle était un don de Dieu, et que le juste n'avait jamais à la redouter. Elle promettait un monde meilleur.

Les gens qui avaient accompagné Jonathan à sa dernière demeure, les hommes avec leurs casquettes à la main, les femmes blotties sous de grands châles tristes, l'écoutaient en silence. Le prêtre fit quelques remarques au sujet de la façon mystérieuse dont le marin avait trouvé la mort, mais se garda de formuler une hypothèse.

Dieu, dit-il, choisit le moyen de nous ramener vers lui, et nous devons lui obéir sans protester dans tout ce qu'il nous ordonne. Dieu a voulu que Jonathan pérît ainsi, et nous devons approuver son choix. Jamais le diable n'a eu raison de Dieu. Retournez maintenant chez vous, retournez à votre famille et à votre travail de tous les jours. Jonathan a trouvé le repos.

Les habitants se dispersèrent en silence. Le prêtre ne les avait rassurés qu'à demi.

Les jours passèrent. Rien ne vint troubler leur existence dans les journées qui suivirent l'enterrement.

À Plosway, sur le port désormais maussade comme dans les maisons qui restaient le plus souvent fermées, régnait une atmosphère trouble, faite chez les uns de crainte indécise, chez les autres de colère et de révolte, colère et révolte qui ne se manifestaient toutefois que par des murmures, et non par des actes.

La division s'installait en maîtresse dans les esprits des villageois.

La mort de Jonathan, mort inexplicable d'un homme unanimement aimé dans le village, avait violemment dressé les esprits les uns contre les autres. Les plus jeunes, parmi les pêcheurs et les paysans, essayaient vainement de rechercher à cette mort des causes naturelles, ou de la considérer, contre toutes les évidences, comme un accident. Ils faisaient de leur mieux pour réagir contre la peur et bientôt la panique qu'ils sentaient s'appesantir d'heure en heure sur les toits de Plosway.

Mais les anciens devinaient qu'il fallait avant toute chose se lamenter. On ne pouvait s'en tenir, disaient-ils, à ces prétendues causes naturelles. Les jeunes imaginaient, par exemple, que Jonathan était tombé, dans son bateau, sur un objet tranchant qui lui avait ouvert la gorge, causes qui n'expliquaient rien. Il n'était d'aucune utilité, pour les plus vieux du village, de raisonner à ce sujet en termes humains et modérés. La vérité devait être cherchée dans un ordre de faits différent de celui de tous les jours. On disait volontiers, ce qui trahissait assez ce sentiment et contredisait l'opinion émise par le prêtre :

« C'est le diable qui a tué Jonathan. »

Cela montrait qu'on ne comprenait pas, et qu'il aurait été dangereux de chercher à comprendre. L'homme doit laisser les puissances infernales se battre entre elles. S'il intervient, il est rapidement broyé et détruit.

La brume et le vent froid de ces régions qui comptent parmi les plus déshéritées du monde avaient à la longue façonné leurs esprits de telle manière qu'ils rejetaient d'abord, et dans tous les cas, les hypothèses les plus simples et les plus rassurantes, pour rendre responsables des catastrophes qui les frappaient des forces occultes et invincibles. Il en était ainsi, par exemple, pour les maladies. James avait fort à faire pour imposer sa présence auprès de certains vieillards qui prétendaient ne devoir leur guérison qu'au triomphe de telle ou telle force sur telle autre.

Pour eux, pour les plus vieux, le monde lui-même ne renfermait aucune clarté. Le malheur le plus tenace était depuis toujours le lot des hommes et aucune religion, aucune révolte, ne pouvait faire dévier de leur route les puissances mauvaises. Il fallait se plier à leurs ordres sans réagir, avec docilité, se coucher et mourir quand elles l'ordonnaient. Cette mort n'était qu'une simple affaire de hasard. La camarde désignait au petit bonheur un jour l'un, un jour l'autre. On devait recevoir les derniers coups avec une passivité qui passait aux yeux de ces anciens pour une des formes de la sagesse.

Avec la mort de Jonathan, ils trouvaient une des preuves de ce rôle des forces de l'au-delà. Cette mort ne pouvait se comprendre sans elles.

Les pêcheurs de Plosway n'osaient plus s'aventurer au large et ne ramenaient dans leurs filets qu'un maigre fretin. De leur côté, les paysans hésitaient à travailler seuls dans les champs les plus éloignés. Des bruits rapidement exagérés coururent. L'idée d'un monstre marin retint pendant quelque temps l'attention. Mais on dut l'abandonner faute de preuves : personne n'avait aperçu la bête fabuleuse gonflant la mer.

En revanche, les soupçons nourris à l'égard du nègre, soupçons qui s'étaient manifestés dès les premières minutes qui avaient suivi la découverte du cadavre de Jonathan, se fortifièrent et s'exacerbèrent.

On ne voyait pas très bien comment le nègre aurait pu tout seul commettre le meurtre de Jonathan, en pleine mer. Mais ces détails n'arrêtaient pas les craintes et les menaces. On parlait de menées magiques et de mauvais œil. On accusait ouvertement Percy de chercher à assassiner les villageois pour se livrer ensuite sur leurs cadavres à des expériences qui relevaient de la sorcellerie la plus néfaste.

Le respect mêlé de crainte qu'inspirait la sorcellerie aux habitants de Plosway demeurait vivace depuis des générations entières.

« Il faut lui tordre le cou. » disait fréquemment Willy en parlant de Percy.

Et d'autres ajoutaient :

« C'est un démon vomi par l'enfer. Il nous portera malheur à tous si on ne le supprime pas tout de suite. »

Mais les démons sont effrayants, et personne ne se risquait à escalader la montagne jusqu'à la cabane de Percy. Là-haut, la lueur menaçante avait repris sa danse derrière la vitre de la lucarne, et des ombres, plusieurs ombres, passaient et repassaient entre la lumière et cette vitre. Mais à cette distance, il était impossible de reconnaître Percy, ou un autre. Un remarquait aussi que le docteur, qui prétendait avoir beaucoup de travail, n'allumait jamais ses lumières après le coucher du soleil. Mais c'était un vieil homme. Peut-être avait-il besoin de repos.

On décida d'attendre encore.

Le docteur était un fait tout nouveau pour le village. Des premières impressions qu'il avait dégagées, on retenait simplement qu'il était étonnamment vif pour son âge, gros buveur d'alcool, et dans l'ensemble très extravagant dans son costume et ses manières, extravagant et inquiétant. On ne savait pas grand-chose de lui et on ne cherchait pas à percer le mystère dont il s'entourait.

Willy avait raconté à tout le monde ce que le docteur lui avait confié à propos de Percy : « Votre nègre déterre des cadavres et ensuite il les ressuscite. » Pilljoy avait déclaré cela d'un ton qui avait fort impressionné Willy. Mais que pouvait-on en déduire ? Et pourquoi le docteur lui-même avait-il ajouté, alors qu'on ne lui demandait rien, en s'en allant, et d'un air plein de mépris : si on peut appeler cela ressusciter ?

Balivernes d'un homme saoul ? Forfanterie ? Peut-être Willy avait-il mal entendu ces paroles tomber de la bouche du docteur. Quand il les répétait, sans les déformer, et en protestant de leur véracité, aux villageois, ceux-ci haussaient les épaules avec incrédulité. Willy avait sans doute un peu forcé sur l'alcool de grain le soir où il avait entendu ces mots étranges.

Il y avait pourtant la mort de Jonathan.

Au cours d'une réunion qui s'était tenue un jour chez le maire, les jeunes pêcheurs avaient proposé de faire creuser quelques tombes du cimetière, celles en particulier qu'on croyait pillées, et d'exhumer les cadavres afin de constater s'ils étaient encore là.

Mais les anciens, d'une seule voix, s'opposèrent formellement à ce projet.

Si on trouve les corps intacts, déclara l'un d'entre eux, cela ne rassurera personne. La mort de Jonathan restera toujours un mystère. Et si on ne les trouve plus, l'émotion ne fera que grandir parmi nous, et Dieu sait à quelles extrémités nous nous trouverions conduits.

Au demeurant, depuis quelques jours, depuis l'arrivée du docteur, aucune trace nouvelle de bouleversement n'avait été relevée par le fossoyeur sur le sol du cimetière. La tombe du vieux Michaël et celle de Jonathan furent épargnées par le mystérieux détrousseur des morts. Quant à Mary, elle essayait de garder son calme au milieu de ces bouleversements, et de vaquer à son travail comme à l'accoutumée.

Elle connut quelques ennuis avec son ouvrier, un nommé Bobsom, vieux traîne-misère que les gens employaient à tour de rôle pour lui procurer un repas ou deux. Bobsom, d'ordinaire si doux et soumis, refusa catégoriquement de se déplacer pour labourer un champ de seigle que Mary possédait à l'intérieur des terres, à deux kilomètres environ de Ploswav.

Quand Mary lui demanda les raisons de ce refus, le journalier, confus, refusa de répondre et de s'expliquer. Il ne voulait pas s'éloigner du village. Ce fut tout ce qu'on put tirer de lui. La jeune veuve dut se rendre à l'évidence et laisser provisoirement son champ en friche. Il en était ainsi de toutes les terres distantes de plus de cinq cents mètres du village.

Il y eut bien un incident curieux, mais personne n'y prêta l'attention qu'il méritait.

Le dernier enfant de la grosse Élisabeth, une fillette âgée de sept ans, fut un jour chargée par sa mère d'aller ramasser un peu d'herbe pour les lapins et, si elle en trouvait, des glands pour les porcs.

La fillette partit et revint en courant une demi-heure plus tard, échevelée, sans panier, criant à tue-tête qu'elle avait aperçu un ogre se profiler dans la montagne. Elle s'était engagée sur les premières pentes de la montagne pour chercher des glands et l'avait aperçu, pendant quelques secondes. Elle avait vite pris ses jambes à son cou. Sa mère refusa de la croire, la gronda, et lui conseilla dorénavant de ne pas s'éloigner toute seule, ou d'aller ramasser de l'herbe dans une autre direction.

Le village se refusait à admettre qu'une présence

malfaisante s'était installée parmi eux.

La découverte du corps de Percy devait remettre tout en question.

***

Le cadavre avait été projeté assez loin de la cabane et s'était disloqué sur les pierres en contrebas. Ce fut un berger qui le trouva, tout à fait par hasard, en menant paître ses chèvres.

La colonne vertébrale brisée en plusieurs endroits, les membres rompus, Percy gardait encore les yeux ouverts et fixes, des yeux sans vie, mais au fond desquels se décelait une saisissante expression de terreur.

Suivant les indications du berger, qui était rentré sans attendre à Plosway, un groupe de paysans et de pêcheurs montèrent jusqu'à l'endroit où avait été découvert le corps, le recouvrirent d'une toile et le transportèrent sur une civière jusqu'au village. Là, ils l'installèrent, faute de mieux, dans une masure abandonnée.

Le docteur James fut appelé d'urgence, non pour donner des soins, on voyait bien que tout serait inutile, et le cadavre sentait déjà malgré le froid, mais pour tenter d'expliquer de quelle manière exacte le nègre avait trouvé la mort.

Avant la venue du docteur, déjà, les hommes qui avaient transporté Percy avaient remarqué que son corps tout brisé était presque entièrement séparé de la tête par une profonde et large blessure qu'il portait à la gorge.

Le docteur James ne put que constater avec eux que les autres blessures, fractures et déchirures, n'étaient que secondaires en comparaison de cette effroyable plaie, et que la mort était sans doute due à la blessure du cou. Après avoir été égorgé, dit encore le docteur après examen du corps, Percy avait été lancé dans le vide du haut du précipice qui s'ouvrait immédiatement après la barrière de l'enclos précédant la cabane du nègre. La montagne formait à cet endroit une paroi abrupte et lisse, au bas de laquelle, parmi les buissons et les cailloux, le berger avait retrouvé le corps déchiqueté et tout recouvert de sang coagulé.

Dans la seule pièce de la bicoque abandonnée, les villageois se tenaient silencieux autour de la table qui portait le cadavre débarrassé de la toile. Aucun de ces hommes n'osait parler. Ce nègre, qu'ils avaient sans réfléchir accusé des pires forfaits et rendu responsable en particulier de la mort atroce de leur ami Jonathan, voilà qu'ils le trouvaient égorgé à son tour, de la même manière que le marin.

Effrayés, ils demeuraient sans voix, sans aucune réaction, les yeux fixés sur le cadavre. Percy devenait plus inquiétant encore mort que vivant.

Le docteur James, petit homme vif, aux gestes pressés, rompit le premier le silence.

On l'a tué, dit-il. Inutile de nous voiler les regards et de parler d'accident. Ça ne servirait à rien. Pour Jonathan, un doute pouvait encore subsister. Maintenant, ce n'est plus possible, et vous le comprenez bien. Un assassin rôde au-dessus de nos têtes, et il nous faut y mettre bon ordre avant que d'autres crimes succèdent à ces deux premiers. Car, je vous le répète, cela ne fait aucun doute. Aucune roche ne pourrait lui avoir ouvert la gorge de cette manière. Il a été tué, sauvagement tué.

« Ce n'était donc pas lui, murmura Willy entre ses dents. L'assassin de Jonathan, ce n'était pas le nègre, c'était un autre, un autre...

— Et le vieux docteur ? » demanda soudain le pêcheur qui, un soir, au cabaret, avait rappelé à Pilljoy la venue, autrefois, d'un autre savant dans la montagne de l'île de Cround.

Le docteur...

En cette minute, ils pensaient tous à lui. Pilljoy restait le seul être indiscutablement humain à vivre désormais dans la montagne, le dernier sans doute à avoir connu Percy vivant.

L'avait-il tué ?

Et, s'il l'avait tué, pourquoi ?

Il y avait aussi, là-haut, ces formes étranges qu'on disait apercevoir naguère dans la cabane du nègre, pendant la nuit. Formes qui étaient peut-être celles de corps ressortis du néant par quelque pouvoir secret. Formes que chacun des villageois qui montaient la garde autour du cadavre de Percy évoquait en lui-même, secrètement, comme s'il avait peur de communiquer aux autres, qui pensaient comme lui, les raisons de son appréhension.

Mais que savoir de précis là-dessus ?

« Le docteur Pilljoy, répéta Willy. C'est sûrement lui.

— Ce ne peut être que lui. » renchérit un autre.

Mais le docteur James releva la tête et contempla longuement les hommes. Il les connaissait tous, avec leurs travers et leurs qualités, leurs faiblesses. Comment allaient-ils réagir devant la révélation qu'il se sentait obligé de leur faire, puisqu'ils ne l'avaient pas eux-mêmes devinée ?

« Vous oubliez, leur dit-il doucement, que l'assassin de ce nègre a fait montre d'une force littéralement inhumaine. Pour l'égorger d'abord, et pour le précipiter ensuite en bas de la paroi rocheuse que vous connaissez. Une force qu'un vieux docteur, aussi bien conservé et agile soit-il, ne peut à coup sûr posséder.

– Que voulez-vous dire, Docteur ? demanda Willy, au nom de tous.

– Je veux dire que Pilljoy n'a pas tué Percy. L'assassin du nègre possède une force qui n'est pas celle d'un homme. Voilà ce que je veux dire, Willy. Et je le proclame ouvertement, quoi qu'on en puisse penser. »

Les hommes frissonnèrent et se regardèrent entre eux sans rien dire. Ils évitaient de porter leurs regards sur le cadavre de Percy. Quelque chose qui ressemblait à un souffle de l'au-delà venait de passer au milieu d'eux.

***

Pilljoy n'a pas tué le nègre, reprit le docteur James comme s'il se parlait à lui-même, en marchant de long en large dans la pièce.

« Qu'est-ce que vous pensez de tout cela, Docteur ? demanda Willy, décontenancé comme tous ses compagnons par cette brusque révélation.

– Il ne faut pas que nous nous laissions abattre, répondit le docteur James. Il ne faut pas croire ceux qui prétendent que l'homme n'a qu'à se coucher passivement en attendant que la mort vienne le frapper. Je crois en Dieu, certes, comme la plupart d'entre vous. Mais je suis persuadé que l'homme est en grande partie responsable de ce qu'il fait de sa vie. Rien, dans ce qui le concerne, ne se décide sans lui.

– Sauf sa mort, dit une voix aux côtés du docteur.

– Et encore, répondit celui-ci. S'il arrive un moment où il ne peut plus refuser de mourir, combien connaissez-vous d'hommes qui s'éteignent parce qu'ils croient que toute lutte est devenue inutile ? Nous n'en sommes pas encore réduits là. Après Jonathan et Percy, d'autres peuvent suivre, si nous nous laissons mener par les événements au lieu d'essayer de prendre le dessus sur eux. Un fait s'impose à nous : Pilljoy n'aurait pas eu la force nécessaire pour tuer le nègre. Qui, alors, l'a égorgé et précipité du haut de la montagne jusqu'à l'endroit où on l'a retrouvé ? »

La discussion se prolongea pendant une demi-journée, fiévreuse et animée. Le premier moment de stupéfaction passé, les hommes, stimulés par les paroles du docteur, avaient repris leur sang-froid et tentaient d'éclaircir le mystère qui les menaçait.

Mais leurs avis différaient. Pour les plus vieux, la montagne restait taboue. Impossible de s'y aventurer. Bien plus même : pour une faute ignorée, le village se trouvait sans doute condamné. Tôt ou tard, tous disparaîtraient. Il fallait partir au plus vite, fuir cette contrée où les hommes n'avaient plus leur place.

Parmi ces hommes, celui qui parlait le plus fort et paraissait le plus convaincu de l'inutilité de toute résistance se trouvait être le sacristain de Plosway, Thomas, un petit homme sec et agité, aux yeux fureteurs et inquiets, à la petite barbiche blanche perpétuellement tiraillée par des mains aux ongles noirs et longs. Dans son clan, le plus fort en nombre, se trouvaient Bobsom, l'ouvrier de Mary, et le vieux pêcheur qui avait entendu parler du docteur Frankenstein, mais sans parvenir à retenir ce nom.

Un autre groupe, plus décidé, se formait sous l'impulsion du forgeron de Plosway, un nommé Mac Callister, jeune et vigoureux travailleur aux muscles épais, aux gestes rares mais précis. Après quelques hésitations, Willy s'était rangé à ses côtés, avec quelques autres.

Ceux-là ne voulaient pas céder, ou tout au moins pas encore. Malgré l'effroi compréhensible que leur inspirait la présence à peu près certaine de créatures surnaturelles dans l'ancienne cabane du nègre, ils étaient farouchement résolus à faire face de toutes leurs forces et à ne s'expatrier que réduits à la dernière extrémité.

Le docteur James était avec eux.

Les conversations se firent de plus en plus violentes et Callister, entouré de ses amis, ralliés à son point de vue, quitta brusquement la masure où se tenait cette espèce de réunion en claquant la porte. Il fallait préparer au plus vite un plan de campagne et les autres, ces incapables, perdaient leur temps dans des chamailleries sans aucun intérêt. Callister se sentait furieux devant tant de pusillanimité.

Le soir, en présence du pasteur et d'une poignée de villageois, la dépouille de Percy fut inhumée subrepticement dans un coin du cimetière.

Plusieurs jours de tristesse passèrent. La pêche et les cultures étaient presque entièrement arrêtées, et les courriers venant de l'Écosse ou de Kirkwall, ne trouvant plus de poisson comme fret de retour, s'espacèrent avant de disparaître complètement. La navette cessa d'exister, et l'île de Cround se trouva tout à fait isolée.

Plusieurs familles avaient quitté Plosway, qui par les derniers courriers, qui sur des bateaux de fortune où l'on entassait le mobilier transportable. Les rues du village devinrent un désert et le cabaret dut fermer ses portes. Les chats et les chiens se terraient dans leurs recoins ou dans leurs niches, sans voix, paralysés par une crainte qui ressemblait à celle qu'éprouvaient aussi les humains. Mary, qui, vivant seule, possédait un magnifique et redoutable chien danois, bête d'ordinaire féroce, muselée, ne connaissant que la voix de sa maîtresse et de Bobsom, le trouva tout à coup transformé, doux et fuyard comme un mouton. Il refusait de quitter les abords immédiats de la maison de la jeune veuve.

Seuls, Callister et ses amis travaillaient d'arrache-pied à mettre au point l'expédition qu'ils avaient décidé de mener contre les habitants de la cabane, quels qu'ils fussent. On était sûr d'y trouver au moins le docteur Pilljoy, qui n'était plus redescendu au village depuis la mort de Jonathan.

À moins que le docteur eût trouvé la mort, lui aussi, là-haut... Comment le savoir ?

Le maréchal-ferrant réunissait tous les jours ses amis dans sa forge, et là, entre l'enclume tailladée et le soufflet plaintif, au milieu de ces barres de fer énormes, de ces marteaux, de tous ces outils qui semblaient à peine à la mesure de l'homme, les villageois se sentaient un peu plus à l'abri que chez eux et reprenaient un certain courage.

Ils discutèrent longtemps pour savoir comment ils procéderaient. La plupart possédaient des armes de chasse, fusils ou carabines. Ils pourraient même se procurer ou fabriquer des explosifs.

Mais, chose curieuse, les armes à feu ne leur inspiraient qu'une confiance précaire. Ils étaient persuadés de l'inutilité de ces engins en pareil cas, et quelque chose, un sentiment confus, leur disait que ces fusils de chasse trouveraient en face d'eux un gibier invulnérable...

Puisque ce gibier était déjà mort une fois... C'était du moins ce qu'ils croyaient.

En assemblant les souvenirs du berger qui s'était égaré dans la montagne aux alentours de la cabane et les phrases mystérieuses prononcées par le docteur au sujet des « résurrections » opérées par Percy, Callister et ses amis en étaient arrivés à cette idée qu'ils auraient affaire à des êtres plus ou moins vivants ou plus ou moins morts, inconnus, et qui en tout cas seraient certainement à l'épreuve des balles et du gros plomb.

Le docteur James pensa au Vaudou et aux zombis. Il en parla au forgeron, ce qui les confirma dans leurs hypothèses.

« N'en dites pas un mot aux autres, Docteur, conseilla Callister. Ils en tireraient un effroi inutile qui risquerait de les faire renoncer. Quand ils seront là-haut, ils seront bien obligés de faire face à nos ennemis, quels qu'ils soient.

— Ce n'est pas votre avis ?

— Si. Vous avez raison, Mac. D'ailleurs, rien ne nous prouve, une fois de plus, que ce nègre ait eu le pouvoir de rendre un peu de vie à des cadavres. Puisque Percy est mort, comment ces étranges domestiques auraient-ils trouvé le moyen d'agir seuls ?

— Il y a là un mystère qui nous dépasse. Mais à aucun prix il ne faut renoncer à tirer tout cela au clair. Vous, Docteur, vous resterez en bas. Il serait dangereux de vous exposer, car nous pourrons avoir besoin de vous par la suite.

— Comme vous voudrez, Mac. »

Ils envisagèrent d'attaquer à mains nues, ou avec des barres de fer et des cordes. Mais cette solution n'avait rien de sûr, et pouvait très mal tourner.

Willy, enfin, eut une bien meilleure idée, et tous les villageois qui assistaient aux réunions de la forge se rallièrent avec enthousiasme à l'avis du pêcheur.

Il faudrait, certes, prendre des précautions.

Mais le jeu en valait la chandelle : il s'agissait tout simplement de mettre le feu à la montagne.

6

Le docteur Pilljoy vivait les jours les plus exaltants de sa carrière. Hirsute, le visage marqué par une fatigue dont les traces s'accumulaient au long des heures, ne se soutenant qu'à force d'alcool, il ne quittait la seconde pièce de la cabane de Percy que pour prendre quelques bribes de nourriture ou deux heures de repos sur un méchant grabat.

Ces jours dramatiques, il les attendait avec impatience depuis des années, depuis des dizaines d'années, depuis qu'il avait conçu quelle serait son œuvre et deviné tout le mal qu'il pourrait causer aux hommes qui l'avaient longtemps tenu pour fou et méprisé. Maintenant, il donnait à son rêve une forme concrète. Il travaillait et s'épuisait lentement dans la joie la plus déréglée. Il tenait entre ses mains toutes les données du problème qu'il s'était à lui-même posé, et que maintenant il se sentait sur le point de résoudre.

Avec lui, et le surveillant pas à pas avec une attention fébrile, vivait l'instrument de sa haine, la créature diabolique de Frankenstein qui, elle, ne dormait pas. Au début, le docteur avait éprouvé une sorte d'angoisse morbide à la vue de cette masse effrayante et en apparence insensible qui suivait chacun de ses mouvements, s'asseyait en face de lui, les yeux lointains mais fixes, irréels. Peu à peu Pilljoy s'habitua et cessa de se représenter le tragique de sa situation. Il était en fait l'otage, le seul otage depuis le meurtre de Percy, du monstre. Celui-ci ne lui pardonnerait pas un échec. Le docteur Pilljoy le savait.

Mais que lui importait ? Ne devait-il pas mourir de toute façon ?

Il jetait toutes ses forces dans une besogne qui pour lui serait sans doute la dernière, besogne exténuante qui l'affaiblissait de jour en jour et qui le laisserait à la fin, il le savait depuis longtemps, plus qu'à moitié mort.

Rien ne comptait pour lui que cette ultime tâche et la lutte que, pied à pied, il avait entreprise contre le temps. Sur son dos, il avait transporté de sa cabane à celle de Percy tous ses instruments, tout le matériau qu'il avait amené, et qui tenait dans la plus grande de ses malles, ainsi que la totalité de ses bouteilles d'alcool. Cela fait, il avait passé quarante-huit heures à compulser les vieux écrits laissés par le docteur Frankenstein, et ils avaient apporté certains compléments de détail à ses propres études.

Pendant ce temps, le monstre s'attachait à lui comme une ombre colossale et muette.

Enfin, après avoir installé une longue table au milieu de la pièce dans laquelle il avait jugé préférable de travailler, et quelques appareils opératoires, Pilljoy s'était mis au travail, les manches retroussées, suant et soufflant, buvant une gorgée d'alcool toutes les dix minutes, pétrissant la pâte couleur de chair morte qui se trouvait encore dans le panier d'osier, et la mélangeant à celle qu'il avait composée lui-même.

Peu à peu, sur la longue table, la chose à laquelle il consacrait ses jours et ses nuits prit forme. Rien n'était plus inquiétant, ni plus étrange, que de voir à chaque instant le monstre se pencher avidement sur cette masse grossièrement sculptée qui dans quelques semaines, dans quelques jours peut-être si le docteur Pilljoy avait la force de continuer ainsi, allait se lever pour s'unir à lui. Il semblait en mesurer du regard les dimensions, en estimer la beauté inhumaine, il semblait épier à chaque minute un geste qui agitât cet amas de matière immobile.

Pilljoy ne s'occupait de rien, que du corps qui naissait entre ses doigts habiles et criminels. Car l'œuvre à laquelle il s'était voué était une œuvre, non pas de création, mais de destruction, œuvre sans exemple, et cette pensée, qui l'obsédait, le remplissait d'un orgueil aussi fou que démesuré.

Il sut, un matin, que dans deux jours tout serait terminé, et qu'il ne resterait plus qu'à opérer la dernière transfusion pour que le miracle tant souhaité se produise. L'heure de gloire du docteur Pilljoy approchait. Rien ne s'opposait à ce que ce fût un triomphe, dont il serait le seul à jouir.

Dans les yeux de soufre de son compagnon, il devinait, par moments, que celui-là aussi comprenait que la fin était proche.

Pilljoy sortit sur le pas de la porte. Il avait travaillé sans relâche pendant toute la nuit et éprouvait le besoin de respirer un peu d'air frais.

Aucun bruit ne montait de la vallée où le village, masqué par une légère couche de brume matinale qui flottait encore sur les maisons, semblait dormir. Des gouttes de rosée brillaient sur les branches basses des arbustes et sur l'herbe maigre qui se racornissait sur cette pauvre terre épuisée par le vent et les eaux.

On n'aurait pas reconnu la silhouette du docteur. Son corps avait vieilli de cinquante ans en quinze jours. Il avançait cassé en deux et ses jambes ployées comme celles des vieillards semblaient à peine capables de le soutenir. Il fit dans l'enclos quelques pas hésitants et parvint à la barrière branlante d'où il regarda au loin, une main sur les yeux. Lui naguère si alerte, il ne marchait maintenant qu'à petits pas irréguliers, presque en titubant, les reins courbés. Le labeur acharné auquel il s'était livré, et aussi l'abus de l'alcool, l'avaient miné, détruisant en deux semaines les résultats d'une cure qui avait duré des années.

Le docteur retrouvait son âge réel, mais il avait prévu tout cela. Ce vieillissement, auquel il s'était préparé, était la condition de la réussite de ses efforts. Il fallait faire vite, et pour cela qu'il se surmenât. La vieillesse n'est pendant longtemps qu'un mauvais rêve pour la plupart des hommes. Pour lui, elle était réellement un obstacle, le plus dur qu'il ait jamais eu à franchir. Ses travaux avaient duré trop longtemps. Artificiellement, il avait réussi à rajeunir son corps, à lui redonner force et souplesse. Tout cela s'envolait maintenant. Mais il n'était pas encore temps de disparaître.

Pilljoy voulait d'abord en finir. Il savait que le cœur n'allait pas tarder à suivre la décrépitude de son corps. Auparavant, il avait une dernière opération à faire.

« Il m'aidera. » dit-il entre ses dents.

Puis il revint en clopinant vers la porte de la cabane.

Ce jour, pour lui, était décisif.

***

À deux reprises, depuis un an, Callister, le maréchal-ferrant, avait demandé la main de Mary, mais sans l'obtenir. Non qu'il déplût à la jeune femme. Bien au contraire, elle le trouvait avenant et ne laissait pas d'être favorablement impressionnée par son aspect solide et inébranlable qui inspirait confiance à tous.

Mais Mary n avait aucun désir de se remarier. Elle n'en voyait pas la nécessité. Depuis la mort de son époux, elle vivait seule avec assez de peine, mais jouissait à sa manière de cette indépendance. Tant que l'ouvrage ne manquait pas, elle ne pouvait pas se plaindre. Maintenant, bien sûr, elle n'avait plus de travail. Mais tout le monde, à Plosway, en était réduit à vivre sur les réserves.

Enfin, quand elle cousait ou reprisait les mailles des filets tard dans la nuit, elle avait l'impression que son mari, John, qu'elle avait fort pleuré, aurait été fier de la voir ainsi.

Ce jour-là jour où le docteur Pilljoy s'aperçut que le gros de son travail était terminé, et qu'il ne restait qu'une dernière opération pour que tout fût achevé, Callister fit la tournée des villageois pour rallier les derniers hésitants et constituer sa petite troupe. D'un commun accord avec ses amis, il avait décidé de passer à l'attaque le lendemain.

Paysans et pêcheurs armés de fusils et d'outils en

fer pour parer à toute éventualité se déploieraient en éventail de part et d'autre, et à une certaine distance, de la cabane du nègre, et mettraient le feu, si le temps le permettait, à la maigre végétation, herbes sèches, buissons épineux, arbustes vidés de leur sève qui recouvrait les pentes de la montagne. La cabane était construite en bois. Elle ne manquerait pas de flamber comme une torche.

On verrait bien, alors, ce qui s'y cachait.

Ce plan de bataille avait été approuvé par la plupart des villageois, sauf par un petit groupe dirigé par le sacristain Thomas. Celui-ci, qui paraissait toujours persuadé d'avoir affaire à des puissances infernales néfastes, affirmait que le feu ne servirait à rien, qu'un sortilège empêcherait la montagne de brûler, ou que la cabane serait miraculeusement préservée des flammes.

Mais Thomas ne persuada qu'un nombre assez restreint de personnes de l'inutilité de cette tentative.

« On ne brûle pas le diable, disait-il.

— Si nous avons le diable au-dessus de nous, répondait Willy, au moins nous en aurons le cœur net. Mais si ce n'est pas le diable, ni une de ces créatures, alors nous ferons rôtir cet assassin comme un oiseau qu'on passe à la broche.

— Nous aurons gain de cause. » affirmait Callister de son côté.

Le forgeron faisait donc le tour des maisons du village, donnant à chacun des instructions précises sur la place qu'il devrait occuper, et l'arme qu'il aurait à manier, au moment de l'assaut décisif, ranimant ici une volonté défaillante, ôtant ailleurs un dernier doute chez un ancien partisan de la fuite et du renoncement. Son optimisme et sa vigueur, qu'en apparence rien ne semblait pouvoir détruire, firent merveille. Le clan des irréductibles, mis à part ceux qui avaient déjà quitté Plosway, fut réduit à une dizaine d'individus.

Le sacristain lui-même, bien qu'il ne voulût en aucun cas participer à l'assaut, accepta de prier pendant ce temps pour le succès de l'entreprise, dans l'église, en compagnie de ses amis et du prêtre.

Callister se sentait réconforté.

Depuis la mort atroce de Percy et la découverte de son cadavre, huit jours s'étaient écoulés sans qu'aucun accident grave vînt perturber l'existence de la petite communauté qui se préparait à l'attaque. Là-haut, toutes les nuits, continuait à briller la lueur sinistre qui semblait un phare guidant les voyageurs vers des chemins ignorés des hommes, des chemins d'où on ne reviendrait pas. Phare immobile, simplement effacé, quelquefois, par le passage d'une ombre massive et opaque qui bouchait entièrement la lucarne de la cabane.

Cette même cabane, vers laquelle tous les regards du village se portaient avec angoisse, paraissait morte et vide pendant la journée. Aucune silhouette ne se montrait dans le petit enclos qui la précédait. Mais la nuit, et la nuit seulement, la bicoque où le nègre avait vécu pendant des mois reprenait son aspect d'étrangeté. Parfois, quand la lune le permettait, on voyait une légère banderole de fumée s'échapper de la cheminée. C'était là la preuve suffisante que la cabane continuait à être habitée, et que cet occupant ne tenait pas à s'offrir aux yeux des villageois.

Mac Callister en avait presque terminé avec sa tournée maintenant. Avec une vigoureuse poignée de mains, il quittait Jack, le mari de la grosse Élisabeth, sur le pas de sa porte. Jack lui avait promis son concours.

« À demain sans faute, dit Callister.

– Entendu, Mac. On va mettre le feu à cette satanée montagne. Ça fera un beau feu de joie.

– Le village ne risquera rien ? demanda Élisabeth, qui avait suivi l'entretien des deux hommes.

– Absolument rien, répondit Mac. Nous mettrons le feu assez haut, de manière à protéger les maisons. Soyez tranquilles. Tout se passera bien. Dites à vos amies de ne pas sortir de chez elles et de prier pour nous.

– C'est entendu, Mac. Je préviens aussi Mary ?

– Je vais aller la voir moi-même.

– Bon. Eh bien, au revoir, dit Jack, en secouant une nouvelle fois la main de son ami.

– À demain, Jack. Au revoir, Élisabeth.

– Au revoir. Amitiés à Mary. » ajouta-t-elle avec une pointe de malice, car elle avait deviné depuis longtemps le manège du forgeron autour de la jeune veuve.

Il voulait prévenir Mary, non pour qu'elle se joignît à l'expédition, aucune femme n'y participerait, mais pour qu'elle prît ses dispositions et ne sortît pas de chez elle ce jour-là.

Il s'éloigna de la maison de Jack, les mains dans

ses poches, et se dirigea vers l'extrémité du village, vers la maison où Mary habitait toute seule. Les circonstances lui permettaient cette visite.

Le maréchal-ferrant avait gardé la jeune femme pour la fin, afin de demeurer quelques minutes de plus avec elle, si Mary le voulait bien, toutefois. À cette heure-ci, elle le recevrait sans nul doute, elle prendrait à coup sûr dans un placard bien astiqué de sa cuisine une bonne bouteille de bière et l'inviterait sans manières à y goûter. Lui s'assiérait, les jambes reposant sur les plaques chaudes de la cheminée, et ils parleraient de choses et d'autres, tous les deux.

Callister était d'un naturel entêté. Les deux refus de Mary ne l'avaient ni blessé ni découragé. Il prenait son temps, et le temps travaillait pour lui, sans que peut-être Mary s'en doutât. Il aurait son heure, il en était sûr, s'il savait l'attendre avec patience.

Plongé dans ces réflexions, il parvint à la porte de la barrière qui précédait la maison de Mary et fût surpris de trouver cette porte entrouverte, comme de n'entendre aucun bruit dans le jardin désert ou à l'intérieur de la maison.

Il agita la petite cloche qui surmontait la porte et attendit pendant quelques minutes. Mais aucune voix ne lui cria d'entrer. Personne ne se précipita à sa rencontre.

Il entra quand même. À pas lents, et en regardant prudemment de tous les côtés comme s'il redoutait un malheur, il traversa le jardinet qui précédait la maison.

« Personne, murmura-t-il. Elle n'est pas là. »

C'était extraordinaire. Tous les habitants, ou presque, de Plosway, se calfeutraient depuis une quinzaine de jours au fond de leurs habitations fermées, saisis de peur, et Mary, une jeune veuve qui vivait seule d'un bout de l'année à l'autre, vaquait comme à l'ordinaire à ses occupations, en négligeant de fermer la porte de sa demeure.

« Elle a vraiment beaucoup de courage, se dit Callister. Je repasserai un peu plus tard. »

Il s'apprêtait à faire demi-tour quand une idée lui passa tout à coup par la tête.

« Et le chien ? » se dit-il.

Il n'avait pas rencontré le danois, cette bête inabordable qui d'ordinaire défendait à quiconque, sauf à Mary et à Bobsom, de pénétrer dans le jardin. Callister n'était pas au courant du changement qui s'était produit depuis quelque temps dans les manières autrefois féroces de l'animal.

« Sorti lui aussi ? » se demanda-t-il.

C'était improbable. Mary laissait toujours son chien en liberté dans le jardin quand elle partait pour faire des courses ou rapporter à son propriétaire un engin de pêche remis à neuf.

Burty, c'était le nom du chien, restait toujours de garde. Son absence était anormale. Qu'est-ce que cela signifiait ? Que s'était-il passé ?

Soudain, l'homme n'y tint plus. Il voulut en avoir le cœur net, et l'affection sincère qu'il portait à Mary lui interdit de rebrousser chemin sans avoir éclairci ce mystère. Tant pis pour l'impolitesse que cela constituait.

Il parcourut rapidement les derniers mètres qui le séparaient de la porte d'entrée et franchit brusquement le seuil en appelant :

« Mary ! Mary ! »

Le silence seul l'accueillit.

Quand ses yeux se furent habitués à la demi-obscurité qui régnait dans la cuisine, il fit lentement le tour de la pièce. En apparence rien n'avait changé, et tout paraissait en ordre.

Si pourtant... de l'autre côté de la table, une assiette brisée gisait sur le carrelage. Ce n'était pas dans les habitudes de propreté de la jeune femme de laisser ainsi des débris inutiles traîner chez elle.

Et là, un peu plus loin, une chaise renversée...

« Décidément, pensa Callister à la vue de ces deux objets, quelque chose ne va pas. »

Le cœur battant, il appela encore la jeune femme, de toute la force de ses poumons. Mais rien ne lui répondit, tout au moins pendant quelques instants.

Puis, l'homme perçut une sorte de bruit, de frôlement derrière son dos, et se retourna vivement pour faire face à ce qui pouvait être un agresseur. Mais ce n'était que le chien, le prétendu protecteur de Mary, qui, sorti du coin où sans doute il se terrait, se traînait sur le sol, flasque et apeuré, les oreilles basses, en direction du forgeron, qui ne comprenait rien à cette transformation.

« Burty ! s'écria-t-il, debout ! »

Le chien n'obéit pas. Il ne pouvait pas obéir. Burty paraissait encore sous le coup d'une émotion violente qui lui avait coupé les pattes. Il avançait en rampant comme un chiot qui serait incapable de se tenir droit sur ses membres mous. Il n'osait pas lever les yeux, honteux d'une pareille faiblesse, sur celui qui lui ordonnait vainement de se redresser.

Callister se détourna du danois. Tout à coup, il pressentait le pire.

Pas à pas, tous les sens en éveil, il reprit son inspection de la cuisine, ne découvrit aucune autre anomalie et passa dans la pièce voisine par une porte qu'il trouva entrebâillée.

Cette seconde pièce, contiguë à la première, était une chambre, et là Callister comprit tout de suite ce qui s'était passé, quelques instants plus tôt sans doute.

La fenêtre de cette pièce s'ouvrait sur la campagne entourant Plosway. On pouvait pénétrer par là, avec un peu d'agilité, sans que quelqu'un s'en aperçût.

Or, le bois, les vitres, les montants de cette fenêtre étaient entièrement fracassés. Du plâtre et des gravats jonchaient le sol de la chambre devant la fenêtre, et le mur lui-même semblait avoir cédé à une poussée irrésistible, comme si un être énorme et terriblement puissant avait pénétré de force par cette fenêtre, en arrachant au passage le verre, le bois et même la pierre qui lui résistait.

Callister resta immobile pendant quelques instants. Il imaginait la scène sans aucune difficulté. Surprise par un bruit inhabituel qu'elle entend dans la pièce voisine Mary se lève brusquement, en laissant retomber sa chaise en arrière. L'assiette qu'elle tient lui échappe des mains et se brise. Burty terrorisé se cache. Mary hésite, puis elle ouvre la porte de la chambre. Là...

C'était vraiment trop horrible, trop inhumain. Malgré sa force, et la confiance tranquille en lui-même que cette force lui inspirait, Callister se passa les mains sur le front et s'aperçut qu'il était couvert de sueur. Il se mit tout à coup à trembler de tous ses membres.

Le souffle précipité, en marchant à reculons sans pouvoir détacher ses regards de la fenêtre par où le ravisseur était entré, avec une effrayante brutalité, il revint dans la cuisine.

« Burty, murmura-t-il, comme si la bête pouvait lui répondre, Burty, que s'est-il passé ici ? »

Le chien était toujours couché à même le sol, et il ne releva pas les yeux quand le forgeron passa auprès de lui et lui flatta l'échine d'une main mal assurée. Callister se demanda quelle vision singulière avait eu raison de la férocité, célèbre dans tout le village, de Burty.

« Que s'est-il passé ? » répéta Mac, cloué sur place à côté du chien immobile.

Il se sentait trop ému pour raisonner. L'esprit profondément troublé, et dans l'impossibilité de tirer toutes les conséquences de ce qu'il venait de voir, il partit soudain au pas de course sans refermer la porte de la maison où il se trouvait.

Il traversa le village, ne s'arrêta pas devant le logement de Jack, qui avait déjà fermé ses portes et ses fenêtres, courut dans les rues désertes de Plosway et parvint enfin, à bout de souffle, devant la demeure de son ami Willy.

Il frappa à la porte.

Willy lui-même vint lui ouvrir et devant l'état du forgeron, hors d'haleine, le pêcheur pressentit immédiatement un malheur.

« Que se passe-t-il ? » demanda Willy.

Callister, incapable de répondre, repoussa son ami, pénétra dans sa maison et s'effondra sur un siège. Le pêcheur, qui l'avait suivi jusque-là sans cesser de l'interroger, lui présenta un verre d'eau-de-vie que le forgeron avala d'un trait. À la fin, il put reprendre assez de force pour raconter, à mots entrecoupés, ce qu'il avait vu chez la jeune veuve, chez Mary.

Willy l'écouta avec stupeur.

« Elle n'était plus là ?

— Non. J'ai appelé, j'ai cherché partout. Pas de réponse.

— Tu es sûr de ce que tu dis ?

— Absolument sûr, répondit Callister. Ou alors, je suis complètement fou.

— Son chien ?

— Paralysé, incapable de se tenir sur ses pattes. Une vraie loque. »

Willy se versa un verre d'alcool. Il avait, lui aussi, besoin de se remonter.

« Et tu n'as vu personne dans sa chambre ? demanda-t-il.

— Personne. Je n'ai pas pensé à examiner les autres pièces de la maison, mais j'ai appelé. Je ne savais plus ce qui m'arrivait. Cette fenêtre béante... Le désordre qu'on voyait partout, le chien comme mort. J'ai eu peur, Willy. Je me suis enfui à toutes jambes.

Je n'avais qu'une hâte : vous apprendre que Mary venait d'être... enlevée...

— Enlevée, oui, sans doute, fit Willy. Par celui, ou par ceux qui habitent la cabane.

— Et ce n'est pas tout, dit encore Callister, faiblement.

— Quoi encore ?

— Si Mary est entre leurs mains, nous devons abandonner tous nos espoirs. La lutte n'est plus possible, tu comprends ?

— Oui, je comprends, répondit le pêcheur. Tu as raison. Jamais, sachant qu'elle est là-haut, nous n'oserons mettre le feu à la montagne.

7

Avant même d'ouvrir les yeux, sur lesquels elle sentait s'appesantir encore une étrange torpeur, elle essaya de faire un geste avec ses mains, puis avec ses pieds. Mais ce fut sans résultat. Dans la demi-inconscience où elle s'agitait désespérément, elle comprit lentement qu'elle était attachée par les poignets et par les chevilles à la table sur laquelle elle était allongée.

Mais elle eut encore un dernier espoir.

« Je rêve, se dit-elle. Il est tard, levons-nous. »

Il n'y avait rien à faire. Quelque chose la maintenait plaquée sur ce qui n'était pas un lit, pas son lit en tout cas.

Elle était réellement attachée... Mais pourquoi ?

Que signifiait cette impuissance à se redresser ? En désespoir de cause, elle cria, bien qu'elle n'aimât pas se plaindre.

Mais elle venait soudain de se rappeler l'horrible apparition qui l'avait accueillie dans sa chambre lorsque, attirée par un fracas insolite, elle avait ouvert la porte. Avait-elle rêvé ? Rêvait-elle encore ? Cette face blême et gigantesque qui lui était tout à coup apparue... Ces gouttes de sang noir qui descendaient sur cette face, provenant de blessures faites au cours de l'entrée brutale par la fenêtre...

Et puis le vide...

Non, les détails qu'elle se rappelait confusément lui paraissaient réels. Et maintenant, réels aussi ces anneaux de fer qui lui enserraient bras et jambes.

Et ce froid... Pourquoi ce froid ?

Elle ouvrit les yeux au prix d'un effort violent. Ouvrir les yeux, c'était renoncer à jamais au refuge commode du rêve, et la première chose dont elle se rendit compte, ce fut qu'elle était nue, entièrement nue, et étendue sur une table longue et étroite qui elle-même côtoyait une autre table, vers la droite.

Mary tourna la tête dans cette direction. Là, près d'elle, à la toucher, gisait une forme immobile, beaucoup plus longue et plus épaisse qu'elle-même, forme recouverte d'un immense drap blanc qui ressemblait à s'y méprendre à un linceul.

Mais à un linceul monstrueux, sans aucune commune mesure avec les draps dont on enveloppe les hommes quand ils ont cessé de vivre.

Alors, entièrement nue et frissonnante, étroitement attachée, d'une manière qui ne lui accordait aucun espoir de rompre ses liens, côte à côte avec ce qui semblait être un cadavre géant, dont on devinait le bout des pieds faisant bouffer le drap, et là peut-être une poitrine (« Serait-ce une femme ? ») et encore un menton sans doute, un nez, un front... Mary se réveilla tout à fait.

Elle cria une seconde fois, plus fort et plus longuement, car tout respect humain l'avait abandonnée, et tenta de se débattre, mais elle ne réussit qu'à se meurtrir davantage les chevilles et les poignets.

Une peur atroce, un véritable sentiment de panique s'empara d'elle, et, dans un éclair, elle repassa dans sa mémoire soudain très lumineuse tous les racontars des villageois qu'elle avait jugés plus ou moins absurdes et qui maintenant se trouvaient dépassés par la réalité.

Elle était elle-même aux prises avec le drame, elle était aux mains de ces puissances occultes dont on avait tant parlé et dont elle avait voulu, elle, Mary, nier l'évidente existence.

Elle revit en tremblant de peur et de froid l'épouvantable visiteur aux pieds duquel elle s'était écroulée, évanouie...

Puis elle se souvint d'une autre rencontre qu'elle avait faite un jour dans les rues de Plosway, la rencontre du docteur Pilljoy. Celui-ci, se trouvant par hasard sur son passage, s'était incliné de bonne grâce, lui laissant le trottoir, et avait enlevé son chapeau, usage courtois que pratiquait un nombre infiniment restreint de villageois dans l'île de Cround.

Mais ensuite, après avoir croisé le docteur, et tout en continuant son chemin, Mary avait eu l'impression que Pilljoy la suivait du regard jusqu'à ce qu'elle ait tourné au coin de la rue. Mal à l'aise, elle avait pressé le pas.

En y repensant, elle avait attribué l'attitude du vieux docteur à une sorte de concupiscence maladive. Mais ce n'était pas tout à fait cela. Elle avait intéressé le docteur, mais pour d'autres raisons. Le regard qu'il lui avait lancé n'était pas seulement égrillard. Il contenait aussi une secrète menace.

Mary avait-elle éprouvé ce jour-là un pressentiment ?

Au-dessus de sa tête, en levant les yeux, elle distingua un réseau compliqué de fils de cuivre et de tuyaux en caoutchouc qui s'entrecroisaient dans tous les sens. Une lampe à pétrole diffusait une lumière trouble et vacillante dans la cabane, et les objets n'apparaissaient qu'à travers un voile de poussière blanchâtre qui paraissait accumulée en cet endroit depuis des années, sinon des siècles.

Ici, une espèce de petit alambic en verre où circulait lentement un liquide rosâtre...

Là, des scalpels étincelants rangés côte à côte sur un linge immaculé, instruments redoutables, faits pour trancher et pour retrancher, effrayants par leur finesse et l'aigu de leur lame...

Partout, sur des étagères ou sur des caisses entassées çà et là, la jeune femme, qui pouvait soulever et tourner légèrement la tête, apercevait des bocaux et des éprouvettes renfermant des liquides aux couleurs diverses et parfois changeantes. Juste au-dessus d'elle, un piston jouait librement dans le corps d'un cylindre en cuivre. Un tuyau partait de ce cylindre et se perdait sous le linceul qui recouvrait la forme voisine.

Dans toute la pièce régnait l'atmosphère oppressante des salles de chirurgie, mais l'aspect sordide des murs, des pierres, de la voûte en bois tissée de toiles d'araignée, et les nuages de poussière qui se déplaçaient avec une extrême lenteur enlevaient à cette impression ce qu'elle pouvait avoir, malgré tout, de rassurant.

Seule l'angoisse subsistait.

Une angoisse sans remède.

« Resterai-je longtemps seule ? » se demanda Mary.

Elle frissonnait de froid, malgré la présence d'un feu de bois achevant de se consumer dans une cheminée. Sous la peau tendue de son corps paralysé par quatre courroies métalliques elle voyait, aux coudes par exemple, battre son sang, qui circulait à une vitesse folle. Sa peau, sous la lueur hésitante de la lampe, lui apparut d'une surprenante blancheur.

Que faisait-elle là ? Quel était cet objet massif, immobile et muet, qui se tenait à côté d'elle ?

À quoi la destinait-on ? Pourquoi l'avait-on déshabillée ? Autant de questions qui restaient sans réponse.

Une présence, n'importe laquelle, mais qui fut autre que la sienne, l'eût réconfortée. Elle regardait le liquide rosâtre descendre, et remonter lentement dans l'alambic, elle constatait une fois de plus que sa chair était blanche, trop blanche, et elle se demandait si, dans cette solitude, quelque chose n'était pas en train de se préparer, une transformation peut-être, sans qu'elle s'en doutât, et sans qu'elle pût y résister.

Elle appela frénétiquement au secours, mais seul le faible écho des murs de la cabane lui répondit.

Alors, dans un effort désespéré, elle parvint à tourner sa tête en arrière, vers la droite d'abord, plus qu'elle ne l'avait fait jusque-là. Les muscles de son cou lui faisaient mal. Elle ne vit rien, et ramena sa tête de l'autre côté, vers la gauche.

La respiration lui manqua. Mary venait soudain de s'apercevoir qu'elle n'était pas seule dans la pièce.

***

Elle voyait une main.

Cette main était posée sur le haut d'une pile de caisses et semblait être pétrie dans un bloc de cire. Ses dimensions étaient anormales, doubles de celles de la main d'un homme. Des veines noires et proéminentes, mais qui ne tressaillaient pas, dans lesquelles aucun sang ne paraissait circuler, apparaissaient sur le dos de cette main rigoureusement immobile. Les doigts étaient carrés, comme taillés à coups de hache, épais, et les phalanges d'une égale largeur. Les ongles, enfin, semblaient peints en blanc.

Mary se remit lentement à respirer, par saccades, semblable à une noyée revenant à la vie. Elle haletait. Les yeux fixés sur cette chose difforme qui appartenait à quelqu'un mais à qui ? Elle ne pouvait voir au-delà du poignet, qui disparaissait, happé par la manche d'un vêtement noir Mary ne sentait pas la douleur qui montait dans son cou tordu et dans sa nuque repliée.

Quand cette douleur devint trop vive, la crispation trop aiguë, la jeune femme ramena sa tête en avant. Sa poitrine nue se soulevait à un rythme accéléré, ses mains, ses pieds, ses bras tremblaient. Tout son corps grelottait de froid.

Elle prenait avec peine conscience de ce qu'elle venait de voir : quelqu'un qui n'appartenait pas au monde des hommes se trouvait derrière elle et cet être, dont elle n'avait pu apercevoir que la main, venait de l'épier pendant son sommeil, des heures peut-être, et l'épiait encore. Atroce gardien...

Était-ce le même qui ?...

Elle ne savait que penser. Elle voulait crier et les sons ne parvenaient pas à franchir la barrière de ses dents qui s'entrechoquaient. Le froid se faisait de plus en plus vif, mais elle ne le sentait pas, malgré les soubresauts et les frissons qui agitaient son corps. Le liquide rose poursuivait son va-et-vient dans les méandres de l'alambic, mais elle ne s'en souciait pas davantage.

Seule importait pour elle cette présence silencieuse derrière elle.

Une deuxième fois, faisant un effort sur elle-même, elle se tordit le cou et regarda derrière elle de tous ses yeux. Mais cet effort fut inutile.

La main avait disparu.

C'était la preuve qu'elle n'était pas un simple objet de cire comme on en rencontre parfois dans les laboratoires. La main faisait partie intégrante d'un corps animé, d'un corps qui avait une existence propre, puisqu'il avait retiré son bras.

Mary n'en pouvait plus. Autour d'elle, au-dessus d'elle, les instruments entassés dans le laboratoire s'étaient lancés dans une ronde folle ponctuée de légers bruits, bruit d'une roue dentée grinçant dans son engrenage, bruit d'une goutte de liquide s'écrasant sur le linceul qui recouvrait, sur la table voisine, le corps immobile, souffle rauque du piston, et d'autres étranges frôlements, glissements, murmures.

Elle crut même percevoir un soupir derrière elle, un soupir qui ressemblait à un sifflement faiblement modulé. Mais, en cette minute, elle eût été incapable de distinguer le soupir d'un homme de celui d'une machine.

Sur le linge où ils étaient rangés côte à côte, les scalpels, couteaux et ciseaux miroitaient à la lueur de la lampe à pétrole et semblaient doués, eux aussi, d'une vie propre. Mary les imaginait s'enfonçant lentement, cruellement, dans sa chair trop tendre, cette chair qu'elle voyait sursauter devant elle et qui lui paraissait totalement étrangère.

Quand la porte s'ouvrit, et que parut le docteur Pilljoy, Mary ressentit d'abord une sorte de soulagement, qui fut de courte durée.

Elle mit quelques minutes à le reconnaître, tellement il avait vieilli. Les reins cassés, il s'avança vers elle à petits pas prudents, revêtu une blouse autrefois blanche qu'il avait enfilée par-dessus sa redingote. Sur son crâne quelques mèches de cheveux blancs s'emmêlaient. Sa bouche était plus que jamais enfouie entre son nez et son menton. Seuls, ses yeux brillaient du même éclat que naguère, yeux d'un fou qui touche enfin du doigt la réalisation concrète de ses rêves les plus insensés.

« Docteur... » dit Mary à mi-voix.

Il s'approcha d'elle, et la jeune femme vit qu'il tenait dans sa main une seringue de grande taille d'où partaient deux minces tuyaux en caoutchouc rouge.

« Réveillée ? » demanda-t-il d'une voix qui se voulait douce, et en jetant un bref coup d'œil par-dessus la tête de la jeune femme, en direction de l'autre, pensa-t-elle, qui se trouvait sans doute toujours là.

Mary ne répondit pas. Elle ne pouvait pas détacher son regard de la seringue que le docteur Pilljoy tenait à la main. Le vieillard vérifia quelque chose dans l'alambic, puis dans le cylindre. Cela fait, il décrocha un des tuyaux qui pendaient du plafond et le relia à un de ceux qui partaient de sa seringue. Quant au second de ses tuyaux, le docteur l'introduisit avec précaution sous le drap qui recouvrait le corps monstrueux voisin de celui de Mary.

« Prête ? » demanda-t-il à Mary sur un ton doucereux.

Pour dire ce mot, il s'était penché vers la jeune femme et avait effleuré son visage de ses lèvres. Mary avait reçu une violente haleine d'alcool. Pour se donner du courage, pour se soutenir pendant l'instant crucial de son expérience, le docteur avait bu encore plus que de coutume. Il savait qu'il ne devait qu'à un système nerveux extraordinairement résistant de survivre encore aux énormes travaux qui l'avaient occupé pendant ces quinze derniers jours. Il se savait près de sa fin et demandait à l'alcool un dernier soutien.

« Prête à quoi ? dit Mary.

— Comment, vous ne savez pas ce qui vous attend ? reprit le docteur. Vous n'avez pas encore deviné ?

— Non ! hurla Mary.

— Je vous conseille, si vous le voulez, de dire une dernière prière. Ensuite, nous commencerons.

— Mais quoi ? »

Le docteur sourit, et son visage se couvrit de mille petits plis, comme un lac ridé par le vent.

« J'ai besoin de votre sang, répondit-il. Il me le faut. Inutile de vous débattre. Ce que vous avez deviné à côté de vous, caché sous ce drap à cause du froid, c'est une femme comme vous, mais qui vous est pourtant infiniment supérieure. Son époux l'attend. Il l'attend depuis un siècle, et aujourd'hui même il pourra la prendre dans ses bras. Et cela à cause de moi, mais aussi à cause de vous.

– À cause de moi ? s'écria Mary, qui ne comprenait pas encore où le docteur voulait en venir.

– Oui, à cause de vous. Vous êtes une femme admirable, en excellente santé. Votre sang est, je n'en doute pas, extrêmement pur et riche. Ce sang, vous allez vous en défaire, et le donner à ma créature, que vous voyez à vos côtés. Elle n'attend que ce sang pour s'éveiller du sommeil où elle est encore plongée, pour se lever et pour commencer à marcher dans cette pièce. »

Le docteur s'approcha de Mary. Celle-ci avait fermé les yeux pour ne plus voir cette face sinistre et empestant l'alcool penchée sur elle. Elle essaya de murmurer une prière, mais fut incapable de concentrer son esprit sur cet exercice. Chaque parole du docteur venait la blesser.

« Je vais vous prendre votre sang, Mary, poursuivait-il, l'œil de plus en plus brillant. Je vais vous prendre votre sang, de la même manière, exactement, qu'on le prend dans les hôpitaux. À une différence près, pourtant, que je veux vous indiquer tout de suite, afin que vous ne gardiez aucune illusion : votre sang, je vais tout vous le prendre, comprenez-vous ? Vous allez vous éteindre doucement, sur cette table, presque sans douleur, vidée peu à peu de ce liquide précieux qu'il me faut, et qu'il me faut vivant ! En revanche, je vais assister à un phénomène extraordinaire, la transmission de la vie d'un corps à un autre. Vous aussi, vous pourrez vous en rendre compte, si cela vous intéresse, mais pendant un certain temps seulement. Vous sentirez petit à petit votre force, puis votre conscience, vous abandonner. Il vous semblera que votre corps se rétrécit et se vide, que la vie recule de l'extrémité de vos jambes jusqu'à votre cœur, son dernier refuge. Une immense sensation de fatigue et d'épuisement s'abattra sur vous. »

Mary le regardait, les yeux fixes.

« En même temps, continua le docteur, si vous jetez un regard à votre droite, vous apercevrez bientôt des mouvements qui animeront ce drap. Ces mouvements, d'abord imperceptibles, prendront alors le rythme d'une respiration régulière et quand vous n'aurez plus de sang, à ce moment-là... Mais vous ne serez malheureusement plus là pour admirer cet étrange spectacle. Comprenez-moi : plus vous déclinerez, plus votre voisine, qui vous devra tout, prendra des forces. À la fin, quand vous serez, hélas, morte, elle commencera à vivre, grâce à vous. Soyez fière. Vous aurez par votre sacrifice contribué à créer une nouvelle race plus forte qui bientôt remplacera l'ancienne, la nôtre, qui a fait son temps. »

Mary n'entendait plus ce que disait le docteur, qui parlait tout en continuant ses préparatifs. Elle n'avait retenu qu'une certitude qui la mettait au désespoir : elle allait mourir lentement, sûrement, blanchir encore, devenir peu à peu complètement exsangue et puis fermer les yeux à jamais. Elle aurait préféré, mille fois préféré une mort brutale à cette extinction qui pouvait durer une heure, peut-être davantage, elle ne le savait pas. Se voir mourir, se sentir mourir...

Regrettant d'avoir joué à la forte tête et de n'avoir pas écouté les conseils de prudence des autres villageoises – mais à quoi cela lui aurait-il servi ? – elle pleurait maintenant sans aucune retenue. Elle pleurait sur sa jeunesse et sur sa vie, perdues.

« Avez-vous terminé vos prières ? » demanda tout à coup le docteur.

Mary secoua instinctivement la tête. Non, elle n'avait pas terminé.

« Dépêchez-vous. » dit Pilljoy.

Mais à quoi bon demander encore un sursis à cet homme ? Quel secours pouvait-elle attendre ? Elle vivait toute seule au village depuis la mort de son mari. Personne ne se souciait d'elle, elle le croyait du moins. Personne ne venait chez elle. On ne s'était sans doute pas encore rendu compte de sa disparition. Et, même en mettant les choses au mieux, que pouvait-il advenir ?

Elle avait entendu dire par Élisabeth que les paysans projetaient de mettre le feu à la montagne pour détruire la cabane et ses occupants. Dans un cas comme dans l'autre son sort était réglé. Mais elle aurait préféré être brûlée vive : tout, plutôt que cette savante agonie... Le docteur se tenait tout près d'elle, la seringue à la main, quand Mary entendit derrière elle un grondement qui ne pouvait provenir d'aucune machine.

Le docteur releva la tête. Il avait l'air effaré, tout à coup.

« Que se passe-t-il ? » demanda-t-il.

Mary était bien incapable de répondre. Ses oreilles bourdonnaient, ses yeux clignaient à la lumière de la lampe, que le docteur avait rapprochée d'elle.

Elle eut le temps d'entrevoir une masse énorme, surgie du fond de la pièce, se précipiter à travers le laboratoire et sortir.

Puis, le docteur lui-même, avec des gestes furieux, abandonna la pièce où Mary resta seule.

8

Après un bref moment de découragement, Mac Callister s'était rapidement ressaisi. Jamais il n'abandonnerait la jeune femme à laquelle il s'était promis de s'unir un jour. C'était le moment ou jamais de montrer qu'il l'aimait et était prêt à se dévouer pour elle sans penser au risque qu'il courait.

« Il faut que nous fassions quelque chose à tout prix, dit-il à Willy. Si nous ne réagissons pas, nous y passerons tous les uns après les autres, et qu'est-ce que nous aurons gagné à attendre ?

— On pourrait tout de même essayer de mettre le feu, répondit Willy. S'ils ont emmené Mary, elle est peut-être morte en ce moment. C'est même probable. Alors, que risquons-nous ?

— Il n'est plus question d'incendier la montagne ! s'écria le forgeron. Il ne reste peut-être qu'une faible, très faible chance de sauver Mary, mais nous devons la courir. Si elle est encore vivante, elle espère en nous, et il faut que nous mettions tout en œuvre pour la sauver. C'est aussi dans notre intérêt. Une fois pour toutes, nous saurons quel est le démon qui se cache là-haut. Nous allons monter à la cabane.

— Comment, nous ? Comme ça ?

— Oui. Avec nos fusils, nos haches et les harpons des pêcheurs. Nous monterons tous ensemble, et nous battrons jusqu'au bout. Je marcherai le premier, si vous avez peur. Et si vous refusez de m'accompagner, j'irai tout seul.

— Mais, Mac, crois-tu que les autres seront de notre avis, et qu'ils voudront se sacrifier...

— Écoute-moi, Willy, dit sèchement Callister en interrompant son ami. Tu es comme moi, tu as toujours vécu ici, et ton père aussi, comme le mien. Nous sommes profondément attachés à ce pays, et jamais nous ne consentirons à le quitter. Ceux qui ne voudront pas venir avec nous seront des lâches. Viens avec moi. Nous allons battre le rappel de nos amis. »

Willy se laissa convaincre. Il avait confiance en Callister, dont il avait toujours admiré les muscles et l'esprit de décision. Mais ce ne fut pas sans un léger frisson qu'il sortit de chez lui à la suite du forgeron. Où cette équipée allait-elle les mener ?

La nuit était tombée depuis un moment, et les rues de Plosway étaient désertes comme tous les soirs. Des lumières timides brillaient çà et là aux fenêtres, une pluie fine arrosait le sol et les toits de chaume des maisons de pêcheurs.

Pendant près de deux heures, Callister et Willy allèrent de porte en porte, essayèrent de convaincre les villageois de la nécessité d'une action urgente, et se heurtèrent dans la plupart des cas à un refus craintif. Si la plupart avaient donné leur assentiment à l'idée de l'incendie, ils refusaient de partir au hasard et de se lancer dans une aventure inconnue qui risquait de leur coûter cher. Avec le feu, ils voulaient bien, mais pas ce soir, de toute façon, à cause de la pluie, qui rendait impossible l'embrasement de la montagne.

Callister ne voulut pas démordre de son idée : Mary était encore vivante, et ne pouvait courir le risque de la brûler vive, en aucun cas.

Devant cette opiniâtreté, les habitants de Plosway haussaient les épaules. Non, ils ne savaient pas encore, avant la venue du forgeron, que Mary avait été enlevée. Et d'ailleurs, on sentait bien qu'ils s'en moquaient un peu, de cette jeune veuve qui vivait à l'écart de tous dans la crainte d'une médisance et n'adressait que rarement la parole à ses voisins de peur qu'on la calomniât. Elle avait été enlevée ? Était-ce bien sûr ? Ne serait-elle pas plutôt dans les bras de quelque galant ? Après tout, il avait pu arriver malheur à sa fenêtre. Dans ces vieilles maisons, des pans de murs s'écroulent parfois sans savoir pourquoi ni comment. Mary n'était-elle pas dans sa chambre ? Il eût été prudent et sage d'aller s'en assurer avant d'ameuter les populations.

Avec certains, Callister se fâcha tout rouge et partit en claquant la porte. On le soupçonna d'être jaloux et furieux de se voir bafoué.

Chez d'autres, moins insolents, Callister essaya de faire comprendre aux gens qui l'écoutaient d'une oreille distraite qu'ils avaient tout intérêt à se joindre à lui, car demain, ou après-demain, ou un autre jour, ils finiraient comme Jonathan et Percy.

« De toute façon, il est trop tard, lui répondait-on toujours. Demain, je ne dis pas non. On verra, en tout cas. Mais ce soir, pendant la nuit noire, vous êtes complètement fou !

— Mais c'est maintenant ou jamais qu'il faut y aller ! répliquait Callister. Si Mary est encore vivante, ce n'est peut-être pas pour longtemps. Il faut y aller le plus vite possible !

— Rien à faire. Allez-y vous-même si ça vous chante, et laissez-moi dormir ! »

Finalement, après d'interminables pourparlers, Willy et le forgeron réussirent à persuader Jack, le mari de la grosse Élisabeth, de les accompagner dans leur expédition nocturne.

« On verra bien, disait Willy pour vaincre les résistances, non pas de Jack, mais de sa femme. Si on s'aperçoit que Mary est morte, on n'insiste pas et on attend une meilleure occasion pour les détruire avec le feu. Mais si elle est vivante... »

Jack était le dernier homme que Callister ait rencontré avant sa visite à la maison de Mary, quelques heures plus tôt. Alors, il lui avait promis tout son concours, et maintenant, malgré quelques réticences, il était obligé de marcher avec ses compagnons. Il coiffa sa casquette, enfila une veste en cuir et les accompagna.

Dans la rue, comme ils s'acheminaient vers la forge de Callister pour y prendre des armes, ils entendirent derrière eux un bruit de pas précipité. Ils se retournèrent et ne furent pas peu surpris de voir accourir vers eux Thomas, le sacristain, qui n'avait cessé, depuis le début de l'affaire, de prêcher le renoncement et la fuite.

« Arrêtez ! » leur cria-t-il.

Il était revêtu d'un costume en toile épaisse et

imperméable et chaussé de courtes et légères bottes de chasseur. De la poche de sa veste, on voyait surgir la crosse d'un ancien pistolet d'ordonnance. Sur sa tête, enfin, s'épanouissait un chapeau à larges bords qui ruisselait de pluie.

« Qu'y a-t-il encore ? » demanda Callister d'un ton un peu rude.

Il avait été secrètement blessé par la couardise des villageois, dont il considérait jusque-là la plupart comme des amis. Que lui voulait maintenant ce petit vieux à la barbiche tremblotante, poltron comme une faible femme ?

« Je viens avec vous ! s'écria Thomas quand il fut à quelques mètres d'eux.

— Comment ? demandèrent d'une seule voix les trois hommes, très étonnés.

— Oui, je viens d'apprendre que Mary avait été enlevée, et mon sang n'a fait qu'un tour. Jusqu'à maintenant, je croyais que tout finirait par s'arranger, mais je vois que les choses n'en prennent pas le chemin. Alors je change mon fusil d'épaule. Il faut que nous en finissions au plus vite avec ces bandits, quels qu'ils soient. Si vous voulez m'accepter, je veux bien vous prêter main-forte.

— Il n'est jamais trop tard pour bien faire, répondit Callister. Ne perdons pas de temps, car chaque minute est précieuse. Suivez-nous. Nous allons chercher de quoi nous battre et nous partirons dès que nous serons armés. »

Le petit groupe se dirigea rapidement vers la forge de Callister. Ils prirent chacun un fusil de chasse. Le mari d'Élisabeth, Jack, saisit une lourde hache de bûcheron dont Mac venait de réparer le manche. Willy, Thomas et Callister lui-même s'armèrent de harpons. Les pêcheurs les donnaient à affûter au forgeron et il s'en trouvait toujours un grand nombre dans l'atelier.

Puis ils s'acheminèrent à pas pressés, traversant le village noir et silencieux. Des yeux, qu'ils ne voyaient pas derrière les fenêtres éteintes, les regardaient s'éloigner jusqu'aux premières pentes de la montagne. Ils décidèrent de rester groupés en tentant l'escalade, afin de pouvoir mieux faire face à l'ennemi s'il se dressait à l'improviste devant eux.

Cet ennemi, ils ne pouvaient l'imaginer. Les seuls renseignements qu'ils possédaient sur lui, renseignements bien vagues, ils les devaient à la fillette de Jack, qui un jour avait aperçu ce qu'elle appelait un ogre. Cet ogre, cet homme mais était-ce bien un homme ? Était-il donc si démesurément grand ?

Cette incertitude les effrayait plus que toute autre chose. Ils ne pouvaient élaborer aucune tactique, ils ne pouvaient prévoir les réactions de leurs adversaires, ni deviner avec combien d'ennemis ils auraient maille à partir. Il y avait là-haut le docteur, ce vieillard, sans doute peu dangereux. Mais ensuite ? Les êtres immondes que disait avoir aperçus un berger par une nuit semblable à celle-ci, combien étaient-ils ?

Et le docteur lui-même n'avait-il pas succombé sous les coups de ces créatures ?

La pluie, depuis que les quatre hommes avaient abandonné derrière eux les dernières maisons, redoublait de violence. Le vent d'ouest qui s'était levé projetait à gros paquets cette pluie contre les contreforts de la montagne, courbait les genévriers, arrachait les pierres. Des éclairs déchiraient le ciel noir et opaque. Callister et Willy étaient déjà trempés jusqu'aux os. Jack et Thomas, qui suivaient tant bien que mal, étaient mieux protégés, l'un par sa veste en cuir, l'autre par l'étoffe imperméable de son vêtement.

Callister en tête, ils gravirent lentement, en s'efforçant de faire le moins de bruit possible, malgré le fracas de l'orage qui couvrait leurs pas, l'étroit sentier de chèvres qui conduisait à la montagne. On eût dit des chasseurs partant à l'assaut d'une bête féroce et sauvage, mais la nature, qui se déchaînait, semblait par ce moyen leur adresser un dernier avertissement et leur interdire d'aller plus loin. Chaque éclair, bientôt suivi de l'éclat du tonnerre au-dessus de leurs têtes, illuminait, sur la crête de la montagne, les silhouettes déchiquetées de quelques arbres qui tendaient en vain vers le ciel leurs branches suppliantes et desséchées.

En même temps, à la faveur de cet éclair, les hommes apercevaient la cabane, pendant une seconde.

La lueur qui brillait à la lucarne ne s'était pas éteinte ce soir-là, pas plus que les autres soirs. Mais, à aucun moment, elle n'avait été troublée par le passage d'une ombre.

L'eau qui s'abattait avec force sur les flancs de la montagne ruisselait vers la vallée. Sous les pieds de Callister et de ses compagnons se formaient de petites rigoles qui grossissaient en un clin d'œil et entraînaient des restes de terre. Les quatre hommes pataugeaient. Plus loin, ils glissaient sur les pierres humides où leurs chaussures ne s'accrochaient plus aux mousses imbibées d'eau comme des éponges. Thomas resta quelque temps à la traîne et les trois autres furent obligés, en dépit de la pluie qui continuait à leur fouetter le visage et le corps tout entier, d'attendre qu'il les rejoignît. Il haletait. Des gouttes d'eau se formaient aux pointes de sa barbe.

Bientôt, après une heure d'efforts, ils ne furent qu'à une cinquantaine de mètres de la cabane, et ils armèrent leurs fusils, espérant que l'eau dont ils avaient été inondés ne les empêcherait pas de fonctionner.

La position des attaquants était très mauvaise, car la cabane se situait encore au-dessus d'eux, et ils étaient obligés de lever le canon de leurs armes pour viser et pour tirer. Mais ils ne pouvaient se présenter autrement. En essayant de contourner la cabane pour la prendre à revers, comme ils avaient pensé le faire tout d'abord, ils risquaient trop de donner l'éveil à leurs ennemis.

L'un après l'autre, ils se mirent lentement à ramper dans la boue, au milieu des pierres qui roulaient sous leurs pas, malgré toutes les précautions qu'ils prenaient, et des épines qui leur griffaient les joues et les mains. Bientôt ils ne furent qu'à quelques mètres du terre-plein sur lequel se dressait la cabane, et de la barrière qui entourait l'enclos.

À pied d'œuvre, enfin.

***

Pourtant, bien qu'ils ne parlassent qu'à mi-voix, et le moins possible, une ouïe plus fine que celle des hommes venait de percevoir leur approche. Au moment où le monstre s'était rué hors du laboratoire, suivi plus lentement par le docteur qui clopinait, il venait de se rendre compte que des étrangers menaçaient l'existence de celle qui allait bientôt se joindre à lui.

Sa fureur et sa cruauté ne connaissaient plus de limites. L'odeur du crime montait en lui.

Callister et ses amis, qui approchaient de la barrière grise qu'on devinait confusément dans les ténèbres, virent tout à coup la porte d'entrée de la cabane voler en éclats et une silhouette monstrueuse surgir devant eux dans la nuit. À cet instant précis, un éclair traversa le ciel. Ils purent entrevoir cette face blafarde ravagée par une expression de haine et de violence indescriptible, et ce corps massif et terrifiant qui s'avançait vers eux, droit vers eux.

« Seigneur... » bredouilla Thomas.

Sans se démonter, malgré l'angoisse qui lui serrait le cœur à la vue de cet adversaire plus horrible que tout ce qu'il avait pu imaginer, Callister lâcha au hasard dans le noir revenu les deux coups de son arme.

Un rire strident qui éclata soudain répondit à ces coups de feu. C'était le docteur Pilljoy, à l'abri dans la cabane, qui venait ainsi d'apprendre aux attaquants que la cible qu'ils visaient était invulnérable.

Ce rire inattendu glaça d'effroi les compagnons de Callister, tapis contre le sol, et Willy le reconnut comme celui du docteur.

« Ne vous, levez pas ! cria le forgeron. Surtout ne vous levez pas ! »

À cet endroit, une rangée d'arbustes malingres à travers lesquels ils pouvaient, à la lueur intermittente des éclairs, voir la cabane et le monstre qui la défendait, les cachait, eux, à la vue de leur adversaire.

Mais, pour leur malheur, Willy et Jack ne purent rester en place. La vue de cet être formidable à qui ils avaient eu la folle audace de s'attaquer, leur fit perdre la tête. Brusquement, ils se levèrent ensemble et commencèrent à fuir le plus rapidement possible, coude à coude, vers le bas de la montagne.

« Couchez-vous ! » leur cria le forgeron.

Mais ils ne l'entendirent pas. Il était trop tard pour réparer le mal qu'ils avaient fait. Callister vit l'ombre gigantesque, qui se tenait à une dizaine de mètres à peine au-dessus de lui, se baisser avec un étrange ricanement vers la terre et arracher à pleines mains, sans aucun effort, un énorme bloc de rocher qu'il souleva lentement au-dessus de sa tête. Puis il s'approcha du bord du terre-plein.

Callister, qui se plaquait contre le sol à se confondre avec la pierre, aperçut alors, avec horreur, les yeux jaunâtres du monstre cherchant à percer les ténèbres pour apercevoir les deux fuyards.

Un éclair. Il les vit. Le rocher quitta ses mains et bascula.

On entendit un fracas de cailloux qui se répercuta sur les pentes, des éboulis, des branches broyées, fracas auquel se mêlèrent pendant quelques secondes seulement des gémissements qui pouvaient être ceux des deux hommes. Puis le silence revint.

Thomas s'accrochait aux épaules de Callister avec une extrême énergie et collait son visage contre celui de son compagnon. Ses yeux brillaient d'épouvante. L'eau s'écoulait le long des rides et des crevasses de son visage parcheminé, mais il n'y prêtait aucune attention, pas plus qu'à sa barbe, qu'on aurait pu tordre comme un torchon humide. Mac sentait contre lui la respiration entrecoupée et sifflante du vieux sacristain, qui voyait sans doute venir sa dernière heure.

À quelques pas de l'endroit abrité où ils se tenaient immobiles et silencieux, paralysés par la peur plus que par le froid, le souffle précipité, ils entrevoyaient le monstre qui semblait hésiter. Les cris poussés une minute plus tôt par le forgeron l'avaient averti d'une autre présence étrangère et dangereuse non loin de lui. Il cherchait qui pouvait encore se cacher dans l'enchevêtrement, des roches luisantes ou derrière les buissons agités par le vent comme par les mains d'un homme. Chaque coin d'ombre pouvait dissimuler un ennemi qu'il importait de détruire le plus vite possible. Thomas, tout à coup, fit un geste. Il était à bout de résistance, il n'en pouvait plus de cette immobilité qui les préservait, et Callister ne comprit pas immédiatement ce qui arrivait. Le sacristain venait à son tour de perdre la conscience exacte des faits. Sans réfléchir à ce qu'il faisait, sans se rappeler que les balles n'étaient d'aucun effet sur la carcasse qui se dressait en face d'eux, il plongea la main dans la poche de sa veste, saisit la crosse de son vieux pistolet, se releva sur un coude...

« Non ! » dit Mac en essayant de l'arrêter et en lui attrapant le bras gauche.

Mais Thomas se dégagea d'un geste nerveux et tira. Une odeur de poudre les envahit, bientôt dissipée par l'eau et le vent. Callister se sentit perdu. Saisi de colère à l'égard de ses compagnons imprudents qui avaient compromis le succès de leur entreprise, il se leva brusquement et saisit à pleines mains son harpon, décidé à tenter le tout pour le tout.

C'était une folie. Il le savait. Mais l'idée de mourir ne l'effrayait plus.

Il n'avait pas l'habitude de ces engins de pêche. Contre la masse noire du monstre, aux cheveux longs et raides collés par la pluie, qui avançait vers lui sûr de son fait, au milieu de la tempête, des rafales de vent et des éclairs qui l'illuminaient tout à coup sans parvenir à éteindre les lueurs étrangement fixes de ses yeux, Callister brandit son arme et la projeta de toutes ses forces.

Il eut le temps de s'apercevoir que le harpon avait atteint son but et s'était planté en vibrant dans l'épaule du monstre.

Mais celui-ci, comme si de rien n'était, continuait à avancer. Il arracha même la pique qui s'était enfoncée dans sa chair et la rejeta. Il ne vacillait pas. La blessure n'avait même pas ralenti sa marche.

Alors, le forgeron perdit la tête. Après être resté quelques secondes debout, fasciné par l'effrayant spectacle qui s'offrait à lui et lui apportait une mort inévitable, il eut un dernier sursaut, fit brusquement demi-tour, comme Willy et Jack l'avaient fait un instant plus tôt, et se lança à corps perdu au milieu des roches escarpées qui l'entouraient, trébuchant, tombant, se relevant, repartant. Il entendait derrière lui un souffle bestial qui le poursuivait et se rapprochait de lui.

Un précipice, qu'il ne connaissait pas, s'ouvrait devant lui. C'était sa dernière chance. Ne pouvant mesurer la profondeur de ce gouffre, et puisque de toute façon il lui fallait mourir, il s'y jeta, au moment même où celui qui le poursuivait allait le rejoindre.

Il n'alla pas trop loin. Le fossé dans lequel il venait de s'écrouler n'avait que cinq ou six mètres de profondeur. Il se releva, mit un genou à terre, encore tout étourdi de ce qui venait de lui arriver et de la manière miraculeuse dont il s'en était tiré.

Et Mary ? Que devenait Mary ? Il était impossible qu'elle fût encore vivante.

Il essaya de se reconnaître à la faveur des lueurs intermittentes qui tombaient du ciel. Il se trouvait sur une étroite plate-forme balayée par le vent, dégouttant d'eau. Quelques buissons, des pierres qui roulaient sous lui. Callister était provisoirement sauf.

Des pensées confuses se mêlaient dans sa tête. Il n'avait même pas pu apercevoir la jeune femme. Et Thomas ? Mort sans doute, piétiné et dépecé sauvagement par le monstre dans sa course. Le sacristain venait en mourant de confirmer le bien-fondé de ses anciens arguments : jamais ils n'auraient dû venir jusqu'ici.

Soudain, alors qu'il reprenait difficilement son souffle, accroupi sur le sol creusé de mille petits ruisseaux, Callister entendit du bruit au-dessus de sa tête. Il frissonna, releva la tête et jeta un regard vers le bord supérieur du précipice providentiel dans lequel il s'était jeté.

D'abord il ne distingua rien, puis, à la faveur d'un éclair, il le vit. Se découpant sur le ciel, penchée en avant de telle sorte qu'elle paraissait en équilibre, une silhouette difforme qu'il reconnut aussitôt épiait chacun de ses gestes.

C'était lui, encore lui. Il n'avait pas renoncé à sa chasse à l'homme. Il ne s'accorderait aucun répit avant d'en avoir fini une fois pour toutes avec les audacieux qui avaient osé monter à l'assaut de son repaire.

Après s'être débarrassé de Thomas, il s'était lancé à la poursuite de l'homme qui avait tenté de le blesser d'un coup de harpon. Il avait vu Callister s'enfuir comme un fou, sautant par-dessus les rochers et les buissons, puis cet homme avait disparu dans un gouffre.

Mais était-il mort ?

De ses yeux de chat qui avaient peut-être le pouvoir de percer les ténèbres Mac le pensait tout à coup avec terreur. Il scrutait les ténèbres du trou au fond duquel Callister se tenait immobile.

« Il ne faut pas que je bouge, pensait Mac, en ramenant très lentement une jambe sous lui. Sinon, il va sauter ici, et c'en sera fait de moi. »

L'autre, là-haut, regardait toujours. Il avait eu raison de ne pas renoncer à sa poursuite. Comme ça, personne ne pourrait retourner au village pour raconter ce qui s'était passé.

L'homme ne s'était pas tué dans sa chute. Il remuait

encore, faiblement, mais il remuait. Il fallait l'achever tout de suite. De l'endroit où se tenait le monstre, le corps de Callister formait une cible excellente et rigoureusement immobile maintenant.

Callister regardait de tous ses yeux sa mort qui approchait.

Cette fois, il le comprenait clairement, c'était la fin. La peur qui le tenaillait depuis un moment l'abandonnait tout à coup pour faire place à la cruelle lucidité qu'on dit être celle des moribonds. Il reprit son sang-froid, il envisagea sa situation. Derrière lui, une muraille abrupte, devant lui l'inconnu, un gouffre, sans doute plus profond que celui dans lequel il avait sauté.

Au-dessus de lui...

En relevant une fois de plus les yeux, il vit, mais sans effroi – il lui semblait que ces gestes n'étaient pas faits pour lui – le monstre brandir au-dessus de sa tête une pierre énorme et la lancer vers lui, Callister.

Avant que la pierre touchât le sol, et l'écrasât, le forgeron eut le temps de faire un saut de côté. Mais cela ne fut pas suffisant pour le préserver. La pierre, après avoir ricoché sur les accidents de la paroi rocheuse, vint lui fracasser le bras.

Callister sentit une douleur atroce monter en lui. La pierre, qui s'appesantissait sur son bras, l'empêchait de se délivrer. Il était prisonnier de cette roche. Tout était perdu, Mary, ses compagnons, lui-même, tout...

Il pleurait de rage, de peur, de froid et de souffrance.

9

Mary avait entendu des coups de feu, puis l'écho d'un tumulte, des bruits de course dans les rochers et de fuite éperdue. Un instant, clle avait espéré que des hommes du village venaient à son secours et qu'ils allaient terrasser ses deux bourreaux.

Mais le silence était revenu. Autour d'elle, rien n'avait changé depuis le début de l'alerte. Le liquide rose montait et descendait avec lenteur dans les conduits de verre. La forme pétrifiée sous les draps était toujours là. Il semblait à Mary que cet être dont elle connaissait à présent la nature vivait déjà. Il lui semblait que les deux monticules, qui sans doute étaient des pieds, tressaillaient, que cette poitrine ensevelie sous les draps se soulevait, que cette tête s'inclinait vers elle pour lui parler ou la blesser.

Le docteur revint sans bruit. Il se frottait les mains en souriant. En sortant, quelques minutes plus tôt, il avait déposé sa seringue sur un tabouret, au pied de la longue table où Mary se tordait.

Ce n'était rien, murmura-t-il. Tout est rentré dans l'ordre maintenant, ne craignez rien. Quelques villageois qui nous cherchaient une absurde querelle. Ils sont morts. Il reste dehors pour monter la garde, au cas où d'autres reviendraient. Nous allons être bien tranquilles, tous les deux, bien tranquilles.

Il s'approcha de la jeune femme et reprit sa seringue. Mary crut s'apercevoir qu'il vieillissait de minute en minute. Ses cheveux étaient encore plus blancs que quelques instants plus tôt, ses membres plus décharnés, sa figure plus décrépite. On eût dit un squelette encore couvert de quelques lambeaux de peau fripée.

Sa main tremblait d'une manière désordonnée. Il s'en aperçut, s'écarta de deux pas et prit sur une étagère une fiole d'alcool à laquelle il puisa de nouvelles forces. Le liquide doré et odorant ruisselait autour de sa bouche sur son menton pointu, puis sur son cou et sur sa blouse sale.

Il revint vers Mary en se torchant la bouche du revers de la main. Ses yeux brillaient d'une haine démentielle. Avec des mouvements saccadés il paraissait à bout de nerfs il confectionna un garrot robuste qu'il appliqua sur le bras de la jeune femme, faisant immédiatement gonfler les veines.

« Tout votre sang ne suffira pas, dit-il. Mais ce que vous voyez bouillir dans cet alambic est une sorte de plasma spécialement préparé par moi pour être mélangé à votre sang. Il lui en faut beaucoup plus qu'à vous, vous comprenez ? Et je ne voulais pas courir le risque de mélanger plusieurs sangs... »

Au moyen d'un bout de coton humide, il frotta longuement le creux du coude de la jeune femme qui essayait de se débattre et regardait tous ces préparatifs inquiétants sans comprendre avec une clarté parfaite ce qui se préparait pour elle. Tous les gestes du docteur

Pilljoy. Maintenant, il enfilait une aiguille longue d'une quinzaine de centimètres à l'extrémité de son énorme seringue, et, appliqué, il pinçait les lèvres, fermait à demi les yeux. Tous ses gestes étaient à la fois sûrs et hésitants ; sûrs, parce qu'il connaissait son affaire, et se sentait encore capable de transpercer une veine, même de femme, les yeux fermés ; hésitants, car la trop forte dose d'alcool qu'il avait ingurgitée et qui le surexcitait ne lui avait pas donné un entier contrôle de lui-même. Ses doigts tremblaient nerveusement, sa tête se penchait parfois en avant, comme si le docteur allait subitement s'écrouler sur le sol.

Il bandait toute son énergie pour triompher dans cette dernière épreuve après laquelle il pourrait se coucher de tout son long, complètement épuisé, sur la terre battue du laboratoire, et mourir de lassitude, usé par l'âge, un travail déréglé, et l'alcool qui lui avait permis de tenir jusque-là.

Il saisit en tremblant la seringue, en poussa le piston, et approcha lentement l'aiguille de la veine cubitale de Mary, veine qui saillit et à travers les parois de laquelle on voyait tressaillir un caillot de sang qui cherchait désespérément passage a travers le garrot.

Mary, qui respirait à peine, détourna les yeux. Elle ne voulait plus voir ça. Elle espérait qu'elle perdrait conscience rapidement et n'aurait pas le temps de se sentir passer de la vie à la mort.

Sur son bras, elle sentit les mains sèches et hésitantes du docteur Pilljoy palpant ses chairs.

Par la porte entrouverte qui faisait communiquer le laboratoire avec la première pièce, elle apercevait à travers le brouillard de ses larmes un coin de table, un pan de mur où se détachaient les yeux blancs d'une statuette, et, au-dessous, une caisse noire et fermée.

***

Marie rêvait-elle soudain ?

Était-ce un effet de l'atmosphère étouffante et glaciale à la fois de cette pièce qui lui troublait l'esprit au point de lui procurer des visions ?

Cette caisse noire bougeait.

Ou tout au moins Mary la voyait bouger.

Les yeux écarquillés, elle tenta de se redresser sur les coudes, de tendre le cou, mais le docteur lui rabattit brutalement les épaules sur la table d'opération.

Mais elle voyait toujours cette chose qui l'intriguait au plus fort degré.

Le couvercle de la caisse glissait lentement, très lentement, presque imperceptiblement, vers l'extérieur. Il dépassait maintenant les arrêtes de la caisse elle-même.

Au-dessus, les yeux de la statuette étrange clouée au mur n'étaient-ils pas, depuis une minute, devenus plus brillants ? On eût dit qu'une flamme venait de s'allumer au creux de ses regards taillés dans l'ébène.

Le couvercle avait presque quitté la caisse et se tenait en équilibre sur les bords. Mary suivait des yeux le mouvement qui l'agitait. Quelle force mystérieuse donnait à cette planche de bois le pouvoir de se déplacer ainsi sans que rien parût la pousser ?

Presque sans bruit, parvenu au terme de sa course,

le couvercle glissa par terre et s'immobilisa, appuyé contre le corps même de la caisse. Le docteur Pilljoy parut avoir perçu quelque bruit sans doute suspect, car il redressa la tête et écouta pendant quelques secondes sans cesser de regarder Mary. Celle-ci eut le réflexe de quitter des yeux la porte de la première pièce afin de ne pas attirer l'attention du docteur dans cette direction. Mais le vieillard, en apparence vite rassuré, car on n'entendait plus rien après le glissement du couvercle sur le sol, reprit ses préparatifs, ressaisit à pleines mains le bras de la jeune femme et s'apprêta à y planter enfin l'aiguille de sa seringue.

Mais Mary n'accordait aucune attention à ses gestes et à la menace qu'il continuait à faire peser sur elle. Le docteur cessait de la fasciner.

Dès qu'il eut baissé la tête, elle reporta ses regards vers la caisse, dans l'autre pièce, par la porte de communication toujours ouverte.

À ce moment, elle ne put réprimer un frisson qui la secoua plus encore que ceux que le froid et la peur avaient transmis à ses membres nus.

Ce frisson était-il dû à l'aiguille de la seringue qui venait enfin de pénétrer dans sa veine, après plusieurs essais malheureux, ou au spectacle auquel elle assistait sans que le docteur s'en doutât ?

Là-bas, à une dizaine de mètres d'elle, dans cette caisse noire, ouverte, qui elle s'en rendait compte avec un sentiment d'angoisse ressemblait à s'y méprendre à un cercueil, quelque chose se dressait avec des mouvements de spectre...

Un être indéfinissable.

Cela s'apparentait à un homme par les contours. La chose qui remuait dans la caisse avait une tête, un torse, des jambes et des bras. Mais la chair apparente qui recouvrait ces membres secs, ces joues creuses, chair boursouflée qui présentait à l'œil, et même à cette distance, tous les symptômes de la décomposition, était recouverte partiellement d'une peau craquelée et pustuleuse qui n'avait depuis longtemps plus rien de commun avec celle d'un être humain.

Cette peau était celle d'un cadavre. Elle était verdâtre et noire par endroits. Les veines qui la divisaient étaient atrophiées et immobiles. Aucun sang ne circulait là-dedans. Sur ce fantôme. Ce n'était pas un fantôme, et Mary sentait que ce corps hideux était encore formé dans une matière solide bien que corrompue, qu'on aurait pu percevoir sous les doigts, qui pendaient en lambeaux, des restes de vêtements évoquant ceux que les paysans et les pêcheurs de Plosway endossaient aux jours de fête. Mais une vermine grouillante les avait rongés et disséqués. On ne reconnaissait parfaitement qu'une cravate noire et détendue, et peut-être aussi des souliers vernis qui avaient résisté mieux que l'étoffe à l'épreuve de la tombe. Aucune espèce de coiffure ne protégeait les cheveux filandreux et blancs qui tombaient sans force le long des tempes.

À un bouton de la veste était suspendu un chapelet de buis dont les grains s'entrechoquaient faiblement, seul bruit que l'on entendit.

Mary s'était arrêtée de respirer et essayait de toutes ses dernières forces de se redresser pour échapper à ce nouveau danger. Le sang commençait lentement à se retirer de son corps de plus en plus glacé. Pilljoy, dont les mains fébriles tremblaient toujours, tenait fermement la seringue et la surveillait avec passion. Il était tout à son expérience décisive.

Dans l'autre pièce, à l'insu du docteur, le corps s'était progressivement dressé, tout droit, comme s'il n'obéissait plus aux lois de la pesanteur, sans plier les jarrets, sans s'appuyer avec les mains aux rebords de la caisse. Dans le visage ravagé et éteint qui rappelait à la jeune femme quelqu'un qu'elle avait sans doute connu, les yeux n'existaient plus. À leur place, deux trous noirs, où rien ne brillait...

Des joues inexistantes, un nez rétréci aux ailes collées, une bouche fermée et amincie qui ressemblait à celle du docteur.

Cette chose immonde, qui avait tout l'aspect d'un cadavre exhumé des mois après son ensevelissement, enjamba lentement le bord de son cercueil et prit pied sur le sol de la première place où il se tint debout, vacillant légèrement d'avant en arrière.

Il resta là pendant quelques secondes à peine, comme s'il reprenait un équilibre oublié, puis il se mit à avancer vers la porte du laboratoire à pas mécaniques et lents, semblable à un automate, obéissant à une volonté qui lui était étrangère.

Contre le mur, derrière lui, les yeux blancs de la statuette d'ébène brillaient d'un éclat de plus en plus insoutenable. Était-elle là, cette force occulte qui dirigeait les gestes de cet esclave morbide ?

Mary ne put retenir un cri de terreur qui expira sur ses lèvres déjà blanchies. Elle n'aurait pas voulu donner l'éveil. Dans cette scène atroce, il y avait peut-être pour elle une raison d'espérer.

Mais le docteur entendit son cri. Étonné, il releva la tête et surprit le regard de Mary. À son tour, il tourna vivement la tête et sursauta. La précieuse seringue qu'il surveillait jusque-là avec une extraordinaire attention lui échappa et tomba sur le sol, entraînant avec elle les tuyaux de caoutchouc et l'aiguille, qui sortit de la veine de Mary en déposant au creux du coude une goutte de sang vermeil.

Sans bouger, Pilljoy regardait de tous ses yeux le corps infect et menaçant qui se dirigeait droit sur lui. Pour que le docteur, qui n'avait peur de rien, parût ainsi effrayé, il fallait vraiment que le phénomène auquel il assistait lui fît craindre le pire.

En fait, Pilljoy comprenait que ce spectre mécanique lui apportait la destruction d'un rêve chimérique et fou auquel il avait consacré sa vie. Il lui restait encore une chance de s'en sortir.

Pilljoy comprenait tout à coup ce que cela signifiait pour lui, et les mots qu'il aurait voulu crier, pour appeler à l'aide, s'étranglaient impuissants au fond de sa gorge qu'une angoisse mortelle étreignait.

Oui, il comprenait tout.

Par-delà la tombe, Percy, le nègre, se vengeait.

Comment ses ordres s'étaient-ils transmis jusqu'au corps inanimé de ce zombi qui avait été son esclave, et qui naguère lui avait obéi comme il le faisait à présent ? Pilljoy ne pouvait pas le comprendre. Il n'essayait même pas de le faire, car ce phénomène dépassait sa science humaine. Le nègre, enfoui dans un coin désert du cimetière de Plosway, n'avait pas dit son dernier mot quand le monstre l'avait égorgé. Il n'avait pas épuisé le répertoire de ses sortilèges.

Et surtout, il n'avait pas oublié que le docteur Pilljoy avait ordonné sa mort, parce qu'il avait reculé devant une complicité criminelle.

Mais ce n'était peut-être pas la seule explication de cette scène hallucinante.

On pouvait aussi supposer et l'horreur n'en était que plus grande que le mort-vivant agissait de son propre chef, sans aucun ordre, qu'il avait pris lui-même, lui, ce corps sans âme, la décision de se lever et de frapper. Il assurait ainsi la vengeance définitive de celui qui l'avait retiré du néant.

Penché en avant sur ses jambes cagneuses qui fléchissaient, Pilljoy vit la mort s'avancer vers lui d'une allure de somnambule. Mourir lui importait peu. De toute façon, sa vie devait se terminer après la fin de ses travaux. Son corps usé n'en pouvait plus. Mais le docteur enrageait de voir ainsi tous ses efforts brusquement réduits à rien par cette intervention d'un autre monde.

Quand elle fut à moins d'un mètre de lui, la silhouette macabre, dont les yeux sans forme semblaient ne rien distinguer des objets qui encombraient le laboratoire, tendit en avant ses deux mains et prit à la gorge le vieillard.

Celui-ci, paraissant soudain prendre conscience de ce qui lui arrivait, tenta désespérément de dénouer cette étreinte qui l'étouffait brutalement. Mais la force du zombie n'avait pas de commune mesure avec celle du docteur Pilljoy. Les doigts décharnés où pendaient des morceaux de peau noire s'enfoncèrent dans la chair flasque qui ne leur opposait pas de résistance.

Le docteur fut soudain soulevé de terre.

Mary ne se sentait plus la force de supporter ce spectacle. Elle souhaitait s'évanouir, elle ne sentait ni le froid ni les attaches métalliques qui lui meurtrissaient les chevilles et les poignets. Un petit caillot de sang s'était formé au creux de son coude, à l'endroit où s'était plantée la seringue.

Que se passerait-il ensuite ? Que deviendrait-elle ? Où se trouvaient donc les êtres humains susceptibles encore de la sauver ?

Le docteur, suspendu aux bras de son assassin, renversa la tête en arrière et hurla.

« Gouroull ! »

Ce cri déchira le silence du laboratoire. L'avance du zombi avait été silencieuse et le docteur n'avait pas desserré les dents. Quant à Mary, elle ne pouvait pas crier davantage.

« Gouroull ! répéta le docteur, plus faiblement. »

On entendit le bruit d'un piétinement, une course devant la cabane, et le monstre, répondant à l'appel de détresse de celui qui avait juré envers et contre tous de faire un jour son bonheur, se rua à l'intérieur. Mais il n'arriva que pour assister à l'agonie du docteur Pilljoy, qui avait perdu jusqu'à la force d'appeler au secours. Au demeurant, c'eût été inutile.

Le monstre, après avoir vu ce qui se passait dans le laboratoire, se précipita sur le zombi et le saisit à bras-le-corps, le soulevant à son tour de terre avec le docteur qu'il portait. Il réussit même à lui faire lâcher prise, et le cadavre du docteur retomba sur le sol comme un chiffon froissé. Son cou s'était extraordinairement réduit en épaisseur sous les doigts puissants de la créature du nègre. Une langue noirâtre et gonflée sortait de sa bouche, et ses yeux restaient ouverts.

Rien ne saurait dire l'expression d'épouvante dont ils étaient emplis.

C'était tout ce qui restait du docteur Pilljoy, ce petit tas de vêtements, cette blouse tachée recouvrant un corps maigre et recroquevillé sur lui-même.

Le monstre, sans lâcher la prise qu'il tenait, contempla ce spectacle pendant quelques secondes, et Mary put enfin le voir face à face. Son visage demeurait insensible et comme hébété. Puis il parut soudain comprendre que cette fois c'en était fait de tous ses espoirs. Jamais, le docteur mort, il obtiendrait ce qu'il avait tant souhaité. Sa haine ne connut dès lors plus de bornes. Le rugissement de fureur qu'il poussa tout à coup ébranla les murs et le plafond de la cabane. Le corps qu'il tenait entre ses mains se débattait et tentait confusément de se délivrer. Gouroull le serra davantage. Il voulait décharger le premier flot de sa terrible colère sur ce cadavre qui l'avait privé d'une compagne.

Mais on ne tue pas un mort.

Sous les doigts épais du monstre, les restes de chair du zombi partaient en lambeaux, mais cela ne diminuait en rien la force et l'agressivité du cadavre vivant. On ne savait comment il luttait. On ne voyait aucune trace de douleur apparaître sur sa face, pas plus que de lassitude. Il ignorait l'une et l'autre.

D'un geste sec, le monstre, qui ne parvenait pas à se rendre le maître de cette chose visqueuse qui lui filait entre les mains pour reprendre aussitôt ses forces, arracha l'un des bras du zombi et le jeta au hasard à travers la pièce. Le hasard voulut que ce membre disloqué tombât sur le corps blanc et sans défense de Mary. Elle pensa défaillir à ce contact immonde et froid. Elle cria, ou plutôt elle essaya de crier, mais aucun son ne sortit de sa bouche. Ce dernier épisode dépassait en horreur tout ce qu'elle avait connu jusque-là.

Elle redressa la tête et regarda. Sur son ventre nu, sur sa poitrine nue qui haletait, ce bras deux fois mort continuait à vivre et à se tordre comme un serpent blessé. La main, aux ongles démesurément longs et noirs, s'enfonçait dans sa chair comme s'ils croyaient encore combattre contre leur ennemi. Cette chair répugnante qui n'était plus de la chair mais une sorte de matière humide et surtout glacée comme un morceau de marbre, se traînait sur la peau blanche de la jeune femme.

La lutte entre Gouroull et le zombi continuait. Membre après membre, lambeau de peau après lambeau de peau, le monstre déchirait son adversaire, sans que celui-ci renonçât à son aveugle vengeance que lui commandaient peut-être des impératifs catégoriques de l'au-delà.

Les restes de vêtements se déchiraient aussi, mais le bruit qu'ils faisaient en se brisant ressemblait à celui du corps lui-même, si bien qu'on n'arrivait pas à les distinguer l'un de l'autre. On ne savait pas si les mains du monstre entraînaient avec elles des morceaux de chair ou de tissu.

Il en aurait bientôt fini. Mais sur le sol, ou dans les endroits divers où ils avaient été jetés, les débris du zombi continuaient à s'agiter et à se battre contre le vide.

Pour combien de temps encore ?

Mary observait les mouvements du bras qui ne l'avait pas quittée. Quelques gouttes de sang jaillirent sous les ongles.

Le bras qui, lui, ne saignait pas, mais d'où s'échappait un peu de liquide jaunâtre à l'odeur insoutenable, s'avançait maintenant, lentement, sûrement, vers la gorge de la jeune femme.

10

Le corps brisé du docteur Pilljoy ne faisait aucun mouvement. Le monstre, accouru trop tard pour le délivrer, achevait en silence de se défaire de son adversaire.

Au dehors, le vent mêlé de rafales de pluie continuait sa course en sifflant et en hurlant de rage dans la montagne. Les environs de la cabane restaient solitaires. Les hommes ne participaient pas à cette scène dont les acteurs venaient tout droit d'entre les morts.

À l'intérieur du laboratoire, mis à part les échos de la tempête qui secouaient les murs de la cabine, et le souffle rauque du monstre, l'autre ne respirait pas, régnait un étrange silence. Nul cri n'avait ponctué cette lutte atroce, ce dépècement.

La forme ensevelie sous un drap blanc tout près de Mary ne bougeait pas, et les appareils compliqués du docteur Pilljoy continuaient leurs mouvements maintenant inutiles.

Vers la gorge de Mary, sans troubler le silence, s'avançait toujours, mais plus lentement, comme s'il se vidait peu à peu de la force qui l'agitait, le tronçon du zombi aux ongles démesurés et sales.

La jeune femme essayait vainement de se secouer, de se tordre, de porter tout le poids de son corps d'un côté, puis de l'autre, en dépit des courroies qui l'entravaient, afin de faire tomber à terre ce bras qui menaçait de l'étrangler.

Mais les ongles s'incrustaient dans sa peau, les doigts se cramponnaient à sa chair, la main et le bras tout entier se collaient à elle et rampaient inlassablement vers son cou. Elle n'arrivait pas à se débarrasser de ce membre arraché qui tramait après lui des franges et des becs d'étoffe effilochée.

Elle n'arrivait pas à s'en débarrasser, et la lutte qu'elle menait l'épuisait. Elle perdait lentement sa vigueur et sa connaissance. Elle suffoquait.

Quand, à bout de forces, Mac Callister pénétra dans le laboratoire, les yeux hagards, Mary venait de s'évanouir. Sa tête était retombée sur son épaule. Un léger râle s'échappait de sa bouche entrouverte. Ses mains et ses pieds demeuraient immobiles. Les frissons du froid et de la peur ne parcouraient plus sa peau tendue.

Callister était là. Malgré l'orage, malgré la douleur qu'il éprouvait et la certitude que son acharnement était à peu près inutile, il avait mis sa dernière énergie à venir retrouver Mary.

Où avait-il trouvé la force et le courage nécessaire à s'arracher à la lourde masse de roche que le monstre lui avait lancée et qui le maintenait plaqué contre le sol ?

Ses vêtements déchirés en de nombreux endroits étaient couverts de boue et de sang, comme son visage et ses mains. Son bras, blessé et sanglant, pendait immobile le long de son corps.

Il avait dû, une fois délivré de la pierre, accourir vers la cabane le plus vite possible. On voyait sa poitrine se soulever rapidement.

Mary était devant lui, nue, étendue sans mouvement sur une table, attachée par les chevilles et par les poignets. On pouvait penser, à la voir ainsi immobile, le corps blanchi par la lueur de la lampe à pétrole, qu'elle avait cessé de vivre.

Sans hésiter, sans penser que son dévouement était probablement inutile, sans mesurer le risque qu'il courait à se présenter ainsi, seul, sans force et sans arme, devant le monstre déchaîné, il se précipita vers la jeune femme.

En venant vers la cabane, il avait trouvé sous ses pas le corps déchiqueté du sacristain Thomas. Il avait succombé aux dents du monstre qui lui avaient ouvert la gorge, comme à Jonathan.

Willy, Jack et ensuite Thomas... Les trois habitants de Plosway qui s'étaient montrés les plus courageux venaient de trouver la mort dans cette expédition nocturne que le forgeron avait décidée. Callister restait seul maintenant, et il se sentait un peu responsable de la mort de ses compagnons. Ne s'était-il pas montré trop téméraire en leur demandant de l'accompagner ?

Et que lui importait maintenant de mourir ?

Aucun sentiment de gêne ne l'envahit devant le corps dénudé de Mary qui s'offrait à ses regards. Arrivé près d'elle, il saisit d'un geste brusque le membre disjoint qui s'accrochait encore à la gorge de la jeune femme, l'arracha et le projeta contre les instruments du docteur Pilljoy. On entendit un fracas de verre brisé. Des débris tombèrent sur le sol et le précieux plasma que le docteur avait mis tant de soin à composer pour le mélanger au sang d'une jeune femme valide, se perdit sur la terre battue de la cabane.

Sans se préoccuper, en cette seconde, du monstre dont les yeux jaunes contemplaient sans ciller cette brutale destruction de ses derniers espoirs, Callister entreprit, à l'aide d'une pince qu'il venait de ramasser au milieu des scalpels et des autres instruments de chirurgie, de délivrer la femme qu'il aimait, de défaire les attaches qui la clouaient à la longue table.

Il ne s'occupait que de Mary. Les dangers qu'il courait ne le préoccupaient pas.

Le monstre ne pouvait pas le laisser faire. Il lui fallait se venger à son tour de l'échec du docteur Pilljoy.

Enjambant les débris du zombi dont certains continuaient à frétiller sur le sol, et le cadavre du docteur, le monstre fit un pas en direction de la table, où gisait Mary et autour de laquelle s'affairait Callister. Au passage, il adressa un regard indéchiffrable à la forme massive qui reposait, à jamais avortée, sous le drap blanc. Cette vue parut réveiller en lui les plus mauvais instincts. Un rictus tordit sa bouche sans lèvres. Il fit un deuxième pas vers le forgeron.

Mais au moment où il tendait les mains pour saisir cet imprudent qui avait osé se risquer seul dans cette cabane vouée à d'autres puissances, un pressentiment l'avertit que d'autres adversaires, autrement plus dangereux que cet homme, l'épiaient silencieusement.

Il tourna lentement la tête vers la porte de

communication et parut oublier le forgeron.

Là, sur le seuil, sans yeux, sans souffle et presque sans vie, trois silhouettes qui se ressemblaient comme peuvent se ressembler trois cadavres, barraient le passage et s'avançaient silencieusement vers l'intérieur du laboratoire.

Callister resta cloué sur place.

***

Toutes les créatures de Percy s'étalent, d'un commun accord, levées pour venir assurer la vengeance de celui qui restait leur maître, même dans le tombeau.

Mac Callister se tenait auprès du lit sur lequel reposait Mary, étrangère au drame qui se jouait dans cette même pièce. Il n'en croyait pas ses yeux. Malgré leur laideur repoussante, malgré les déformations que leur avaient apportées un séjour plus ou moins long sous la terre et les traitements appliqués par le nègre, Callister croyait reconnaître ces ombres.

Une surtout...

Celle dont les vêtements se trouvaient dans le meilleur état de conservation. Quelques poils de moustache blanche tremblaient encore sous son nez. N'était-ce pas là la face osseuse et décharnée du vieux Michaël ?

Et les autres ? N'étaient-ce pas deux villageois morts depuis moins de deux ans ?

Les trois créatures au teint livide arrivèrent ensemble sur le monstre et s'agrippèrent à lui comme des pieuvres. Leurs membres se mêlèrent aux siens. Gouroull fit entendre une sorte de halètement qui disait assez l'effort qu'il devait fournir pour tenter de se défendre.

Mais sa forme immense restait intacte. Sa taille dépassait largement celle de ses trois adversaires, qui avaient conservé leurs dimensions humaines. Il ne vacillait même pas sous leur charge et sous leur poids.

Mais qu'avait-il encore à espérer ?

Une dernière fois, son regard couleur de soufre vint se poser sur la forme blanche et immobile qui garderait éternellement son secret. Puis il se secoua, il s'ébroua comme un chien qui sort de l'eau. Mais les autres tinrent bon. Il ne put s'en débarrasser. Ils s'accrochaient et s'attaquaient à lui avec leurs ongles et avec leurs dents, ils entouraient leurs jambes autour des siennes et leurs bras autour de son cou. Le groupe qu'ils formaient était hideux à voir. Les gestes des zombis étaient lents et comme méthodiques. Aucune douleur, aucun coup ne les forçait à reculer ou à céder. Le monstre au contraire se démenait, pareil à un fauve qui lutte avec des serpents qui l'enserrent et contre lesquels ses griffes sont impuissantes.

Brusquement, il tourna les talons et se dirigea vers la première pièce. Il voulait maintenant s'enfuir, quitter ces lieux où, malgré ses crimes et sa cruauté, son malheur avait été consommé. Il franchit la première porte. Les trois zombis ne l'avaient pas lâché. Ils ne le lâcheraient que lorsque le monstre arracherait de son corps leurs derniers débris.

Leurs pieds raclaient le sol. Des fragments de leurs

membres jonchaient la terre. Leurs épaules heurtèrent au passage le chambranle de la porte et se brisèrent.

Gouroull ne s'arrêta pas. Le groupe gesticulant et désordonné disparut ainsi dans la nuit. Au milieu des éclairs qui transfiguraient les ravins et les landes de la montagne, les quatre macabres silhouettes qui n'en faisaient qu'une s'éloignèrent rapidement. Les hurlements du monstre se confondaient avec les éclats du tonnerre.

Callister fut le seul témoin de leur fuite. Jamais on ne les revit dans la contrée. Jamais les paysans ne voulurent croire que tout était rentré dans l'ordre. On tint le forgeron pour un fou.

Mais lui n'oublierait jamais cette vision terrifiante, ce tableau qu'il lui avait été donné, à lui seul, de contempler pendant deux ou trois secondes à peine : la course folle du monstre, que des mains, et des bras, et des jambes verdâtres essayaient en vain d'arrêter.

Resté seul, usant de son seul bras valide, Callister acheva fébrilement sa besogne. Quand Mary – Mac s'était aperçu qu'elle n'était pas morte – fut délivrée de ses entraves, le forgeron la recouvrit du mieux qu'il put avec des toiles de sac entassées dans un coin du laboratoire. Elle se trouvait ainsi protégée du froid.

Il fallait que Callister regagnât le village au plus tôt, par n'importe quel moyen. Avant de quitter la cabane, il renverserait la lampe à pétrole et anéantirait le laboratoire, les instruments du docteur, les grimoires de Frankenstein et la forme qui se cachait sous un drap qu'il n'osait pas soulever.

Ainsi, peut-être, il serait tranquille.

Mary avait été sauvée. Quand elle reprendrait connaissance, elle se trouverait chez elle, dans son lit. Il ne fallait pas qu'elle se réveillât ici, dans ce décor où elle avait passé plusieurs heures mortellement angoissantes. Sa raison n'y résisterait peut-être pas.

Callister la chargea doucement sur son épaule solide et grimaça de douleur. Mais il trouverait la force indispensable pour la ranimer à Plosway. Mary le remercierait sans doute. Peut-être trouverait-elle ce que la présence d'un homme a de rassurant.

Sur le sol du laboratoire, à côté du corps du docteur, gisaient épars les débris du premier zombi.

Pourquoi, se demanda Callister avant de s'en aller, celui-ci est-il intervenu avant les trois autres ? Quel motif l'avait poussé à les précéder ?

Soudain, il sursauta.

La raison, il venait de la découvrir.

Et ce dont il venait de s'apercevoir donnait un sens nouveau à ce dénouement dramatique qui pouvait passer pour miraculeux.

Mais, cela, Mary devrait l'ignorer à jamais. En un sens, pensa Callister, cet évanouissement dont elle était la victime offrait des avantages. En reprenant connaissance, Mary aurait sans doute l'impression de sortir d'un très mauvais rêve.

À moins qu'elle ne se fût déjà aperçue, à sa grande terreur, de ce que venait de découvrir le forgeron…

Callister renversa la lampe d'un coup de pied et passa dans la première pièce. Le feu prit aussitôt. Paille, débris de bois, brindilles, flambèrent. Puis le linceul blanc s'enflamma. L'incendie allait se communiquer rapidement aux meubles, puis aux poutres de la cabane. Celle-ci était construite en bois. L'orage lui-même n'arriverait pas à éteindre ce feu.

Callister recula pas à pas vers la porte qui s'ouvrait sur le terre-plein. Il tremblait de ce qu'il venait de voir.

La tête du premier zombi, de celui qui s'était précipité tout seul, avant les autres, non pour venger le nègre, mais pour sauver Mary, Callister en était sûr, tout à coup cette tête reposait sur le sol, séparée de son corps. Elle venait de retrouver, et cette fois pour toujours, une immobilité cadavérique.

Seconde et dernière mort, qui redonnait à ce visage desséché une expression humaine. Ce n'était pas le cadavre dépecé d'un zombi, mais celui d'un homme, que le forgeron avait aperçu.

Callister, qui, maintenant, les reins brisés de fatigue, dévalait rapidement au long du sentier, vers le village, son précieux fardeau sur l'épaule, se rappelait cette tête.

Il ne s'était pas trompé, il n'avait pas été l'objet d'une hallucination. Il avait bien reconnu cette tête. Mais il était obligé de garder pour lui ce secret.

Le contour abrupt des arcades sourcilières, le nez un peu busqué, le menton avancé, les cheveux, les oreilles, tout, sauf les yeux qui manquaient...

C'était la tête de John, l'ancien époux de Mary. Il s'était perdu en mer au cours d'une tempête, et la mer, comme elle le fait quelquefois, avait rejeté sa dépouille à la côte. Des villageois l'avaient recueillie là et inhumée dans une tombe du cimetière de Plosway...

Une de celles, sans doute, que le nègre avait visitées.

1957

Première édition de
La tour de Frankenstein (T.1)
Le pas de Frankenstein (T.2)

C'est aussi :

En France

- L'armée reçoit les pleins pouvoirs en Algérie.
- Création de la C.E.E. – Traité de Rome.
- Mise en place des retraites complémentaires des salariés.
- Juan Manuel Fangio est pour la 5ème fois Champion du monde de Formule 1.
- Première visite de la Reine d'Angleterre en France.

En littérature :

- Prix Nobel de littérature : Albert Camus (France)
- *Sur la route* de Jack Kerouac
- *Le Docteur Jivago* de Boris Pasternak
- *L'Érotisme* de Georges Bataille
- *Mythologies* de Roland Barthes

Au cinéma et à la TV

- Palme d'or du Festival de Cannes : *La loi du seigneur* de William Wyler
- *Douze hommes en colère* de Sidney Lumet
- *Le Pont de la rivière Kwaï* de David Lean
- *Le Triporteur* de Jack Pinoteau
- *Les Sentiers de la gloire* de Stanley Kubrick

Le prix du Quai des Orfèvres est attribué à :
- *Poison d'Avril* de Louis C. Thomas

A PARAÎTRE
DANS LA MÊME COLLECTION

ANGOISSE

Pensez à expirer entre chaque page.

Frankenstein, Tomes 3 & 4 : La Nuit de Frankenstein & Le Sceau de Frankenstein, Benoit Becker (Jean-Claude Carrière), French Pulp éditions, 2017

Frankenstein, Tomes 5 & 6 : Frankenstein rôde & La Cave de Frankenstein, Benoit Becker (Jean-Claude Carrière), French Pulp éditions, 2017

FRENCH PULP ÉDITIONS
NOTRE IDENTITÉ

Qu'est-ce que French Pulp ?

Pulp, comme ces feuilletons d'autrefois, ces romans qui depuis des siècles remplissent notre imaginaire de détectives durs à cuire, de femmes fatales et d'espions nonchalants, de héros familiers. Du roman noir à la saga familiale en passant par le *space opera*, ils ont donné naissance à une littérature dynamique et généreuse, qui fait aujourd'hui le bonheur de tous grâce à des textes fluides et percutants.

French, car il existe une école française de cette littérature. Populaire, addictive, son patrimoine mérite d'être défendu et son avenir renouvelé. C'est la mission que se donne French Pulp, qui publie à la fois des œuvres cultes de la littérature française dite *de gare* (G.-J. Arnaud, André Lay, Francis Ryck...) mais aussi des nouveaux auteurs, uniquement francophones, amenés à renouveler un genre habitué aux succès.

Mais pourquoi un nom en anglais ?

Un nom anglais pour une maison qui défend la langue française, est-ce bien raisonnable ? La meilleure défense n'est-elle pas l'attaque ? Pour défendre notre langue et diffuser nos auteurs à l'étranger, ce nom en forme de clin d'œil annonce la couleur : tremblez, *thriller*, *best-seller* et autres *feel-good book* ! Chez French Pulp, tous nos auteurs ont vocation à être traduits et diffusés dans le monde entier afin de faire rayonner notre culture populaire.

Une maison d'édition engagée

Ces livres que vous lisez debout dans le métro, que vous ne pouvez pas lâcher le soir avant de vous endormir, qui résistent au soleil et à la plage, vous n'êtes pas les seuls à les dévorer : chaque mois, nos nouveautés seront parrainées, à travers un avant-propos, par des personnalités elles aussi subjuguées par le suspens, le merveilleux ou encore la modernité de ces histoires. Et comme chez French Pulp nous croyons dans l'engagement, à cette nouvelle société participative qui s'ouvre à nous, pour chacun des coups de cœur de nos personnalités, une partie des bénéfices tirés de l'ouvrage ira directement à l'association de leur choix.

Direction
Nathalie Carpentier

AUX ÉDITIONS FRENCH PULP

Collection Les Féroces

Joinovici, L'empire souterrain du chiffonnier milliardaire, Henry Sergg, French Pulp éditions, 2016

Weidmann, Le tueur aux yeux de velours, Philippe Randa, French Pulp éditions, 2017

Collection Fiction

Les Conquérantes, Tome 1 : Les Chaînes (1890-1930), Alain Leblanc, French Pulp éditions, 2016

Collection Anticipation

Qui suis-je ?, Peter Randa, French Pulp éditions, 2016

La Compagnie des Glaces, Tomes 1 & 2, G.-J. Arnaud, French Pulp éditions, 2016

La Compagnie des Glaces, Tomes 3 & 4, G.-J. Arnaud, French Pulp éditions, 2016

AUX ÉDITIONS FRENCH PULP

Collection Polar

Le géant, Michel Lebrun, French Pulp éditions, 2016

Paris va mourir, Francis Ryck, French Pulp éditions, 2016

Colère Noire, Jacques Saussey, French Pulp éditions, 2017

DU MÊME AUTEUR

Sous le nom de Benoit Becker

FLEUVE NOIR

Expédition épouvante, 1954
Le Chien des ténèbres, 1955
Terreur, 1955
Laisse toute espérance, 1955
Château du trépas, 1956
La Nuit de Frankenstein, 1957
Le Sceau de Frankenstein, 1957
Le Souffle coupé, 1958
Frankenstein rôde, 1958
La Cave de Frankenstein, 1959

Sous le nom de Jean-Claude Carrière

PLON

Le Cercle des menteurs, 1998
Le Vin bourru, 2000
Dictionnaire amoureux de l'Inde, 2001
Les Années d'utopie, 2003
Les Fantômes de Goya, 2007
Les Contes philosophiques du monde entier, 2008
Dictionnaire amoureux du Mexique, 2009
Mon chèque, 2010
Mémoire espagnole, 2012

FILMOGRAPHIE

Signés Jean-Claude Carrière

Au cinéma

Le Soupirant de Pierre Étaix, 1963
Insommie de Pierre Étaix (court-métrage), 1963
Tant qu'on a la santé (Nous n'irons plus aux bois) de Pierre Étaix, 1963
Le Bestiaire d'amour de Gérald Calderon, 1963
Le Journal d'une femme de chambre de Luis Buñuel, d'après Octave Mirbeau, 1964
Yoyo de Pierre Étaix, 1965
Viva María ! de Louis Malle, 1965
Le Diabolique Docteur Z de Jesús Franco, 1965
Cartes sur table de Jesús Franco, 1966
Le Voleur de Louis Malle, d'après Georges Darien, 1967
Belle de jour de Luis Buñuel,d'après Joseph Kessel, 1967
Paradiso, hôtel du libre-échange de Peter Glenville, 1967
Tant qu'on a la santé de Pierre Étaix, 1968
Pour un amour lointain d'Edmond Séchan, 1968
La Voie lactée de Luis Buñuel, 1969
La Piscine de Jacques Deray 1969
Le Grand Amour de Pierre Étaix, 1969
Borsalino de Jacques Deray, 1970
Taking Off de Miloš Forman, 1971
Un peu de soleil dans l'eau froide de Jacques

Deray, d'après Françoise Sagan, 1971

L'Alliance de Christian de Chalonge, d'après son propre roman, 1971

Liza de Marco Ferreri, d'après Ennio Flaiano, 1972

Le Charme discret de la bourgeoisie de Luis Buñuel, 1972

Le Moine d'Adonis Kyrou, d'après Matthew Gregory Lewis, coscénarisé avec Luis Buñuel, 1972

Un homme est mort de Jacques Deray, 1972

Dorothea (Dorotheas Rache) coscénarisé avec Peter Fleischmann, 1947

France société anonyme d'Alain Corneau , 1947

Le Fantôme de la liberté de Luis Buñuel, 1947

La Chair de l'orchidée de Patrice Chéreau, d'après James Hadley Chase, 1975

Sérieux comme le plaisir de Robert Benayoun, 1975

Le Gang de Jacques Deray, 1976

Le Diable dans la boîte de Pierre Lary, 1977

Julie pot de colle de Philippe de Broca, 1977

Cet obscur objet du désir de Luis Buñuel, d'après Pierre Louÿs : *La Femme et le pantin*, 1977

Un papillon sur l'épaule de Jacques Deray, d'après John Gearon : The Velvet Well, 1977

Retour à la bien-aimée de Jean-François Adam, 1979

Le Tambour (Die Blechtrommel) de Volker Schlöndorff, d'après Günter Grass, 1979

L'Associé de René Gainville, d'après Jenaro Prieto : *El Socio,* 1979

Sauve qui peut (la vie) de Jean-Luc Godard, 1980

Le Retour de Martin Guerre de Daniel Vigne, 1982

Danton d'Andrzej Wajda, 1983

Le Général de l'armée morte de Luciano Tovoli, d'après Ismail Kadare, 1983

La Tragédie de Carmen de Peter Brook, d'après Prosper Mérimée et Georges Bizet, 1983

Un amour de Swann de Volker Schlöndorff, d'après Marcel Proust, 1984

Max mon amour de Nagisa Ōshima, 1985

L'Unique de Jérôme Diamant-Berger, 1986

Les Exploits d'un jeune Don Juan de Gianfranco Mingozzi, 1987

Un dieu rebelle de Peter Fleischmann, 1988

L'Insoutenable Légèreté de l'être (The Unbearable Lightness of Being) de Philip Kaufman, d'après Milan Kundera, 1988

Les Possédés d'Andrzej Wajda, d'après Fiodor Dostoïevski, 1988

Valmont de Miloš Forman, d'après les Liaisons dangereuses de Pierre Choderlos de Laclos, 1988

Milou en mai de Louis Malle, 1990

Cyrano de Bergerac de Jean-Paul Rappeneau, d'après Edmond Rostand, 1990

Le Retour de Casanova d'Édouard Niermans, 1992

La Nuit et le Moment (en) The Night and the Moment) ; film de Anna Maria Tatò, coscénariste, d'après la pièce éponyme de Crébillon fils, 1995

*Le Hussard sur le toi*t de Jean-Paul Rappeneau, d'après Jean Giono, 1995

Le Roi des aulnes (Der Unhold) de Volker Schlöndorff, d'après Michel Tournier, 1996

Birth de Jonathan Glazer, coscénariste, 2004

Les Fantômes de Goya, de Miloš Forman, 2007

Le Ruban blanc, de Michael Haneke contribution au scénario de Michael Haneke , 2009

El artista y la modelo de Fernando Trueba, 2012

Syngué sabour. Pierre de patience de Atiq Rahimi, 2012

L'Ombre des femmes de Philippe Garrel, 2015

À la télévision

Photo souvenir d'Edmond Séchan, 1978

Je tue il de Pierre Boutron, 1981

La Double Vie de Théophraste Longuet, mini-série française en trois parties de Yannick Andréi adaptation du roman éponyme de Gaston Leroux, 1981

Credo de Jacques Deray, 1983

Bouvard et Pécuchet de Jean-Daniel Verhaeghe, d'après le roman éponyme de Gustave Flaubert, 1989

La Controverse de Valladolid de Jean-Daniel Verhaeghe, adapté de son propre récit, 1992

Clarissa, de Jacques Deray (TV), d'après Stefan Zweig, 1998

La Bataille d'Hernani de Jean-Daniel Verhæghe, 2002

Le Père Goriot de Jean-Daniel Verhaeghe, scénario tiré du roman d'Honoré de Balzac, 2004

Retrouvez French Pulp éditions en ligne :

www.frenchpulpeditions.fr

Et sur les réseaux sociaux :

www.facebook.com/frenchpulpeditions
www.twitter.com/frenchpulp
www.instagram.com/frenchpulpeditions

Achevé d'imprimer en novembre 2016
sous les presses de l'imprimerie Pulsio
pour le compte de French Pulp éditions

Dépôt légal : décembre 2016

Imprimé par Pulsio Paris - France